GAEA

The Oracle Comes 3

〔活人牢〕

星子——著

乩身

〔活人牢〕

目錄

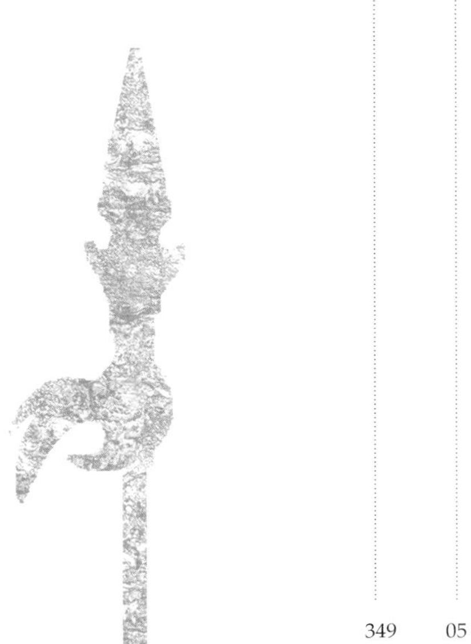

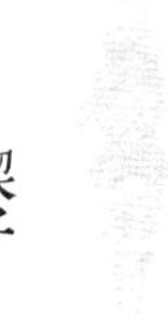

楔子

在好多好多年前那個深夜，天上那輪圓月將三合院四周映得微微發亮。

三合院外埕空地聚滿鄰里街坊，內埕則有批粗勇漢子，人人負傷，輕則鼻青臉腫、重則手斷腳折。

幾個家丁將街坊們擋在大門外，免得他們吵著了屋裡的苦師公──但其實現場一點都不吵，所有人眼裡都是三分好奇夾雜七分恐懼，大氣不敢喘一聲。

此時周圍除了風聲，以及內埕漢子們檢視斷骨傷勢時偶爾發出的痛苦呻吟，還迴盪著一個女人的凶惡叫罵、低語和喘息聲。

女人一連串罵聲從左側護龍一間小房發出。

小房裡只兩個人，這家的千金和苦師公。

千金發出的聲音，有時像負傷野獸低嗚，有時又如厲鬼尖嚎怒吼；她罵得激動浮躁，內容卻前言對不著後語，一下子說三百年前一個山神凶惡蠻橫，一下子講幾年前村內哪個醜女人生了個醜孩子。

小房外，屋主夫婦抱著神像跪在窗外渾身戰慄、垂淚祈禱，幾個負傷較輕的壯漢與苦師公徒弟，神情緊繃地持鎖鍊和麻繩在外等候，側耳專注傾聽，等待苦師公號令。

房內凌亂狼藉，桌裂椅碎床塌櫃倒，彷如戰場。

苦師公呈大字型攤躺在被鮮血染紅的地板，頭臉身軀體無完膚、遍布裂口，全是千金抓出來的——她十指中有三、四指反折骨斷，臉上滿布奇異紋路，兩隻眼睛紅光閃閃，騎跨在苦師公身上，一手掐著他咽喉，歪頭盯著他漸漸發黑的臉，口中喃喃碎罵著胡言怪語。

「死、死死、死死死！」千金搖頭晃腦，看著自己扒抓施力過度而彎折的手指，說：「不好、不好，這身體，不夠好……不夠強壯……」

她瞪向苦師公，唰地扯爛他衣服，用破折的手往他身上多扒了幾下，又抓出幾道可怕裂口；她伸指在苦師公身上傷處裂口中摳挖，沾著血肉往嘴裡嚐了嚐，咧嘴笑說：「你好，你身體好，你是修行人……你的心肝脾肺腎都好，血也好、肉也好、骨也好……」

「是啊……」苦師公望著天花板，喃喃道：「我是……修行人……我的身體好……」

「我要你了。」千金小姐嘻嘻笑地咧開嘴、伸出舌，她掐開對方嘴巴，彎腰低伏下身，嘴對嘴將舌頭伸入苦師公嘴裡。

一陣陣橘煙自千金小姐和苦師公嘴緣溢開，苦師公兩頰鼓起，被灌滿一嘴煙，眼瞳忽張忽縮，茫然地說：「我是修行人……也是個罪人……」

「哦？」千金小姐雙眼橘光逐漸黯淡，身子突然痙攣起來，斜斜撲通倒下，失去意識。

「——」苦師公摀著咽喉，瞪大眼睛無法言語，胸口激烈起伏，跟著直挺挺地站起，兩隻眼睛閃耀橙光，咕嚕一吞，將梗在喉中的橘煙全吞進肚子裡，咕嚕嚕地說：「好，這身體好，是修行人，修行人的身體好……喂，你說你是罪人，你犯什麼罪？」

「死罪……」苦師公的聲音，氣若游絲地自喉中發出，他兩隻眼瞳的瞳孔大小不一，右眼小些，橘光也黯淡些，彷彿還保持著一定的心智。

「你做了什麼事？」

「該死的事。」

「到底什麼事？」

「該死……的事。」

「喝！我問你話，你回答呀！快說，你到底做了什麼事？」

苦師公神情暴怒，衝破小房門，將守在門外的屋主夫婦和看門家丁嚇倒一片。

三合院內埕上十幾名待命壯漢見苦師公兩眼發光衝出房，全嚇得掙扎起身；不久之前，他們費盡九牛二虎之力才將發狂食人的千金小姐逼入小房，急找苦師公求救。

苦師公這十多天爲了救被邪靈附身的千金小姐，可是耗盡心神，每日領著徒弟趕來替她施法驅邪，但邪靈道行極高，不離身就是不離身。苦師公一頭灰髮在短短十多天裡白去好多，傍晚才剛返家，前腳還沒進屋，後腳屋主家丁便騎著腳踏車驚駭追來，說小姐開始吃人了。

此時壯漢們雖手持棍棒，但並沒有攔阻苦師公，而是讓出一條路給他。

擠在外埕空地上的鄰居們，見內埕壯漢讓道，嘩的一聲也退開一大圈。

苦師公搖頭晃腦地往外走，一手搧自己巴掌、一手捏自己鼻子嘴巴。

「快說，快說呀，氣死我了！你到底做了什麼事？」

「該死……的事……」

「師父……」苦師公的小徒弟哭著追去，被師兄攔住，兩人跪地大哭。「師父——」

家丁們將暈厥在房中的小姐抬出，她父母長輩焦急喊人救她，有個長輩朝大門方向跪下，對著走出大門的苦師公連連磕起頭來。

「謝謝你、謝謝你……苦師公……」長輩連額頭都磕得腫了。「您……您簡直就是活菩薩呀……」

用自己換千金小姐的身體這方法，是苦師公數天前主動提出來的。

當時屋主夫婦聽了驚愕，不敢置信。

苦師公說自己道行不夠，無法強逼邪靈離體——

只能引誘那厲害邪靈，主動捨棄千金身體，轉入自己身中。

「喂喂喂！」邪靈附在苦師公身上，像是察覺出有些不對勁。「爲什麼我不能控制你的腳走路？啊？連手也不能控制了？你做了什麼？你在自己身上動了什麼手腳？你要走去哪？噫？啊？我怎麼出不去了？」

「我每日吃多種符藥……用符水淨身……」苦師公雙眼橘光黯淡下來，恢復正常氣色，邁開大步朝通往六月山上的小路走，越走越快，一面走還一面咬破舌尖沾血寫符，往臉上、皮開肉綻的胸腹、胳臂都拍了拍。「爲的就是……把自己的身體，變成一只籠……」

「你把自己身體變成籠？」邪靈急急問：「不會是爲了囚我吧？」

「當然是囚你……」苦師公邁開大步往山上跑。「不然囚誰？」

「混蛋，放我出去——」邪靈發狂怒吼。「你到底是誰？」

「我是……一個罪人。」

「你到底做了什麼事啊？你爲什麼就是不說？快說呀！急死我啦混蛋！」

「今晚，明月青空……是贖罪的好日子……」

「你贖罪關我什麼事呀混蛋！混蛋！快放我出去！」

苦師公的背影漸漸隱沒在小路上。

他兩個徒弟哭著追出去，已聽不見師父與邪靈的對話。

師父說，要將邪靈帶上山，囚入一處隱密山洞裡，洞中曾有修行先人加持，有滿滿的鎮邪符籙，蓄積豐厚靈氣；他們連日上山準備，在山洞裡外布下天羅地網，還在洞中另外挖了個坑，等苦師公將邪靈帶進洞、入坑封蓋，讓它再也無法外出作惡。

兩個徒弟跟了苦師公許多年，常聽師父自稱罪人，但他們從不知究竟是犯了什麼罪，只知道苦師公是世界上最好的師父。

壹

「這些人腦子裡到底想些什麼？」太子爺的聲音緩緩自韓杰胸中發出。

「連你也不知道，那我怎麼會知道。」韓杰苦笑回答。

他跪在一處奇妙的道場角落，裡頭擠滿了人，所有人跪在地上，額頭輕貼地。

全場只有一個人站著，是個模樣斯文、眉宇間看來充滿智慧的中年人，大家都叫他「上師」。

上師站在一處稍高的台上，雙手張揚、如神如佛，不時開口吐幾句如珠妙語，逗得底下所有人嘶吼大哭讚美。

上師究竟講了什麼，韓杰半個字也沒聽進耳，他懶得聽、也聽不清楚，四周老少男女的哭聲、讚歎聲吵得他心煩想吐，迫不及待想開工動手，然後回家吃晚餐。

他一早收下籤紙趕來準備揍這上師，剛出門就被太子爺降駕附身。

太子爺要他按兵不動，說想瞧瞧這些人到底在玩什麼把戲。

「還能玩什麼把戲呀，就騙人呀……」他無奈地說。

「人眞那麼好騙？」太子爺問。

「你看過的人，比我看過的人還多千百倍。」韓杰說：「人好不好騙，你應該比我更清楚。」

「我就是不清楚才問你呀。」

「……」韓杰被前頭大嬸激動之下放出的屁熏得頭昏眼花，低聲說：「你好不容易弄到一份媽祖婆蓋印的公文，專程下來看這傢伙用嘴巴放屁，不覺得太浪費了嗎？」

「誰想看他了，我是來看看這些人。」

「這些人有什麼好看的？」

「他們之中，也有些讀過不少書，怎書上沒教他們何時該用腦子？」

「人的腦子很複雜的，再精明的人也會有脆弱跟空虛的時候。人一旦脆弱，腦子也停下不會轉了；人一旦空虛，就會急著想抱些什麼，哪怕是一坨屎也好……」

「空虛？嗯……這些人看起來是很空虛沒錯呀……所以隨手撿到什麼糞便都往心中塞，塞滿就不空虛了？」

「是呀，就像人掉進河裡，抓到根浮木，除了相信浮木能帶他上岸外，還能相信什麼？」

「所以這些趁著人心空虛溺水時，狗屎扮黃金，圖己私利之人，該當何罪呀？」

「不知道，我又不是法官……嘖，其實我想說的是，這種爛狗屎，讓我收拾剛剛好，你是不是該挑在更合適的時候下來？」

「什麼時候是更合適的時候？」

「例如第六天魔王蠢蠢欲動的時候，或是他那些爪牙偷溜上來作怪的時候……」

「就是你打架打不贏的時候對吧。」

「老大呀，你給我的是副人肉藕身，不是銅皮鐵骨神仙金身，如果對手是地底魔頭，或是快成魔的準魔頭，我當然打不過……」

「你別一直拐彎抹角地埋怨我，囉哩叭唆！」太子爺不耐地說：「我下來透透氣不行？你好大膽敢教我怎麼做事。」

「我哪敢教你做事……」韓杰無奈搖頭。「你繼續透氣吧……」

接下來兩小時，上師又講了許多話，還走下高台，走入信徒堆中，拍拍信徒的臉、摸摸他們的頭。

信徒們號啕大哭，迫不及待從口袋掏出金飾和鈔票，放入上師身邊隨從捧著的金色箱子裡。

上師有時摸摸胸口，有時朝掌上吹氣，有時虛抓幾把，再將抓著的「福」，放進信徒剛剛放開金飾和鈔票的雙手上。

信徒捧著那團摸不著也看不見的「福」，像捧著一顆即將縫進身體裡的活心肝般，哭著又親又吻感謝上師賜福。

一個金箱子裝滿了，就會立刻換上另一個。

裝滿的箱子一箱箱往道場辦公室裡送，空的箱子一箱箱從辦公室運出；上師用嘴巴呼出來賜給信徒的「福」，像是空頭支票一樣永遠也發不完。

韓杰十分後悔自己窩在道場的最角落，以致於上師花了好多時間終於領著隨從圍到他身旁時，他跪得雙腳發麻，連站起身都有些吃力。

上師朝手掌吹了口氣，往韓杰胸口輕輕按去，送他一個大大的福。

韓杰神情有點猙獰，心中的壓抑似已到達極限。

他擠出笑容、鼓起嘴巴，也對緩緩握起的拳頭呼出口氣。

準備報答上師賜福了。

□

當韓杰甩著手從小門閃出道場時，太陽正緩緩下山，道場正門停了數輛警車。

由於今日籤紙案件地點是這處數百人的大道場，韓杰事先和劉長官打過招呼，警方早擬妥行動方針，一接到信徒報案立刻派人將道場團團包圍，只留下一處隱密小門讓韓杰離開。

這小門本來是上師用來運錢和帶女人進出的隱密通道，連信徒也不知道。

一群鼻青臉腫的徒子徒孫們急急將臉腫鼻青的上師抬出來。

這位上師做事不像坊間小神棍那般粗糙，金錢流向處理得十分謹慎，因此韓杰也沒特別找出什麼證據讓警察辦他，只是按照太子爺吩咐用拳頭招呼他，還將他那隻不停抓空氣給信徒賜福的手折得歪七扭八。

韓杰對上師說，會等他出院後再去探望他，請他先別植牙，不然到時候還要重植一次，浪費醫療資源。

「喂，出手太重了吧……」王智漢皺著眉頭自後趕來，攔下剛跨上機車的韓杰。「你把他下巴都打碎了、牙掉了一堆。他是活人，不是地獄惡鬼……」

「奉命行事而已。」韓杰戴上安全帽，用拇指戳戳胸口。「我老闆還沒走，你有什麼不滿自己跟他說。」

「啊……」王智漢微微一凜，欲言又止。

「幹嘛？你想講什麼？你覺得他做錯了？」太子爺的聲音自韓杰喉中冷冷發出。

「太子爺呀……」王智漢吸了口氣，望著韓杰說：「人間是法治社會，隨意動手打凡人總是不好；就算眞要打也得挑對象啊，那傢伙年紀一把了，多捱兩拳可能要下陰間了……」

「你們人間法治容許這種傢伙行騙詐財？」太子爺問。

「再嚴密的法，總是有漏洞。」王智漢說。

「這樣呀……」太子爺嘻嘻笑地說：「鑽法律漏洞行騙謀利之人，碰到個鑽法律漏洞打他之人，剛剛好呀——如果不想被人鑽法漏洞打光牙齒，就別鑽漏洞行騙啦，你說是不是呀，嘿嘿嘿……」

「等等……」韓杰像對太子爺的說法有些意見。「誰鑽法律漏洞打人？我是聽你命令動手的，你怎麼全推給我……」

「你可別亂說！」太子爺厲聲更正。「我是叫你動動腦筋讓他母親認不出他來，誰知道你這顆野蠻的腦袋，只想得出這種野蠻的辦法？」

「啊？」韓杰瞪大眼睛。「你要我讓他老媽認不出他，除了打腫他臉還有什麼辦法？」

「你可以請他吃飯，養胖他，他老媽說不定認不出他。」王智漢冷笑說起風涼話。

「對呀。」太子爺也說：「拿瓶墨塗黑他臉也行呀！方法多的是，你自己脾氣惡愛打人，別賴到我頭上，我先走啦，接下來你自己看著辦吧！」

韓杰腦袋一震，暈眩兩秒，然後與王智漢大眼瞪小眼。

「他走了？」王智漢問。

「對。」韓杰點頭。

「你打完人就這樣拍拍屁股走啦？」

「不然咧，你要逮捕我？主謀你剛剛也看見啦，你有本事去抓他啊……我肚子餓要吃飯了。」

「過幾天我女兒生日，我老婆煮一桌菜，你來我家幫忙吃。」王智漢嘿嘿笑地說。

「不了……」韓杰揮了揮手，他兩隻拳頭上還有不少被上師牙齒刮傷的痕跡，指指天上。「那傢伙剛剛才突然派了個大案子給我……媽的，難怪我剛剛越打越火……我待會吃完飯立刻就要出發，接下來好幾天都不在台北，沒辦法去你家吃飯啦，不好意思呀。」

「你真這麼聽長官的話，他要你辦什麼你就辦什麼？從來都不敢抗命？」王智漢問。

「我這隻長官會附身呀。」韓杰沒好氣地說：「要是你上頭的劉長官有本事隨時隨地附上你身，用你嘴巴說話、用你拳頭打人，一不高興就吐三昧真火烤你耳朵，你怎麼抗命？不是你口袋裡那支用來點菸的打火機，是三昧真火呀！」

「老劉要是有這本事，我還真沒辦法抗命……」王智漢點點頭，明白韓杰處境，又問：

「所以這次又是哪件大案?可別像上次弄死那麼多人……」

「上次那些人又不是我弄死的……」韓杰說：「上次他消息給得晚，所以鬧那麼大，這次他特地提早下來報消息給我。」韓杰發動引擎，說：「說是以前有個師公把一個厲害大鬼關進山裡，最近那隻厲害大鬼可能會重新出世，要我去處理那傢伙。」

「厲害大鬼是多厲害?」王智漢問。

「誰知道，所以我才火大……」韓杰說：「上次媽祖婆寫了份公文讓他能輕鬆下來一趟，結果他用來看剛剛的熱鬧，說要視察凡人心靈空虛的問題，猴戲看一半才突然跟我講這案子，說這次用了媽祖婆公文，短時間內懶得再下來，要我自己想辦法解決，你說我能怎麼辦?」

「辛苦你啦……」王智漢聳聳肩，取出手機說：「要不要我撥通電話給我女兒，讓你對她說聲生日快樂;還是我給你她手機號碼，你自己打給她?」

「你有完沒完!」韓杰哼地催動油門，急急駛遠。

「臭小子……」王智漢瞪著韓杰離去背影暗罵幾句，撥通了電話。「什麼?出差?不在家過生日了?妳不是準備要辭去事務所準備考檢察官嗎?發生什麼事?該不會又跟那些土地糾紛有關吧?妳現在人在哪裡?沒有、沒有……我不是審問妳……我是擔心妳……嗯、是……我知道妳是大人了。好吧……妳自己注意安全吧。」

王智漢掛上電話，又點了根菸呼呼抽起。

貳

韓杰開著向鐵拳館老龜公借來的小發財車來到六月山下的小鎮。

小鎮上的氣氛有些奇異，許多店家早早關門，韓杰在幾條路上東繞西拐好半晌，才買著了米粉湯和幾樣黑白切小菜，老闆找他錢時臉臭得像面對仇人一樣，挑給他的油豆腐也是鍋中最破爛的一塊。

韓杰提著晚餐返回小發財車駕駛座，半掩著車門吹風，一面吃、一面望著前方樓宇後頭的六月山。

六月山看來平凡無奇，與一般市郊矮山沒有多大分別，鄰近有條登山步道通往半山腰一塊叫作「見月坡」的平緩坡地。

見月坡其實是個觀光景點，只是經營得不成功，管理處荒廢好多年。倒是那條登山步道，路面不寬闊但堪稱平坦，每日清晨、黃昏都有不少附近社區長者，循著步道往返沿途幾處涼亭、小廟散步聊天，眞正登上見月坡的人反而不多。

幾年前一次颱風，步道後段土石坍方，多年下來也未補修，因此這幾年社區爺爺奶奶，散步範圍多半集中在步道前二分之一。

韓杰稀里呼嚕地吃起晚餐，突然聽到嘰嘰兩聲，轉頭見小文從副駕駛座椅上的草編小巢裡探頭出來瞪他。

「幹嘛？」他看小巢旁用來當飯盆的小鐵蓋已經空了，便說：「等我吃完再替你倒飼料……」

小文搖頭晃腦，突然飛出小巢去搶韓杰手中米粉湯袋子，被一把揪住塞回小窩。

「媽的……」韓杰嘴裡塞滿小菜，打開置物箱翻出飼料，倒了些在鐵蓋裡，還瞪著探頭望他的小文說：「看什麼看，吃啊……」

小文走出小窩，一爪踢翻裝滿飼料的小鐵蓋，又飛起來要搶韓杰手中的米粉湯袋。

「我操！你煩不煩？」韓杰撥開小文，翻正鐵蓋，從小菜袋子裡挾出一片海帶扔在上面，瞪著牠說：「你這蓮藕鳥成精了？不吃飼料，改吃人吃的東西是吧？吃啊！」

他見小文落在小窩頂上，歪頭盯著那片海帶，又轉頭怒瞪他，便說：「幹嘛？不吃海帶？」他從袋中挾出一小片嘴邊肉咬去一半，將剩下的放上小鐵蓋。「吃肉？還是豆干？」邊說邊挾了點碎豆干、碎豬耳出來。

小文再次一腳踢翻小鐵蓋，尖叫著去搶他手中的袋子；韓杰揮打半天也趕不走牠，只好跳下車，對著車內怒罵：「王八蛋，你到底想幹嘛？」

「嘰——嘰嘰——」小文怒叫幾聲，像在回嘴，然後才鑽回小窩呼嚕大睡。

韓杰這才明白小文是嫌自己食物袋子摩擦聲吵著了牠睡覺。

他一手提著晚餐，騰出另一手掏摸口袋，本想掏個垃圾、零錢什麼的去砸小文的窩，突然見遠遠有個老頭騎著腳踏車來，後頭還跟著三、四個年輕男孩，男孩有大有小，大的十餘歲，小的八、九歲，個個咬牙切齒。

他們經過韓杰身邊時，都撇過頭怒氣沖沖地瞪視他。彷彿將他當成了入侵家園的不速之客。

韓杰有些困惑，繼續默默吃著米粉湯。幾人遠去的那頭岔巷也聚集了幾個鎮民，大夥兒全往同一處奔去，不時有人吆喝：「小張，不要簽——」「不能簽！」

韓杰回頭望了車內一眼，他手中袋子的食物還剩大半，回車上吃或許又要惹得小文出來找他單挑。

他便打算去瞧瞧巷弄那頭發生了什麼事——臨走前故意用腳帶上車門，發出砰的好大一聲，嚇得小文從小窩竄出，嘰嘰怒叫不停。

韓杰提著米粉湯和小菜邊走邊吃，來到聚眾巷口，巷弄後方幾大塊街區幾乎已拆空，僅剩零零星星的獨棟矮樓及幾排老舊公寓，孤單地散布在街區角落。

遠處幾排老公寓牆上掛滿抗議建商暴力拆遷的白布條，公寓後方有一片小林，再之後就是六月山登山步道入口。

有排矮公寓一樓門外，聚著好多人。

那些人陣仗、態勢，明顯分成兩邊——一邊有老有少、有男有女，模樣衣著看著像當地居民；另一邊是幾個剽悍中年人領著一群刺青混混，個個摩拳擦掌、推擠嬉笑，還不時出言挑釁周遭大叔大嬸。

韓杰又見幾個街坊奔過他身邊時，都轉頭怒目瞪他。他呆了呆，低頭望了望自己短袖T

恤袖口微微露出的刺青，這才隱隱明白居民們瞧他的眼神緣由了——他們似乎將他和公寓外那些刺青混混當成一夥兒了。

他不知道這兒究竟發生了什麼糾紛，也無意介入，但公寓後方那片六月山是他此行目標，上山步道入口就在公寓後方小林裡，他想看個熱鬧順便探探路。

他閒晃到那排老公寓斜角一根電線桿旁，倚著電線桿繼續吃米粉湯，邊打量著步道入口，猶豫著吃完就上山，還是天亮後再來。

他見到幾個刺青混混嚷嚷對他招手。「喂！」「這邊啦！」

「……」他懶得理他們，繼續吃著米粉湯，卻聽見公寓一樓住家內，傳出老邁喊聲：「小張吶！後面林子不能賣吶，你阿祖生前死也不賣地，就是不讓人上去開山，山裡鎮著一個惡煞，山一開，那惡煞就要出來啦！」

韓杰眼睛亮了亮，像是聽見了重要情報——

山裡鎮著惡煞，山一開，惡煞就要出來了。

聚在門外的街坊鄰居紛紛出聲附和：「是呀，小張，你賣出那片地，他們就要正式開山啦，這樣一來，我們就更沒有籌碼談判啦！」「你到底欠他多少錢，說個數字，我們幫你想辦法！」「這些人故意設局騙你，你怎麼這麼傻？」「他們是不是打你呀？」

鄰人聲音剛停，混混們就吆喝起來：「囉嗦啦！快簽下去啦！」「對啦，我們就是設局啦怎樣，有人就是會上當，怎麼樣啦。」「都知道是設局了，這個局的錢，你們賣肝也還不起啦！」

韓杰聽那些混混這麼說，心裡不太痛快，像是踩著了他心中痛腳，提著食物袋走近那戶人家。

他突然聽見身後一陣急促腳步聲趕來，正要回頭瞧，胳臂被撞了一下。

一個長髮女人撞開他，往那戶人家奔去。

「王律師來了！」「王律師——」鄰人們見到她來，像見了救星般大聲嚷嚷起來。

女人快步奔入那戶人家前院，正要進入客廳，被兩個刺青混混伸臂攔下。

「張先生，別簽！」女人朝屋裡急喊：「你簽了，他們這開發案正式動工，老鄰居的房子就更難保住了——」

「是呀！」「小張，別簽！」「有什麼債我們幫你想辦法呀。」「王律師，賭債是不是不要還吶？」街坊鄰居紛紛幫腔，和混混們你一言、我一語叫囂。

韓杰聽女人的聲音有些熟悉，緩緩往前湊去，望著她背影。

是王智漢的女兒王書語。

「小張，六月山真的不能動，動了會出事呀……」

一個老頭顫抖地挽著客廳桌前那叫小張的男人胳臂。

小張三十來歲，臉上帶有些許傷痕，捏著筆望向桌上那份合約發愣。

他身旁除了老頭，還有五個男人，兩個西裝筆挺、三個穿著短袖戴金項鍊。

五人之中，四人站著，一人坐著。

坐著的那人有些年紀了，頭髮微微發白，身材微微發胖，但一雙眼睛透著精銳光芒，彷如鐵鉤勾著小張魂魄，他甚至不用開口，小張便嚇得直哆嗦。

「張先生！」王書語推開兩個攔路的傢伙直闖客廳，一把抓住小張手腕，大聲說：「你欠他們賭債？你不用怕，我可以幫你，你只要跟我說是不是這些人騙你……你……」

她還沒說完便被幾個混混拉開，一個傢伙大力拉著她手腕，見她掙扎還伸手揪她頭髮。

然後那人的手，被自後跟來的韓杰一把扣住。

韓杰扣得極大力，拇指都掐進那人手腕裡，痛得他怪叫放手。

「啊，你……」王書語見竟是韓杰，驚愕喊道：「你怎麼在這裡？我爸派你來監視我？」

「呵呵，不是。」韓杰扔開混混的手腕，乾笑兩聲，攤手搖頭。「我又不是妳爸的小弟，他派不動我……」

幾個混混吆喝著要圍住韓杰和王書語，被坐在小張身旁的男人厲聲喝退。

「不長眼的小子……」老男人站起身緩緩走來，揚手搧了叫囂手下腦門一巴掌，走至兩人面前，扠腰望著王書語，冷冷地說：「你們不知道，眼前這大律師的爸爸是誰？」

混混們左顧右盼，他們哪裡知道。

「這事跟我爸爸無關。」王書語怒瞪著他。「你是方董新請來的幫手，替他恐嚇這些住戶？你想用賭債逼張先生簽字賣地？這是你的主意還是方董的巧思？」

「王律師，妳說話小心點。」「這裡不只妳一個律師。」兩個西裝筆挺的男人聽她這麼講，立時抗議。

「妳爸爸，曾經送我進監牢蹲了幾年。」老男人歪頭打量著王書語。「我在牢裡一直沒忘記他，聽說他生了個能幹的女兒，還是個大律師，一人擋著方董這開發案兩年，真不簡單，妳叫什麼名字？妳爸沒陪妳來？」老男人說到這裡，還探頭往門外望了一會兒。

「我說過這件事跟我爸無關。」王書語瞪著他，並沒有被他銳利眼光嚇退，緩緩掏出皮夾，取了張名片遞給老男人。「這是我的名片……」

她轉頭望向兩個西裝男人，說：「回去告訴方董，再過不久我就不是律師了，我會進地檢署；到時候，我不會只擋他這件案子，他十幾件開發案，超過一半都有問題，每一件我都會好好研究。」

兩個西裝男人相視一眼，其中一人隨即拿出手機撥電話。

「哦，妳跟妳爸爸一樣……」老男人笑著說：「都不怕死？」

「你想說什麼？」王書語拿出手機開始攝影。「說清楚一點。」

「喂，誰准妳拍的？」一個混混叫喊著要來搶她手機，被韓杰揪住後領——

同一時間，王書語也扣住那人伸過來的手，一扭一拐，想將他絆倒在地——但混混的領子被韓杰揪著，王書語絆了兩下絆不倒，抬頭怒瞪韓杰。「你幹嘛幫他們？」

「我幹嘛幫他……」韓杰有些無奈，大力一推，同時伸腳一絆，將那傢伙重重摔倒在地。

「哇幹！」「你……」一票混混圍上來卻沒繼續動手，像在等老男人下令。

韓杰乾笑兩聲，攤了攤手，望著老男人說：「你別不信邪，她眞的不怕死。」

「不怕死的人，真的很難纏……」老男人瞇起眼睛，像是想起一個人。「我曾經碰過一個。」他望著韓杰雙眼，在他眼中看見同樣難纏的神韻。「小伙子，你又是哪條道上的？你是王律師爸爸的朋友？你老大是誰？」

「我老大你惹不起。」韓杰淡淡地說：「你們想逼人簽字賣地？改天吧，等我走了再想新辦法，今天你們簽不成了。」

「哦？」老男人說：「你口氣比她還大，你也不怕死？」

「我不只不怕死，我是很難死。我老大掐著我的脖子，不讓我死。」韓杰冷笑說：「而且，我最討厭設局逼人簽名賣地這種事……」

「好了，別囉嗦了，方董在催了！」剛剛在打電話的西裝男人掛斷電話，對小張說：「你簽下去，這筆債方董會幫你解決。」

「不行！」老頭一把抓住小張的手，和他奪起筆來，還伸手去搶合約。

「喂！」兩個西裝男上前與老頭拉扯，混混們也擁上去。

客廳燈光突然閃爍幾下，然後全暗。

黑暗中，眾人只見小張眼睛橙光閃爍，緊接著一陣激烈竄動、搥打、摔砸和哀號聲此起彼落。

幾秒後客廳燈光重新亮起，小張像隻猴兒般蹲在客廳桌上抓癢，嘴裡還嚼著那張合約，準備用來簽字的原子筆也折裂在桌上。

混混和兩個西裝男人，抱頭摀臉撫腹捧手地倒成一片。

韓杰也揪著一個混混，正把吃剩的食物袋子，連湯帶料往對方嘴裡塞。方才衝突剛起，他也要動手，陡然感到一股詭異氣息襲入屋內，附上小張身，便按兵不動。

小張見燈光亮起，立時跳下桌，挺直身子、手扠腰，輕咳幾聲說：「哼！一群不長眼的臭小子，想騙人土地、拆我土地廟，是不把我放在眼裡啦？哼！」

「啊……啊，小張，你……」一旁的老頭見小張這副模樣，驚訝得叫嚷退開，瞪大眼睛望他。

「我什麼我？我是六月山土地神呀！」小張跳上椅子，對著門外看傻了眼的住戶和混混大聲說：「誰敢拆我土地廟，我就拆你骨頭！聽到沒有——」

「你……你裝神弄鬼呀？」兩個混混掙扎站起，一個摀著淌血鼻子、一個捧著扭傷手腕，再次圍上小張。「你找死是不是？」

「大膽！」小張呀的一聲高高蹦起，一腳踢倒捧手混混，再一巴掌搧倒鼻血混混，見兩人倒地，又撲上對他們一陣亂打。

「那……那是什麼？」「小張發瘋了？」「那……真是土地公？」門外左鄰右舍見小張舉止瘋癲，嚇得不知所措。

那批守衛混混則擁入屋裡想要助拳，小張回頭瞪著奔來的人，突然張口一吼：「大膽歹徒，想幹什麼？下壇將軍柳丁聽命，給我咬——」

「嘎——」一聲幼獸尖吼陡然響起。

客廳燈光再次熄滅，室內掀起狂風，混混們再次紛紛慘叫。

眾人隱約見到有頭小東西在客廳亂竄，竄到哪兒，慘叫聲便從那兒發出。

十幾秒後，四周燈光又亮起。

小張得意洋洋地站在客廳椅上，一手扠腰，一手舉著一根彎曲木杖，臉上隱隱閃現一個蓄鬍老頭的面容。「我說了我是六月山土地神，誰再不信，來試試呀！」

「眞……眞是土地公呀？」「土地公顯靈啦！」門外街坊紛紛驚呼，有些人還大呼小叫跑遠，想喊更多人來瞧瞧土地公上小張身的奇景。

「……」韓杰走到廳桌前與小張大眼瞪小眼，回想著太子爺下午的吩咐——

六月山上，另外有些山魅，修煉許久，頗有道行，喜歡扮神仙嚇人搗蛋，順便處理一下。

韓杰扠手望著小張，問他：「老頭，你住六月山上？」

「是呀？怎麼了？看到土地神還不鞠躬？」小張瞪大眼睛向韓杰尖笑。

「我有事不明白，想向你打聽打聽，行嗎？」韓杰這麼問。

「不行！」小張捧腹狂笑。「你和他們是一夥的。」

「我和他們不是一夥的。」韓杰說。

「就算不是一夥的，我還是不理你，你太無禮了，跟土地神講話這麼沒禮貌！」小張歪著頭說。

「怎樣才算有禮貌？」韓杰問。

「水果呀、燒雞呀、美酒呀……」小張舔著舌頭。「鮮花就不用了，嘻嘻……」

「好，不過你先離開這人身子，我有空會上山找你。」韓杰這麼說。

「不用了。」小張忽地一笑。「我直接附你身去買。」

他說完，冷不防伸手往韓杰肩頭一按。

下一秒，他猛地縮回手，尖吼說：「好燙呀，你是誰？你身體裡有火？」

「我的身體是ＶＩＰ貴賓席，不是想坐就能坐的。」韓杰說：「你說你是土地神，那你得再努力升幾十階官職，才有資格向他借這位子坐坐。」

「噫！你……你……」小張捧著微微發紅的手望著韓杰，面露懼意。桌椅底下發出一陣嘶嚕嚕的威嚇哈氣聲，陰影中有隻小獸隱隱探出頭爪，瞪著一雙青亮眼睛，齜牙咧嘴想伺機攻擊韓杰。

「柳丁，不行！」小張大聲喝止：「這傢伙不好惹，我們回山上！」

小張說完，整個人癱軟倒下，暈死過去。

客廳內寂靜無聲，門外鄰人看傻了眼，全然無法理解這劇情轉折；客廳內一群手折腳扭的混混們則互相攙扶，緩緩退遠；老男人經過這奇異變化，囂張氣焰消退不少，臉色遲疑惶恐。

「各位朋友，你們要談，另外再約時間談，今晚到此爲止。」韓杰轉身手插口袋望著老男人及一干混混，沉沉地說：「我數到十，還留在屋子裡的人，我會把他扔出去。」他說到這裡，上前扣住一個混混扭傷的手腕，推著他往門外走。「就像這樣。」

韓杰一面走、一面扭轉那人手腕，在慘叫聲中，將他手掌扭轉到誇張角度，然後一腳踢在混混屁股上，將他踢出門外。

韓杰重新回到客廳，站在老男人面前，面無表情與他對望，直接從「五」開始數。

「走。」老男人手一揚，領著眾人離開屋子。

左鄰右舍擁進房裡，將暈死的小張抬到空曠地方，搧風的搧風、揉腿的揉腿，有人解開他釦子讓他透氣，見胸腹遍布大片黑青瘀傷，紛紛怒罵起剛剛那些傢伙。

參

「帶頭那老男人叫賴琨。」王書語坐在副駕駛座上，望著清冷巷道。

韓杰發動引擎，準備送王書語返回火車站附近的旅館。

此時小張家門外有幾個自救會青壯年自願留下守夜，與王書語約好再有動靜會第一時間通知她。

「被我爸爸抓到，坐了八、九年牢……」王書語說：「前兩年假釋出來，聽說一直想找我爸爸報仇……」

「他犯了什麼罪被妳爸爸逮到？」韓杰問。「恐嚇？傷害？組織犯罪？」

「你說的這些都有……」王書語這麼說。「再加上殺人。」

「殺人？關八、九年？」韓杰哦了一聲，諷刺冷笑說：「那他該謝謝你們這些偉大律師熱心保護他呀，哼哼……」

「我們律師只是做好份內的工作。」王書語瞥了韓杰一眼。「你可能認爲是因爲我們，某些壞人才少關幾年，或是保住一條命，但你忘記了，如果沒有我們，你討厭的那些壞人，有一萬種把好人冤判入牢、推進地獄的方法。賴琨的問題，是整個制度的問題，沒有人願意見到這種事發生；就像你把惡鬼打下地獄、上刀山下油鍋，但那些傢伙逮到機會還是有辦法跑回陽世作怪。我不會怪你、也不會怪神。」

「妳爸爸說的對。」

「我爸爸說什麼？」

「妳爸爸要我別跟妳辯論。」韓杰乾笑。

「我爸爸是老派大男人。」王書語說：「他那些話聽聽就算了。」王書語說到這裡，見小文從被挪至儀表板上的小窩探出頭來，對她嘰嘰叫了兩聲，便伸手去摸牠腦袋。「這就是……替你叼籤的鳥？你把牠養在車裡？」

「喂，小心，牠很壞，會咬人……」韓杰見她伸手要摸小文，立刻出聲提醒，卻見小文歪著腦袋、瞇著眼睛，像個乖寶寶般享受王書語的輕撫。「而且挺奸詐，會在女人面前裝乖，簡直王八蛋……」

「嘰——」小文瞪了韓杰一眼，尖叫一聲以示抗議，然後又瞇起眼睛讓王書語撫摸腦袋。

「剛剛謝謝你。」王書語說：「不過下次這種情形我自己處理就行，不用特別幫我。」

「……」韓杰點點頭，冷笑說：「我明白，我跟王仔聊過這件事。」

「你們聊什麼？」王書語呆了呆。

「妳以爲可以用這種方法下去見一個人。」

「你們想太多了。」

「值得嗎？」

「你在套我話？凡人在陽世說過的話，可以變成下去後的證據？」

「我記得可以……不過我沒有幫誰蒐證，我沒那麼無聊，只是好奇問問。」韓杰說到這裡，靜默半晌，見王書語不接話便說：「我有個很要好的朋友，下去一年多，她應該不會希望我用這種方法下去，就只爲了見她一面。」

「她是個好人，應該已經排進輪迴隊伍裡了吧。」王書語說。

「嗯，對……哦！好像就是這陣子，我差點都忘了……」韓杰望著市街，默默算著日期，這才驚覺這陣子應該就是葉子踏上大輪迴盤、轉世新生的時候。

「阿彬也是很好的人，所以他應該，也快了……」王書語說：「我只是想了結一個心願，你可不可以……」

「很抱歉，我無能爲力。」韓杰這麼說。

「好，我知道了……」王書語點點頭，不再說話。

韓杰默默開了半晌車，來到了王書語投宿旅館——金歡喜旅舍。

「那些人再找上妳的話，打電話給我。」韓杰取出手機，正想報上自己電話。

王書語卻默默下車，繞過來向韓杰點了點頭，微笑說：「我不知道阿彬會怎麼想，但我自己想想，應該值得吧……」

她說完，轉身步入金歡喜旅舍。

韓杰望著她的背影，發愣片刻後，取出手機，點開簡訊，找到那封王智漢要他有空撥給王書語說聲生日快樂的簡訊，從中找出她的電話，傳了個訊息給她——

我沒資格干涉妳的決定，但我覺得他應該更希望和妳踏在同樣的土地上、呼吸同樣的空氣、曬同樣的太陽，而不是他回來了，妳卻下去了。妳再想想。

「操……我什麼時候學會打這種噁心文章？」韓杰望著自己的訊息，呼了口氣，抓抓頭，又思索半晌，對著小文說起話來：「蠢鳥，這幾天那小妞就要回來了，你開心嗎？你還記得她嗎？你說話啊。」

小文叼著牠的小窩，從儀表板落回副駕駛座上，鑽入小窩不理他。

「媽的……」韓杰唾罵幾聲，發動引擎，在清冷街上亂開，途中不時自言自語，或是對著小文說話。「世上有幾十億人，她說不定投胎成個洋娃娃，或是黑娃娃，哈哈……」

韓杰苦笑了笑，靜默半晌，望了望夜空。

「那她呢，應該長大了吧……」

這個她，是許多年前韓杰愛上的另一個女孩。

和葉子一樣因絕症走了。

早已輪迴轉世多年。

「小文，你他媽說句鳥話來聽聽啊……」韓杰感到有些煩躁，伸手拍了拍小文的窩。「為什麼你是隻文鳥，不是隻會說話的九官鳥？這樣有事可以直接用講的，也不用叼籤，弄得我家一堆垃圾廢紙，多麻煩啊……你同不同意？下次請老闆把你揉成九官鳥好不好？」

「嘎！」小文從小窩中衝出，揚爪踢韓杰亂推牠窩的手，抗議韓杰一直吵牠睡覺。

韓杰漫無目的地在街上繞了好幾圈，不知怎地，又返回王書語住宿小旅館對街。他停在街邊空位，拿出手機想打電話給王智漢，提醒他注意女兒安全。

他望著通話鍵卻按不下手，抓了抓頭，有些爲難。

「喂，臭鳥……我如果現在打給王仔，豈不是變成抓耙子了？但如果眞出什麼事，王仔知道他女兒被人威脅，我竟然不通知他，會不會氣瘋殺了我？喂……臭鳥，你說話啊？咬卷籤出來教我怎麼做好不好？」

小文伸在小巢外的小爪子抖了抖，正在夢鄉徘徊。

「如果我替她帶話下去給她心上人，是不是會好一點？她是不是就不用像隻無頭蒼蠅這樣橫衝直撞了？可是我是替人做這種事的人嗎？王仔怎麼不拜託偷車的臭小子去幹？我爲這種事跑一趟應該嗎？」

小文被吵醒了，緩緩探出頭來，瞪著韓杰。

韓杰攤了攤手，表示不好意思。

小文搖搖晃晃走出小巢，飛到韓杰手上，用爪子抓著他手指，按開手機螢幕，推動他手指點開相本，滑動。

滑到一批照片上。

小文用喙輕輕叩了叩螢幕上那幾張照片，又瞪了韓杰一眼，這才飛回小巢，繼續睡覺。

韓杰默默無語，看著一張張已瀏覽過無數次的照片。

裡面有滿滿的山和海，和葉子。

記錄著一段短暫卻美麗得如夢似幻的時光。

「你想說我突然這麼多廢話吵你睡覺，是因爲我其實也想下去一趟？見她最後一面？」

肆

叩叩、叩叩叩。

一陣敲窗聲吵醒了韓杰。

韓杰睡眼惺忪地抓抓頭，見王書語冷冷地站在車窗外看他。

他搖下窗，王書語扔了幾個東西進來，落在他腿上。

韓杰拿起來一看，是便利商店的飯糰、三明治和牛奶。

「你還說你沒監視我？」王書語語氣冷峻。

「誰這麼閒監視妳，我是來辦正事的……但不想住旅館，所以睡車上……」韓杰伸了個懶腰，無奈地說：「妳也不用拿飯糰丟我吧……」

「不是丟你，是給你吃的。你昨天載我，算還你人情。」王書語這麼說。

「呵……呵呵！」韓杰嘿嘿笑了起來，打開包裝飯糰咬了兩口。

「你笑什麼？」王書語皺眉。

韓杰邊吃邊笑說：「妳不謝我幫妳打跑混混，反而謝我載妳？」

「我還有事，先走了。」王書語回答，轉身離去，像是想攔計程車。

韓杰連忙發動引擎，咬著飯糰駕車跟上，開到她旁邊，說：「妳覺得那不是幫忙，而是壞了妳的好事？」

王書語臉色一沉，冷冷看著他。

韓杰見她變臉，便改口問：「妳要回昨天的地方？我載妳去吧。」

「你到底想幹什麼？」王書語吸了口氣，語氣不耐。

「我想知道昨天晚上到底怎麼回事。」韓杰問。

「我不需要你幫忙。」王書語說。

「我沒那麼雞婆……」韓杰說：「我這次的案子可能跟那些人有關，我想搞清楚狀況……妳不需要我幫忙沒關係，但其他人或許需要，他們不是大律師，也沒有個警界傳奇在背後撐腰。」

「……」王書語沉默幾秒，繞到副駕駛座。

小文在王書語開門前便俐落地叼走小巢，還抓了張面紙擦擦椅墊，將飼料撥下車。

王書語上車，摸了摸小文的腦袋，說：「你養了隻很貼心的鳥。」

「嗯……」韓杰哼哼地說：「妳做律師的，雙面人肯定見多了，但雙面鳥妳以前沒見過，所以會這麼說。」

「啾、啾啾——」小文歪著腦袋磨蹭王書語的手心，叫聲都比和韓杰獨處時甜美許多，還假裝聽不懂韓杰的話，只偶爾偷偷瞪他。

王書語四處張望，見車頂、車門內側畫著滿滿的金符，後照鏡垂下的小符包上，用迴紋針別著一片尪仔標，排檔處的置物盒、車窗下，甚至椅背頭枕下緣都藏著尪仔標。

「很醜我知道，但很安全。」韓杰乾笑兩聲。

□

小發財車開入六月山下已被拆空的街區，空地上停放許多大型機具，工人來來回回忙著施工。

「這地方要蓋什麼？」韓杰問。

「方董想把整座六月山，連同周圍這塊地，打造成觀光景點。」王書語指著遠處的六月山，說：「山上蓋高級度假村，山下蓋大飯店、高級住宅、購物中心和登山纜車。」

「在這種地方蓋這麼多東西？」韓杰哈哈一笑。「那個方董錢多到花不完？」

「這一帶沒那麼熱鬧，但離火車站不遠，未來有機會發展起來。」王書語說：「方董早就跟當地政府、地方議員和立法委員們都喬好了，民代負責對中央施壓開一條觀光鐵路進來，地方政府出錢重新開發六月山，他們想把這裡打造成觀光新市鎮。」

「聽起來不錯啊。」韓杰抓抓頭，一下子也聽不懂她對方董的做法是褒是貶。

「不錯？」王書語臉色一沉。「這整個計畫是政府和你我出錢幫方董賺錢──方董要路就幫他開路，方董要山就幫他開山，方董要地就拆房子趕人把地給他。連開山的環評都是用錢買來的，開發完成後的經濟效益，一半被方董賺走，一半被跟他勾結的民代和官員賺走，六月山下這些居民，什麼也沒分到。」

「開山開路……六月山……」韓杰似懂非懂地點點頭，「那我大概知道我爲什麼來了……」

「你不知道你爲什麼來？」王書語望著韓杰。

「六月山上有個山洞關了隻厲害大鬼，我收到消息，大鬼最近很可能跑出來，我來這裡是爲了防他下山作怪。」韓杰試著用王書語能聽懂的說辭解釋自己此行目的。「聽妳這樣講，我才知道可能跟這開發案有關，他們這樣開上山，會動到山洞……」

「哦？」王書語聽他這麼說，微微露出驚喜。「所以你也反對開發案？」

「啊？」韓杰連連搖頭。「別問我這個，我不懂這些，我只懂打人和打鬼……如果別讓大鬼出來當然最好，但如果他眞出來，我只能來硬的，山下的開發案跟我無關。」

「跟你有關。」王書語臉又沉下，盯著他說：「跟每一個人都有關。」

「好，跟我有關。」韓杰攤了攤手，說：「但是……大鬼下山其實跟妳也有關，不過我不會拉著妳去抓鬼，對吧？大家各司其職，做自己擅長的事，對事情才有幫助；外行人不懂裝懂瞎搗蛋，只會幫倒忙，不是嗎？」

「這倒是。」王書語點點頭，突然又問：「但……你上頭，對人世間這些紛紛擾擾都沒意見嗎？」

「啊？」韓杰呆了呆，乾笑幾聲：「他們能有什麼意見呢？人要往東還是往西、往高還是往低，都是人自己的選擇不是嗎？神仙替陽世擋著底下邪魔上凡作怪，偶爾還幫忙救救天災，比較雞婆一點的還會找些乩身、法師、靈媒什麼的傢伙成天替他揍這個、打那個的，已經仁至義盡啦……就算是爸爸媽媽也不會幫孩子擦一輩子屁股。人最終會走到哪條路上，自己選吧。」

「嗯……」王書語沉默半晌，點點頭。「你說的對……」

「嗯？」韓杰見一塊街區那兒孤伶伶地立著一棟透天矮樓，幾個反拆遷自救會成員在樓下舉著布條，正與一群工人發生爭執。

王書語急急下車奔去，韓杰停妥車跟在後頭，聽兩方吵了半天，也不曉得吵些什麼，只大致聽出是街坊們對樓旁高聳建材的堆放方式有意見——

已被拆去建物的空地上堆了兩層樓高的建材，緊鄰矮樓，一旁還有工人繼續將建材往上堆。

同時方董一方的律師、業務主管模樣的人，持著合約，遊說矮樓住戶賣屋遷離。自救會街坊們聚來抗議，你一言、我一語地指責方董不該用這種方式逼人賣房。

韓杰無心細聽兩邊爭辯，自救會在王書語加入戰局後，氣勢由頹轉盛，從各罵各的變成一致「對呀對呀」、「就是說嘛」的助陣吆喝。

方董的律師和主管們臉色難看，斥喝工人停工、暫時休息，別繼續在樓旁堆東西。

王書語簡單交代街坊幾句，隨即拉著韓杰上車，趕去探察其他街區尚未拆遷的樓房——幾棟孤立樓房周圍都有類似紛爭，方董的律師和業務主管有好幾組，想鎖定每一戶釘子戶，將之各個擊破。

有些樓房四周被挖出一個個碩大坑洞，有些附近堆放著大量廢土，有些外有工程車輛來回行駛，塵土飛揚，甚至還有許多刺青混混群聚飲酒叫囂。

各組業務主管花招百出，目的只有一個，逼住戶簽字賣屋。

韓杰跟著王書語跑了幾間，也聽不懂兩邊激辯交鋒時你來我往的法律用語，便獨自返回車上發呆。

他頭枕胳臂，望著遠處王書語與對方代表激辯爭論，以一擋百，戰完了這頭馬上轉去另一頭再戰。

韓杰手機響起，是王智漢打來的。

「臭小子，你打電話祝我女兒生日快樂沒有？」王智漢在電話那頭這麼問。

「……」韓杰望著遠處的王書語，見她跟人吵得頭髮都快豎起來，隨口回答：「我有點怕她……」

「怕什麼？」王智漢嚷道：「你一個大男人，怕跟女孩子說生日快樂？你不是連被那什麼第幾天魔王挖內臟都不怕？」

「那該怪你啊。」韓杰打著哈欠。「你生了個比第六天魔王還凶悍的女兒，真厲害。」

「啊？她兇你？你聯絡過她了？她有說她現在忙什麼嗎？」

「沒啊。」

「那你鬼扯什麼？」

「誰跟你鬼扯，我在辦案！你呢？你不用查案抓壞人？成天拿這屁事煩我？」

「什麼屁事，這事攸關我女兒未來的幸福和安危！」王智漢語氣無奈。「她不跟我說她在忙哪件案子，我擔心又跟那土地開發案有關。」

「跟開發案有關會怎麼樣？」韓杰問。

「我收到消息，說方董最近搭上一個被我抓進去關了幾年的角頭……」王智漢說：「那兩個傢伙要是搭上線，會出什麼陰招就難講了。」他說到這裡，頓了頓，又補充說：「是眞的『陰招』，那角頭以前就認識不少江湖術士，專玩陰的，連我都怕他——上次你在醫院裡碰到的那隻牛頭，就是被他弄死的。」

「哦？」韓杰聽到這不免有些吃驚，稍稍坐直了身子。

「那傢伙叫賴琨。」王智漢說：「你有空看看你那堆籤紙，說不定有他準備害人的消息。如果那傢伙要害人，說不定就是想害我女兒——」

「我上頭不是每件事都能事先知道，就算知道，也不會每件事都丟給我處理。不過如果我看到，我會處理的……」韓杰這麼回答，遠遠見王書語剛罵退了對方代表，氣喘吁吁地朝小發財車走來。

「不管怎樣，你打個電話給她說聲生日快樂又不會少一塊肉，要不要我教你怎麼說，我女兒她呀……」王智漢似乎還不死心。

「不用。」韓杰掛斷電話。

王書語開門上車。

「幹嘛？」她見韓杰盯著自己瞧，便問：「我爸打來的？他想查我行蹤？」

「是啊。」韓杰說：「我沒說我跟妳在一起，也沒替他監視妳——他告訴我，他收到風聲，方董找來賴琨幫忙處理土地糾紛；他說他的牛頭朋友當年就是被賴琨打死的。」

「對啊……」王書語取出鏡子撥整頭髮，她幾輪大吵下來，說話聲音都有些沙啞。「最近這些人手段越來越強硬，附近來了好幾批外地混混，應該都是賴琨找來的，他們可能打算動手強拆了。」

「嗯……」韓杰像是擔心觸怒王書語般小心翼翼地問：「如果方董出價合理，住戶怎不乾脆賣了換新屋？會不會想……啊，我只是隨便問問，妳別生氣……」

「你想說，自救會裡有沒有人想敲竹槓？趁機發財？」王書語像是早料到韓杰會這麼問。「我告訴你，當然有——但這不表示方董可以不擇手段趕人拆屋。買賣這種事，本來就該你情我願，你嫌貴可以不買。就像這些大老闆蓋出一堆天價大樓，大家覺得貴，也只能乾瞪眼，沒辦法逼他便宜賣；既然小老百姓不能逼大老闆便宜賣新屋，為什麼大老闆有權力逼小老百姓便宜賣掉住了一輩子的家呢？」

「嗯，這也是沒錯啦……」韓杰點點頭，想起東風市場外那棟嶄新大樓，建成後據說熱銷，但到了晚上，大樓無燈無人，漆黑一片，建商老闆想必是不願意便宜賣了。

王書語越說越激動：「六月山開發案環評三次沒過，環評委員整批換過；我調查過，新換上的環評委員不是方董安插的人，就是被方董『打過招呼』的人。這山一開，每年地震颱風那麼多，一旦出事會害到很多人。方董如果真問心無愧，為什麼不好好照規矩來，為什麼要搞這些手段？」

「嗯、嗯嗯……」韓杰不時點頭附和，也不知聽懂了沒。

「都市開發利害往往是雙面的，有些案子對大家都好，有些案子只對大老闆的口袋好；有些案子成了人人都會笑，有些案子成了只有大老闆會笑。」王書語指著窗外一塊街區空地。「兩年前，在那個地方，有個老太太哭得很傷心，她媳婦從樓頂跳下來當場就死了。方董手下其中一組人爲了逼那戶人家簽字賣屋，找了個小女孩色誘男主人，還拍下影片要告他，男主人不敢跟太太說，離家上吊；女主人知道之後，跳樓自殺，留下老太太一個人。當時我剛接下那棟樓其他住戶和方董的官司，親眼看到他的人把跪在媳婦身旁哭得發抖的老太太拉起來，扯著她上樓簽字；老太太說不想走，想留下來等兒子，他們不理，老太太問他們兒子上哪去了，他們不理……」

王書語說到這裡，握緊拳頭，淚水在眼眶打轉，激動地說：「我過去告訴老太太，除非她自己想走，否則沒有任何人能趕她走……」

「那後來老太太簽字了？」韓杰望了望王書語指的方向，那兒已無樓房，只有大批建材和機具。

「老太太三個月前過世了。方董這批案子有十幾組人，手段五花八門，住戶一個個答應簽字賣樓，上個月那棟樓終於拆了……」王書語繼續說：「但方董要的不只是那棟樓，而是這一帶所有的樓。剩下來的房子還有好多那樣的老先生老太太——我對方董的人說，如果他眞有本事用錢收買住戶的心，讓他們心甘情願賣屋，讓大家笑著過更好的日子，我不會阻擾；但我絕對不會坐視有人在被威脅、恐嚇、欺騙、流著眼淚的情況下被迫離開自己的家……」

韓杰聽到這裡點點頭，說：「妳爸爸會爲妳感到驕傲。」

「我希望你明白一點，我並不是爲了見阿彬才故意找麻煩，而是……每當我感到害怕時一想到或許能因此見到他，就不那麼害怕了……」王書語說到這裡，眼淚落下，哽咽道：「曾經……我跟他約好，要聯手讓這個世界變得更好……現在，我只想告訴他，我會連同他的份一起扛下，就算只有自己一個人，也會繼續奮戰下去……我會努力在他重新回到這個世界前，盡量讓這個世界變得好一點……哪怕，只有一點點……」

韓杰從置物箱取出面紙遞給王書語，見她轉身抽噎，知道她不習慣在人前哭泣，便獨自下車，望著六月山發呆。

「那我呢？我有沒有想對她講的話？」韓杰望著天上雲朵，喃喃自語：「她呢？她有沒有想對我講的話？」

他沒有呆愣太久，一聲尖銳的尖叫聲將他從思緒中拉回現實。尖叫聲從遠處街區工地傳來。

□

韓杰和王書語奔到工地那頭時，那兒已聚滿工人。

一個工人的小腿被壓在怪手履帶下。

工人慘叫不斷，大夥兒手忙腳亂，有人攀上挖土機倒車，其他人七手八腳將人抬走。

工頭驚慌怪叫，想找出肇事司機，一連問了幾個人，急得滿頭大汗——挖土機壓人時，車上並沒有司機，開那輛怪手的負責司機，就是斷腿工人本人。

工人們面面相覷，都不知道發生了什麼事。

一旁有些自救會成員也湊了上去，有人幸災樂禍，也有人去幫忙的，一時間大夥兒吵吵鬧鬧。

「哼，要拆我們房子，活該給壓斷腿。」「你別說這種話，這些工人賺的也是辛苦錢，要斷該斷那方董的腿……」「快叫救護車呀！」

「我早說了不能打六月山的主意！這是山上神靈的警示，你們別不信邪！」一個年邁老頭推開眾人，揪著工頭領口激動地說：「山上有個惡煞，要是讓他出來，我們全都有事！」

「我聽不懂你在說什麼啦！」工頭氣急敗壞地推開老頭，正想說什麼，只聽得後方又傳出一聲巨響。

眾人望去，是一輛貨車撞上建材。

「又是誰開的車！」工頭怒吼。

所有人圍上出事的貨車，前後翻找半晌，同樣找不著駕駛。

有兩、三個工人面面相覷，悄悄找上那老頭低聲問他：「阿公，你說的是真的？」

「當然！」那老頭激動地說：「你們自己說，這是這幾天第幾起事件了？」

「連續三、四天都有人受傷……」工人們交頭接耳。「車子自己發動暴衝、固定好的建材垮下來砸傷人……」

「立刻報警。」一名建商主管領著員工浩浩蕩蕩趕來了解情況，高聲吩咐。「調監視器看看事發前後，有沒有自救會的人在附近出沒。」

「你這麼說是什麼意思！」王書語立時上去抗議，打開手機錄影。

韓杰沒有理會眾人吵嚷，只是目不轉睛地盯著一輛怪手的車頂。

他見到車頂上佇著兩道奇怪身影，身形近似人，有著身軀手足，但臉孔古怪，彷如人身獸首，嬉皮笑臉望著騷動眾人。

兩道古怪身影嘰哩呱啦交談一會兒，本想鑽進駕駛座，但其中一個嘰咕兩聲，拉住另一個胳臂，在他耳邊低語。

他們一齊望向韓杰，發現韓杰竟能瞧見他們。

他們交談幾句後從車頂躍下，往山林方向奔跑，一下子就溜得不見影蹤。

伍

太陽下山後，韓杰提著一袋便利商店買的米酒、包裝零食和水果，穿過公寓後方小林，循著登山步道一路往上。

沿途路燈相隔甚遠才有一盞，路上陰陰暗暗，但越是往上，越能感到六月山隱隱瀰漫的奇異靈氣。

「那座山氣息特別呀，修出不少山魅精怪聚在一起，時間一久，像個小幫派；平時還算安分，不會惹是生非，但要是那東西出來作祟，統領了那批傢伙，那可不得了，你替我去打聲招呼。」

韓杰一面走、一面回想太子爺在上師道場中的吩咐。

「你要我和他們打什麼招呼？」

「要他們識相點，最好搬去別座山上——啊，這也不好……山要是空了，難保其他東西上去，煉成了壞東西也不好。你要他們安分點，別惹麻煩。」太子爺這麼回答，還補充說：「那些傢伙有的年紀不小，說不定知道山裡的東西，你可以向他們打探消息。」

「那如果我找到囚魔洞，接下來呢？」韓杰問：「一路打進去，找出那東西宰了他？」

「隨你高興，不過我怕你宰不動他。」太子爺答：「當年封著那東西的法師雖然沒你能打，也不是神明乩身，但聽說他做事謹愼，在囚魔洞施下嚴實封印法術，如果沒被破壞，應該還能繼續囚著那東西兩、三百年。你如果自認打不過，也可以額外加幾道印，守著山，等山下凡人紛爭過了再說。」

「什麼凡人紛爭那麼麻煩，會影響山上一個隱密山洞？」

「這種事別問我，我很忙的，我說幾次了！我也是等各路探子報消息給我看後才知道情況！」

「好，我自己查……嗯，再問最後一個問題……如果我判斷錯誤，決定宰他，結果宰不贏，你幫不幫忙？」

「我好討厭這個問題！照理說我應該下去幫你，但我又很不想幫，你知道嗎？」

「因爲要向上頭交報告？」

「對！我討厭被那些老傢伙圍著問些廢話，我最討厭人問我廢話，你懂嗎？更討厭的是——我養了個廢物，成天被打得亂七八糟，身體破一堆大洞，內臟都被吃掉了，全身燒得焦爛爛的，哭著要我下去救他，惹我心煩，你懂嗎？你懂不懂我在說誰？啊？」

「我懂……」

韓杰遠遠見到前方數十公尺外那間小土地廟。

那間廟比公廁隔間還窄小，裡頭僅有一張小供桌，桌上擺著一尊小小的神像；小廟旁放了幾張凳子小桌，供清晨鄰近民眾散步時休息。

韓杰走到廟前朝桌上神像望了幾眼，低頭探看桌下，見到一尊孩童巴掌大的小虎爺像。

他從袋中取出一瓶米酒、三罐啤酒堆上供桌，再放上零食和包裝水果，接著從供桌上取香點燃對小神像拜了幾拜，插入小爐。

做完這些後他打開一罐啤酒一口喝掉一半，還開了包零食捏出幾片往嘴裡扔。

「老猴，出來吧。」韓杰拿著啤酒零食到外面的凳子坐下。「你不是要我帶酒過來？」

他一面把玩手機，不時喊話，過了半晌也無人回應。

他喝完啤酒，回供桌拿了一罐，打開一口喝光，帶著第三罐啤酒和零食出來小桌旁繼續玩手機。

第三罐啤酒又喝掉一半，然後喀啦啦吃光零食。

「啊！他把嘎嘎果吃完了！」一道有點像是孩童嗓音的尖喊聲，自不遠處的樹上發出。

「別吵，裡頭還有幾包。」另一道沙啞老邁的聲音這麼說。

「我想吃嘎嘎果……」孩童聲音委屈說。

「別打草驚蛇，其他東西也很好吃——啊！他把酒全喝光啦？」老邁聲音說到一半，尖嚷起來。

「……」韓杰吃光了嘎嘎果再開一包洋芋片，左顧右盼見啤酒都喝完了，起身回廟裡拿米酒，對發出聲音的樹那頭說：「老猴，你真的不下來聊聊天？」

「喂，臭小子，你帶酒菜來拜土地公，卻一個人吃光？」老邁沙啞聲音自樹上飄來。

「我請你下來喝酒聊天，你又不來。」韓杰端著米酒，用拇指扳了扳瓶蓋，想起自己沒帶開瓶器。「你不喝，我只好自己一個人喝啊。」

「我沒說不喝，我等你走了自己喝，我喜歡一個人喝酒。」老邁聲音說：「你啤酒喝光就滾吧，米酒留下孝敬我，聽到沒有。」

「你在樹上講什麼我聽不清楚，有話下來講。」韓杰伸手在供桌上摸找，想找開瓶器。

「我廟裡沒有開瓶器，你別找了！」老邁聲音急急地說。

韓杰哼了一聲，將瓶蓋底部卡著磚牆轉角，往下一拉扯開瓶蓋，哼哼地回到小桌坐下，正要將瓶口往嘴巴湊，便見樹上竄下一道橙色光影，倏地遊繞到他面前，氣喘吁吁地盯著他。

那是個模樣奇特的老頭。

老頭駝著背、披著寬闊怪袍，一雙眼睛閃動橙光，眼耳口鼻模樣都怪，與其說是人，更像隻大獼猴，鼻下臉龐是一叢濃密灰白鬍子。

韓杰一把扯下他那嘴大鬍，原來是假鬍子。

老頭是隻成精獼猴。

「哇，你做什麼？」老獼猴氣得要搶回鬍子，見韓杰將整瓶米酒朝他拋來，便揚手去接，接著米酒舉起就往嘴裡灌了兩大口，忍不住歡呼一聲。

韓杰托著他的假鬍子拋拋秤秤，又丟還給他。

桌邊有個古怪小傢伙，身體似嬰孩，臉卻像無毛樹懶，自桌下探出頭偷偷瞧著韓杰，還伸手往桌上想摸走那包洋芋片，見韓杰轉頭看他，便又緩緩收回手。

「想吃就吃吧。」韓杰朝小桌上零食揚了揚手。「這些東西本來就是請你們吃的。」

小傢伙立時取過洋芋片，躲去老獼猴屁股後頭喀啦啦吃了起來。

老獼猴戴回鬍子，大口喝著米酒，又嫌鬍子礙事，摘下來找了張凳子坐下，將大鬍子放在桌上，睨著眼瞧韓杰。「年輕人，你夜晚上山訪土地神，想求什麼？」

韓杰轉頭四顧，知道周圍樹上、樹叢裡，隱隱藏著一雙雙眼睛，全提防地盯著他。

「六月山上是不是有個見月坡？」韓杰問。

「是呀！」老獼猴邊喝米酒，也隨手抓了點零食吃，點頭道：「很少人上去啦，幾年前颱風，路都吹垮了，更沒人上去了。幹嘛，你想去看月亮？」

「不是，我聽說見月坡附近有個山洞，關著隻大鬼。」韓杰說：「我想知道山洞的位置。」

「什麼！」老獼猴瞪大眼睛，將半瓶米酒放上桌，從椅上躍下地，雙手伏地，緩緩後退，警戒地瞪著韓杰。

他見到緊跟在身旁的小傢伙還抓著兩把洋芋片細碎地啃，便伸手拍落他手中洋芋片。

「別吃了！」

「啊！為什麼？」小傢伙尖叫，從地上撿起洋芋碎片往嘴裡塞。

老獼猴伏低身子，對著韓杰齜牙咧嘴。「你是誰？你想找囚魔洞？你是血羅剎外地的手下？」

此時老獼猴似乎忘了要扮人，神態姿勢就是隻臨戰潑猴。

小廟裡響起嘎嘎叫聲，竄出道小影擋在老獼猴身前，對韓杰發出咕嚕嚕的低吟警告。

「啊？」韓杰見小影體形只有幼貓大小，橫看豎看就是隻幼貓，不禁啞然失笑。「你這老猴扮土地神，還抓隻小貓當虎爺？」

「哇，你完蛋了！」老獼猴呀呀大叫。「柳丁最討厭人家喊他貓……」

老獼猴還沒說完，那叫柳丁的小貓，嘎呀一聲往前直奔，朝韓杰臉上飛撲——

被韓杰一把揪個正著。

韓杰剛才喝啤酒時可沒忘了在掌心畫上個香灰印，一揪住小貓，掌心立刻浮出張小網倏地裹住小貓。韓杰將他提在手上，搖搖晃晃地瞅著他笑。「貓就是貓，還是隻小貓，怎樣都不會變成虎。」

「嘎——」小貓暴怒，揚著小爪從香灰網眼裡伸出要扒韓杰，韓杰用食指拇指輕捏住爪子，覺得這小貓力氣奇大無比。

「山魅。」韓杰邊捏著貓爪，邊環視四周樹梢上一雙雙閃亮眼睛。「動物死後修煉成精，不是人魂，所以地府不收，平時歸地方小神管轄，例如土地神。」

「就是我——」老獼猴仰頸一哮，猛地撲向韓杰。「我就是六月山土地神，快放了我的下壇將軍！」

韓杰側身避開老獼猴撲擊，朝他屁股踹出一腳，但老獼猴動作俐落，瞬間閃開，手裡晃出一根帶葉木棒，雙手握棒直直朝韓杰腦袋砸下。

韓杰揚手接住木棒一端，抖了抖手，自腕上抖下一只黃金圈圈——乾坤圈。

乾坤圈順著木棒套進老獼猴持棒雙腕，霍地緊縮，猶如手銬銬住雙手，金圈上還連著一條香灰繩子。

韓杰繞到老獼猴背後一腳踢在他膝彎上，將他踢跪在地，搖搖手上網子中的小貓正想問話，卻感到背後撲來一個東西──是剛剛吃洋芋片的小傢伙。

小傢伙身子冰涼濕濡，雙腳夾著韓杰腰際，雙臂緊緊勒著他脖子，尖聲怒叫：「放開柳丁、放開老猴！」

說到這裡，呀地咧開嘴巴，朝韓杰後頸咬下。

「……」韓杰不避不閃，任小傢伙咬他脖子、吸他血，沉聲問：「這山魅會吸人血？」

「咕嚕……咕嚕……噫、噫噫！」小傢伙咬著韓杰頸子吸了兩口血，紫灰臉孔陡然變色，哇地吐出血，尖叫哭喊：「好燙──」他張大嘴巴，雙唇舌頭都微微焦紅。

跟著，他感到韓杰後背也發出熱燙，嚇得要放手跳下，卻被韓杰用香灰繩子套上脖子扯了回來。

「嘶──」「噫呀！」「這人到底是誰？」「肯定是山下那些傢伙請的壞法師來搶山啦！」「混蛋，快放開老猴！」

林間落下一道道黑影，有大有小，往前聚來將韓杰團團包圍。

「這……這是……什麼法寶？」老獼猴望著緊箍自己雙腕的乾坤圈，驚駭大叫：「你到底是誰？」

「我不是什麼來搶山的壞法師，也不是那個什麼鬼羅剎的手下。」韓杰將小傢伙扔回老獼猴身旁，瞪著他說：「我是太子爺乩身，奉命來查──你剛剛說那叫『囚魔洞』是吧？」

「太……太子爺乩身？」老獼猴瞪大眼睛，不敢置信地說：「是……是那個太子爺？」

「是。」

「是天上那個……手拿火尖槍、腳踏風火輪、臂掛乾坤圈……的中壇元帥？」

「是……」

「那你的火尖槍在哪兒呀！」老獼猴瞪大眼睛。「你別以爲騙得過我的火眼金睛！」

「喔，土地神還有火眼金睛？」韓杰吸了口氣，從口袋裡摸出一片尪仔標，往地上一擲。

那片尪仔標在老獼猴腳邊炸出一圈火，火圈中緩緩豎起一柄火尖槍。

「見到了嗎？」韓杰接過火尖槍。

「我……我怎麼知道這是不是眞的火尖槍呀！」老獼猴怪叫。

韓杰將老獼猴提近，拿槍尖湊向他身子，冷笑道：「是眞是假，你用身體試兩下就知道啦。」

老獼猴瞪著湊到眼前的槍尖，感受槍尖光耀刺眼、散出陣陣炙熱氣息，嚇得哇哇大叫：「是眞的呀！中……中壇元帥，饒了我呀！我是六月山土地神，小神我有眼無珠，您大人有大量，別跟我計較……」

「我不是說了嗎……」韓杰哼了一聲，將老獼猴扔下，說：「我不是太子爺，我是太子爺乩身。他派我來查囚魔洞，防止裡頭的羅刹大鬼溜出來害人。」

「原來是這樣呀，你怎麼不早說！」老獼猴掙扎，「快放了我，我是這座山的土地神，我知道囚魔洞在哪，我帶你去看呀！」

「哼。」韓杰抖了抖香灰網放出柳丁，收回乾坤圈套上左腕，像只黃金手鐲般。他扛著火尖槍，說：「走吧……」

「得走好一段路喲。」老獼猴繞回小桌拿起米酒，見柳丁依舊滿腔怒火、伏低身子渾身豎毛，一副仍想和韓杰拚個輸贏的樣子，連忙矮身摟起他托在胳臂彎裡。「來來來，別氣了……」

柳丁窩在老獼猴臂彎裡不時轉頭怒瞪韓杰，朝他齜牙咧嘴哈氣，像是記恨著韓杰說他是貓這件事。

「這小貓怎麼回事？」韓杰啞然失笑。

「柳丁不喜歡人家說他是貓。」小傢伙撲上老獼猴後背，回頭對韓杰說：「而且他真的不是貓……」

「不是貓是什麼？」韓杰走在老獼猴身旁，想看清楚柳丁模樣。

柳丁疾出一爪，韓杰連忙閃過。「爪子眞快，跟貓差不多快。」

「嘎、嘎嘎嘎！」柳丁像是再也忍不住，暴躁地在老獼猴懷中掙扎起來。老獼猴連連安撫，對韓杰說：「太子爺乩身呀你行行好別激他了……這都怪我，我這六月山土地神身邊沒個下壇將軍總覺得不夠威風，所以從小將他當虎養，害他一直以爲自己是我御用虎爺呀……」

「老猴……」韓杰沉沉地說：「太子爺除了派我來處理山上的惡煞外，也要我順便處理一下附近山魅扮神鬧事傷人這件事。」

「山魅扮神鬧事傷人？是誰那麼大膽？」老獼猴瞪大眼睛，訝然地說：「六月山是我地盤，這一帶都歸我管，哪個傢伙扮神仙鬧事你跟我說，我會責罰他。」

「……」韓杰一時無語，盤算著該先找著囚魔洞看看情況，還是先跟這瘋瘋癲癲的老獼猴把話說清楚。他想了想，說：「你說，整座山都歸你管？」

「是呀。」老獼猴喝了口米酒，得意洋洋地說：「我是六月山土地神，這山不歸我管歸誰管呀。」

「那你知道山下的工地糾紛嗎？」

「當然知道！」老獼猴聽韓杰提起山下的事，氣得嚷嚷：「底下那些傢伙要上山蓋大房子，還想在見月坡上挖池游泳，這一蓋下去，肯定要挖進囚魔洞啦！我這幾天派了幾個傢伙下山嚇嚇他們。嘿嘿，好好玩呀，明天你要不要一起來瞧熱鬧？」

「你最好安分點。」韓杰沉著氣說：「這事我來接手，你們鬧凡人上天會追究的。」

「追究？」老獼猴有些忿忿不平。「凡人開山挖路，挖死山中好多朋友，上天就一點意見也沒有？」

「嗯。」韓杰無言以對。「可能神仙偏心吧。」

「偏心？」老獼猴聽韓杰這麼說更火大了，哇哇抱怨起這些年他從那些往返步道散步的人類口中所聽聞各種凡人糾紛，數落著凡人種種惡行。

韓杰默默地聽，偶爾點頭應話，誰是誰非，他也不予置評。

老獮猴說凡人壞透了，他能怎麼評呢？

半小時後，他們跨過了幾段被颱風吹毀的山道來到見月坡。韓杰左顧右盼，只覺得見月坡視野確實極佳，在坡旁能將山下整片小鎮，連同火車站周圍鬧市盡收眼底，這兒要是真蓋起高級度假村，加上觀光纜車，光接富豪生意都穩賺不賠。

囚魔洞則位在見月坡後方一片隱密山壁深處，洞外擋著大石，石上積滿泥土，多年下來生滿雜草遮掩洞口，乍看之下，洞口大石和積土雜草早與周邊山壁合而為一、不分彼此，若無老獮猴指示，韓杰絕難發現那片山壁上有處山洞。

「當年苦師公就是把血羅剎帶進這裡……」老獮猴這麼說。

「那東西叫血羅剎？」韓杰舉著火尖槍戳落大石上積土，試圖弄出一處能供他進出的洞口。

「是呀。」老獮猴見韓杰動作粗魯，忍不住說：「太子爺乩身，你真有把握對付那惡剎？」

「沒把握也得上呀。」韓杰拍了拍口袋裡的菸盒說：「我傢伙都帶齊了，不對付他，山下那些人挖上山來也會放出他。這事情越快解決越好，解決這東西後底下那些人要怎麼挖山、要拆誰家房子，都不關我的事。」

「哼……」老獮猴聽韓杰這麼說有些不服氣，嘟嘟囔囔地說：「你只顧人？不顧山？」

韓杰回頭，冷笑兩聲說：「我是人，當然只顧人，你不是土地神嗎？要顧著人還是山你自己決定呀，怎麼會問我？」

「我的土地神就職證書還沒發給我呀！」老獼猴氣惱地在大石旁繞走。「這麼多年也沒給我薪水……」說到這裡，揚手解釋說：「我可不是要錢，我拿錢也沒地方花，偶爾喝點街坊拜我的酒就行了；但我守著六月山這麼多年，就是要防人上來破壞這座山——來散步看月亮很好，但想游泳怎不去湖裡游，非要到山上挖洞裝水游，你們凡人腦袋有毛病呀？」

「可能吧。」韓杰撥落石上積土，攀上大石，見大石與山洞間的縫隙十分狹窄，轉頭問：「喂，當年苦師公是這樣硬擠進洞裡去的？」

「不是呀。」老獼猴說：「那時苦師公爲了囚住那羅剎，在洞裡布下天羅地網，還找了六月山土地神幫忙，老土地神帶著我們守在外頭，等苦師公進洞裡才把石頭從上頭推下擋著洞。」

「什麼？」韓杰不解問：「你不是說你是六月山土地神，怎還有個老土地神？」

「他是我前任，我是他後任。」老獼猴摟著柳丁揹著小傢伙也躍上大石，像隻猴般蹲在韓杰身邊，指著眼前數十公分的縫隙說：「當年我就蹲在這兒，看著苦師公往洞裡走，老土地神要我代他守著這座山，別輕易讓人接近囚魔洞。」

「那後來老土地神呢？」韓杰問。

「進洞裡啦。」老獼猴答。

「……」韓杰默默自大石與山洞間的高低落差縫隙，望入漆黑一片的山洞。他將火尖槍伸入洞中晃了晃，火尖槍尖雖隱隱透著火光，但此時沒有邪魔威脅，火光黯淡難以照亮山洞深處。

他取出手機輔助照明，剛點開手機螢幕，猛地一凜。

螢幕上顯示著陳亞衣來的訊息——

韓大哥，我收到指示，媽祖婆要我這兩天忙完之後過去幫你，我事情處理好再跟你聯絡喔！

韓杰望著手機螢幕，面露猶豫，他調整姿勢先將雙腳伸入縫隙，再讓整個身子循縫隙落入洞裡。

不知何故，洞中空氣並未如他想像般混濁，反而十分清新。

他從石上撈回手機和火尖槍，見老獼猴蹲在大石上望他，便問：「幹嘛？你不跟來？」

「我也要進去？」老獼猴神情有些害怕。

「你不敢進來，那替我守著洞口好了。」韓杰咬著手機，將火尖槍插在地上，從菸盒中翻翻找找，摸出三片尪仔標。

一片混天綾、一片金磚、一片豹皮囊。

韓杰尪仔標往地上一拍，拍出一片金紅光圈，將混天綾一端纏上雙臂，另一端把金磚捲在腰際，跟著抱起豹皮囊小豹低語吩咐幾聲，將他往前一送，令他先行探路。

「我這小貓比你那小貓有用多了。」韓杰回頭嘿嘿一笑，從口袋裡摸出兩顆蓮子放入嘴裡，抓起火尖槍準備深入山洞。

「嘎！」老獼猴懷中柳丁聽韓杰這麼說哪受得了，尖聲一吼，從老獼猴懷中躍下，也奔進洞裡，去追小豹。

「喂，笨貓別搗蛋，回來！」韓杰連忙提著火尖槍追去。

「柳丁，回來——」老獼猴立時也跟小傢伙鑽進洞來，還不忘回頭對洞口外聚來的其他山魅說：「你們別進來，替我們守著洞口！」

韓杰追出十餘公尺，發覺長道越來越窄，他不時得側身才能通過。前方窄道卻十分深長，不時還有微風迎面吹來。「怎麼有風？這地方有其他出口？」

「可能吧。」老獼猴牽著小傢伙跟在韓杰身後，說：「六月山靈氣旺盛，很久以前就有各地的修行者找上來，這洞到底是什麼時候挖的，連老土地神都不知道……」

韓杰持著手機照明，揚動混天綾摸索探路，隱約可見山壁青苔下刻有不少符籙字跡，在山中靈氣加持下，這些字跡筆劃裡仍透散著穩定的伏魔效力。

他矮著身子鑽過幾段狹窄曲折的彎道，終於來到一處較爲寬闊的空間。

空間不到兩坪大、約莫三公尺高，周圍壁面上有些古怪縫隙和洞口，都依稀透出微風；角落有幾堆爬滿青苔、形狀不像天然而似人造的東西，仔細一看，有些竟像破爛腐化的桌椅和箱子。

小豹靜靜伏在穴室中央一塊寬闊石板前，高高豎直尾巴一動也不動；柳丁在小豹旁繞來轉去，揮爪拍小豹屁股、撲上輕咬脖子，小豹也不理他。

「回來、回來！」老獼猴吆喝著喊回柳丁，低聲斥責：「你想當下壇將軍怎麼不聽我土地神號令呢？」

韓杰走近石板前蹲下細看，見上面積著厚厚塵土，便抖動混天綾撥開積土；石板上刻著密密麻麻的鎮魔符字，並隨著混天綾拂過，微微閃現星星點點的雪白光芒。

幾縷光絲自石板竄出，在韓杰面前旋繞飄遊。

「老土地神？」老獮猴啊呀一聲，伸手接下幾條光絲。「這是……您的鬍子？」

光絲在老獮猴手上耀起陣陣光芒，響起微弱老邁的說話聲音。

「朋友呀，我是六月山土地神……石板底下是道友阿苦坐藏石棺、以肉身囚魔，我在棺外出力幫忙鎮壓；你們有緣來訪，千萬別開棺放魔，出去將消息報上天，請天定奪……」

那說話聲說到這裡，戛然而止。老獮猴手中幾縷光鬚，也漸漸黯淡，消失無蹤。

「老土地神……」老獮猴望著掌心，嗚嗚哭了起來。

「這板子底下……是石棺？這石板是棺材蓋？」韓杰這麼問：「當年到底發生了什麼事？那羅剎到底是什麼來歷？」

「那……那是一隻食人山魅呀……」老獮猴哽咽說：「那是好久好久以前的事啦……那時候，柳丁、小傢伙都還沒出生吶。說不定，連你爺爺的爺爺都還沒出生吶……那時候、那時候……」

那時候，老獮猴還是隻小獮猴。

那時候，老獮猴最喜歡做的事，就是跟在一個白鬍子老傢伙腳邊蹦來蹦去。

或許是受了六月山上靈氣熏染，或許是老獮猴天賦異稟，又或許是兩者相成，總之老獮猴還是小獼猴的時候，就覺得自己比其他獼猴聰明許多，他不喜歡跟其他獼猴玩，只喜歡追著老傢伙跑。

那時候，小獼猴還不知道為什麼其他登山的凡人，似乎都看不見白鬍子老傢伙，只有他和其他少部分動物看得見。

那時候小獼猴還不知道，當時他眼中「其他少部分動物」，其實也不是活的動物，而是死去了的動物的靈魂修煉而成的「山魅」。

白鬍子老傢伙自稱是六月山土地神，身邊總是跟著一頭小老虎。

小老虎沉穩而勇猛，忠心耿耿地追隨著老傢伙。

小獼猴跟在老傢伙身邊總有聽不完的故事。

那些故事有些逗趣、有些悲傷、有些嚇人，有些讓他忍不住照三餐追問老傢伙後續發展。

有一晚，老傢伙領著動物和山魅在一處能看見月亮的草坡上，講了個嚇人的故事。

是個食人山魅的故事，那山魅自稱「血羅刹」，他食人肉、飲人血，凶性一天大過一天；血羅刹不但食人，還喜歡征山，從這座山打到那座山，不服他的山魅野鬼，甚至是山神、土地神，都成為他腹中食物。

幾年下來，血羅刹惡名傳開，神仙接連派使者來征討他，卻沒一個打得過，都被他吞下肚去。

老傢伙講完故事，憂心忡忡和身旁山魅交頭接耳好半晌，大夥都驚慌無措，小獼猴才知道，這故事不是故事，而是眞魔眞事。

並且在數週前，血羅剎已經來到六月山附近，尋找下一處征討目標。

又過了不久，聽說血羅剎闖入山下的小鎮，附上一個富家千金身體裡不出來——這是血羅剎的嗜好之一，他能直接食人，也能附著人吃人。比起直接吃人，他似乎更喜歡附著人吃人。

據說人類口齒唇舌比山魅敏銳，嚐著的血更香、咬進肉裡的口感更美，每個人的唇齒舌所嚐著的血味，還微微有些不同。

小鎮上有個苦師公，每日帶著徒弟去替千金驅邪，卻驅不出血羅剎。

小獼猴見過苦師公不少次，他時常會提著酒菜上山找老傢伙閒聊。

他們像多年老友般對月乾杯、暢聊往事。

苦師公喝到醉時，有時會悲哭、有時會淚笑。小獼猴不知道原因，只隱隱聽出苦師公是後悔年輕時犯下的過錯。

有一晚，苦師公鼻青臉腫地提著酒菜上山找老傢伙，說自己連吃奶的力氣都用上了，也逼不出附在千金身子裡的血羅剎。

更糟的是，血羅剎道行深厚，即便眞逼出他，也打不過。

現在血羅剎硬撐著不出來，似乎是想瞧瞧苦師公究竟有沒有本事逼他出來——比起一般人，血羅剎更偏好修行異人的身體。附著凡人身子、逼法師上門，似乎也是他的慣用伎倆之一。

苦師公說自己在替那千金驅邪時，血羅剎不停對他講人肉美味，說這次想嚐些嬰孩，要將嬰孩嫩手嫩足當成雞腳來啃，還笑咪咪地邀苦師公和他一同品嚐人類血肉滋味；甚至要苦師公張口，說想瞧瞧苦師公牙齒健康程度。

苦師公知道血羅剎開始對他的肉身感興趣，終於想出了一個辦法，但需要老傢伙和整座山的山魅幫忙才行。

六月山上有處山洞，那是過往修道人上山練術之地，苦師公也進去修行過，他知道山洞靈氣旺盛，或許能夠壓制血羅剎的魔性。

他對老傢伙說，自己想到一個贖罪的方式了。

他要將自己的身體與山同化，成爲棺、成爲牢，成爲禁錮血羅剎的枷鎖，讓他再也不能出山吃人。

老傢伙知道苦師公心意已決，點頭同意幫忙。

他們花了好多天，在見月坡布陣，在囚魔洞刻符，他們在洞中挖坑當作棺身，還找了塊大石板當成棺蓋，在棺蓋上下都刻了字。

到了月圓那天，苦師公將血羅剎騙進身裡，一路狂奔上山。

小獼猴和老傢伙在見月坡上見到苦師公時，他已成了個血人。

血羅剎就快要破解苦師公施在自身上的禁錮法術。他操使著苦師公的左手撕打他右手和頭臉，想活活撕爛他。

老傢伙領著小老虎和大批山魅上前助戰，大夥兒將苦師公團團包圍，用貼著符籙的繩索綑住他，拉往囚魔洞。

一陣亂戰下來，死了不少山魅，老傢伙身旁的小老虎也被血羅剎用苦師公的手抓裂頭子、拍碎腦袋。

但小老虎重傷之餘的奮力一頂，終於將苦師公推入囚魔洞裡，洞裡鎮魔符籙一齊發動，鎮得血羅剎虛弱無力。老傢伙領著殘餘山魅，將苦師公押入山洞深處裡的修行穴室。

苦師公進入穴室後，精神似乎恢復了些，迴光反照般，在身上補了一道道咒術，牢牢封印住血羅剎。

幾個山魅手忙腳亂地在石棺坑旁整備封棺時的施術道具，苦師公和老傢伙在小桌旁乾了杯酒，坐入石棺。

「對我的徒弟說，師父疼愛他們，但師父有更重要的事要忙……」

苦師公這麼說完，閉起眼睛。

老傢伙一聲令下，大夥兒將石板蓋上。

老傢伙領著山魅和小獼猴離開穴室，外頭另一批山魅早已聯手將囚魔洞上方一塊大石推下擋住洞口，僅留一道數十公分寬的橫縫。

老傢伙出了山洞，坐在大石上陪著重傷的小老虎，讓小老虎在魂魄散盡前，能曬一曬月亮。

山魅們紛紛道別離去，老傢伙卻還不走，他等小老虎魂散後又重新回洞裡，對蹲在外頭石上的小獼猴交代了些瑣事，又說了些話後，拍拍他的臉，轉身走回囚魔洞。

小獼猴望著老傢伙背影消失在長洞深處，這才躍下大石離開。

之後的日子，他不時會來到囚魔洞外，像是在等待老傢伙出來；偶爾他會往洞裡喊幾聲，都得不到回音。

又過了很多年，老傢伙還是沒出來。

直到小獼猴變成了老獼猴，老傢伙還是沒出來。

直到老獼猴死了也變成山魅，老傢伙還是沒出來。

變成了山魅的老獼猴生前便聰慧，一身道行很快超越其他山魅，開始調解山中大小糾紛、對外宣稱自己是山上土地神。

「我以為有一天能等到老傢伙從洞裡出來，繼續跟我說故事……」

老獼猴望著空空如也的掌心、望著石棺板，抹了抹眼淚。「原來他耗盡法力，只留下幾條鬍子，留下這幾句話……」

韓杰聽完老獼猴敘述這段往事，緩緩起身，舒身筋骨。

「啊！太子爺乩身……你……你要開棺啦？」老獼猴見韓杰有了動作，驚恐地起身。

「我要再考慮考慮……」韓杰說完，取出金磚，在大石板上畫起符咒。

金磚符寫上石板，發出陣陣耀眼光芒。

韓杰用混天綾纏著金磚，揚至高處，在爬滿青苔的山壁上也畫起符。

「我進洞前，收到另一個神明乩身傳給我的簡訊。」韓杰這麼說。「媽祖婆派她來幫我……」

「什麼?媽祖婆?」老獼猴聽韓杰這麼說，驚訝地問：「是那個臉黑黑的媽祖婆?」

「是。」

「是那個在海上救難的媽祖婆?」

「是。」

「是那個能接轟炸機炸彈的……」

「那是她乩身接的。」韓杰不耐地打斷了老獼猴的話，「你別再問廢話了，總之媽祖婆乩身最近會來跟我會合——你知道這代表什麼嗎?」

「代表什麼?」老獼猴問。

「代表這東西很難纏，上頭擔心光我一個可能打不贏。」韓杰指著石板，「所以我得回去研究一下怎麼跟這傢伙打，是在裡面打還是在外面打。」

「在裡面打跟在外面打有差別嗎?」老獼猴問。

「當然有差……」韓杰說：「這地方這麼窄，風火輪不能飛、火尖槍舉不直，怎麼打?我不太喜歡在這種地方打架……」

老獼猴說：「可是洞裡刻了滿滿的鎮魔符呀。」

「山洞裡有鎮魔符、山洞外我能出全力，我得沙盤推演一下，看是要靠鎮魔符幫忙，還是出全力好好打。」韓杰說：「畢竟我沒在山洞裡打過架，要是鎮魔符鎮不住他，我跑都跑不掉；在外頭至少還能踩風火輪打帶跑。」

「所以今晚不打了？」老獼猴像是鬆了口氣。

「不打了，補幾道咒。」韓杰舉著混天綾畫滿這穴室山壁，一路畫到洞口，鑽出洞，在大石上也補了幾道咒，剛好用完整塊金磚。

陸

夜巷靜僻無聲，只有幾隻溝鼠沿牆角來回穿梭。

醉醺醺的男人摟著婀娜女人，抬手指著巷弄另一端，稱那條街上有家不錯的賓館，有特殊貴賓房，只招待熟客，房裡有各種異想天開的情趣設施和道具。

他一面說，雙手在女人身上來回游移，吃盡豆腐。他從剛剛的飯局摸到現在，這豆腐像是永遠也吃不飽——當然吃不飽，對男人而言，這些不過是小菜，主菜得上賓館裡的特殊貴賓房吃才行。

女人整晚對男人的毛手毛腳沒有表示任何抗拒，甚至不時對他眨眨眼、咬咬唇，讓男人對等會兒主菜上桌時的想像，天馬行空到了極點。他對女人說這件案子還差臨門一腳，那一腳就看她等會兒的表現。

這件承包案張哥覬覦好久，花了不少錢疏通他，但他始終沒鬆口答應，還同時與李哥、劉哥保持往來，常對張哥說昨天李哥送了份大禮給他、前天劉哥飯局上的女人令他舒爽極了。

男人對張哥開出了天價。

張哥派女人送支票給他，還附贈女人一晚。

到何種地步了。

男人對飯局菜餚滿意、對那張支票滿意，只好奇接下來的後半夜，女人究竟能讓他滿意

「啊？怎麼……」男人被女人拉至一條防火小巷裡，還沒反應過來，女人便湊上與他擁吻。「妳喜歡這樣玩？在這種地方？」男人覺得巷內瀰漫著一股水溝臭味，實在不是享用主菜的地方，但主菜熱情如火地將自己強塞入口，他卻也不忍吐出，只親得稀里呼嚕，一面拉著她想往外走。「別急……妳別急嘛，去我說的……那家……唔、唔唔……什麼味道？」

小防火巷裡的水溝臭氣太重了。

男人有些難以忍受，腳下一滑，低頭驚見自己踩著了隻死老鼠，不禁啊呀叫了一聲。女人嘴巴又貼了上來，舌頭伸入他口中。

男人被按在牆上，覺得女人力氣頗大。

且那股詭異氣味更加濃厚。

並非是水溝臭，而是直接從女人口腔中傳入他嘴裡。

男人對這氣味並不算太陌生，數年前他接到電話急急趕回老家時，見到過世數天的父親時，就曾聞過這種氣味——

屍臭。

男人興致全消，推開女人，卻見她手中多了把水果刀，雙眼爬漫起古怪血絲。

男人還沒來得及叫出聲，女人動作快得像電影裡的鬼魅，一手按上他嘴巴，將水果刀送入他心窩。

女人將男人按在牆上，從他口袋裡摸出那張支票，望著男人說：「對不起……」

張哥派女人送支票給男人，附贈他一個難忘的夜晚。

女人拔出水果刀，鮮血噴泉般自男人胸口湧出。

女人將臉湊上男人胸口，大口大口地吞飲湧出的血，還不時低吟：「對不起……對不起……」

不知過了多久，女人茫然地走出巷子，滿嘴滿臉都是男人的血，搖搖晃晃地走向對街一輛廂型車。

廂型車門快速拉開，女人剛上車，車門便快速關上。

車內堆滿古怪雜物，另外坐著兩個人，後座是身材乾瘦的中年女人李秋春，駕駛座坐著身材胖壯的中年男人羅壽福。

「我怎麼跟妳說的，喝完血把臉擦乾淨再出來呀！」李秋春扔了條毛巾給她。「張哥的支票呢？」

女人一語不發地取出支票交給李秋春，拾起毛巾擦拭臉上血跡。

「走了。」羅壽福發動引擎，駛上大街。

李秋春則從雜物堆中翻出一套舊衣扔給女人。「快換了衣服，等等要去見琨哥。」

「不行，今晚我累了……我要回家陪陪我兒子女兒……」女人這麼說，她約莫三十來歲，青蒼臉上隱隱透著墨綠色的血管筋脈。

她一雙眼瞳有些混濁，依稀透著血色。

「累？」李秋春哈哈大笑。「妳剛吸飽一個男人的血，現在精神應該好得不得了。」

「琨哥人已經到了，聽說方董晚點會開視訊跟我們打聲招呼。」羅壽福透過後照鏡望著女人，興奮地說：「妳知道嗎？是那個大建商方董。要是這次我們能攀上他，肯定發達了，等等妳打起精神好好表現，知道嗎，知道嗎？」

「不行……」女人搖搖頭。「我要回家看孩子。」

「看個屁！」李秋春不耐地取出手機，「我們可能會在那兒待上好幾天，我打電話請張嬸替妳照顧孩子。」

「不行！」女人瞪大眼睛，身子湊近李秋春，嘴巴張開，犬齒銳長嚇人。「我說……我要回家……看孩子……」

她這麼說的時候，雙眼隱隱射出怒火。

「喂、喂，秀萍，妳想做什麼？」李秋春倒抽了口氣，慌張地從身旁雜物中摸出一把金錢劍，抵上這叫「秀萍」的女人心口。

秀萍心口立時冒出淡淡焦煙。

但她仍緩緩將臉更湊近李秋春。「我要……回家……看孩子……」

「好好好！看孩子！」羅壽福大喊，連忙轉動方向盤改道：「先回妳家，讓妳跟孩子打聲招呼，然後再去見琨哥，行了吧！」

□

十餘分鐘後，車停在一棟老公寓下，秀萍開門下車，摸出鑰匙準備開門，卻被李秋春喊住。

李秋春遞給她一包符包和一瓶礦泉水，說：「妳沒吃藥，會嚇著孩子。」

秀萍接過符包，卻沒接水，直接將符包放入嘴裡，喀啦啦嚼著，一面開門上樓。

「……」李秋春轉頭望著駕駛座上羅壽福，說：「剛剛我還以爲她眞要造反了……」

「她不敢。」羅壽福說：「她還得靠我們的藥才能繼續陪兒子女兒。」

「那是她剛剛腦袋還算清楚，要是哪次藥拖得晚了，發起脾氣，說不定腦袋轉不過來……」李秋春餘悸猶存說。

「那妳說話讓著她點，別惹她生氣。」羅壽福這麼說。

「哎呀，你幫她不幫我？」李秋春有些惱怒。「你什麼意思？」

「誰幫她啦，我是給妳建議！」羅壽福不耐地說：「成天跟個死人吃醋，妳有沒有那麼無聊？」

「誰教你連死人都有興趣！」李秋春痛斥。

「誰對她有興趣啦，那只是好奇。」羅壽福煩躁地辯駁著，「妳別動不動就提那件事……」

「我就是要提，怎麼樣！」

□

「你們今天在學校裡乖不乖呀？」秀萍蹲在臥房的雙層床旁，柔聲輕問。

「嗯。」男孩小學二年級，自上鋪探出頭來，點頭回答：「我們很乖，功課都做完了。」

「媽媽。」小女孩小學一年級，躺在下鋪，抓著秀萍的手說：「妳好晚才回來……」

「媽媽在工作……」秀萍微笑地說：「明天媽媽要出差，會請張嬸過來照顧你們幾天，你們要乖乖的……」

「媽媽，張嬸很兇……」小男孩伏在床欄對底下說：「都罵我們……」

「是嗎？」秀萍仰頭，望著小男孩。「等等我跟張嬸說一聲，她不會罵你們了……」

「如果她還罵呢？」小男孩問。

「那我會……」秀萍笑容有些僵硬，停頓半晌，才說：「我會再好好跟她說……」

□

廂型車停在張嬸家門口。

張嬸揉著眼睛，不甘不願地對著半夜來訪的羅壽福、李秋春和秀萍說：「好啦好啦……

我會照顧他們啦……」

「妳別罵他們……」秀萍這麼說。

「啊，小孩子不乖就要罵呀，罵不聽就要打……」張嬸不耐地說：「我帶過這麼多孩子，帶孩子我比妳懂，妳乖乖幫羅哥做事就行啦。」

「妳別罵她們，有話好好講……」秀萍握住張嬸的手，緩緩地重複同樣的話。她臉上雖掛著笑容，但雙眼隱隱透出怒光，臉上隱隱浮現黑青筋脈。

「喂……喂喂！好疼呀，妳做什麼？」張嬸驚恐嚷嚷，見秀萍目光凶狠望著她，連忙向一旁的羅壽福跟李秋春求救。「羅哥！秀萍她想幹嘛？」

「妳他媽囉哩叭唆半天，快點答應她啊，妳不兇小孩全身會癢是吧？」羅壽福惱火催促：「快點！琨哥正等著！」

「好，我答應、我答應妳……」張嬸連忙對秀萍說。「我不會罵他們，我用愛的教育，行了吧！」

秀萍這才放開手，望著張嬸說：「我回來……會問他們……」

她說完，轉身回車上，羅壽福和李秋春也急急上車，往與賴琨相約地點駛去。

□

「這東西……有用？」賴琨和手下們在酒店包廂裡圍著秀萍，看得嘖嘖稱奇。

「有用，絕對有用！」羅壽福口沫橫飛地對賴琨，以及平板電腦視訊與會的方董介紹起秀萍。

「你剛剛說……」賴琨問：「她已經死了？」

「對。」羅壽福大力點頭。「死半年了。」

「怎麼……跟活著一樣？」賴琨身旁一個手下忍不住輕輕觸了觸秀萍的胳臂，柔軟得和活人沒兩樣。

死去半年的秀萍除了眼睛、皮膚會在情緒波動時浮現詭異墨黑青紋，以及有時口鼻會隱隱透出淡淡屍臭外，整副身體與活人無異。

「這就是我夫妻倆的本事啊。」羅壽福大力拍著自己胸口，得意洋洋地吹噓。「我這家傳密法能將剛死不久的人煉成活屍──可不是電影裡那種呆頭呆腦的殭屍喔，秀萍她連腦子都是活的，會想、會說話，比殭屍聰明多了。」

「那……」一個瘦子手下突然開口問：「但這樣跟請個活人幫手有什麼分別？」

「分別可大啦！」羅壽福向那說話的人招了招手。「來來來，讓方董和琨哥看看秀萍的力氣有多大，你來跟她比腕力。」

「呃！」瘦子聽羅壽福這麼說，有些不情願，但見賴琨示意他上，只好硬著頭皮來到桌前，捲起袖子架上桌。

秀萍則照著秋春吩咐，在桌前單膝蹲下，與瘦子搭上手腕；羅壽福充當裁判按住兩人雙手，才剛放手喊開始，瘦子就啊呀一聲，胳臂就被秀萍壓下。

「我……我還沒準備好呀……」瘦子不服氣地叫嚷辯解，但聽羅壽福說「那不然再比一次」時，卻又連連搖頭。「不……她力氣眞的大，我骨頭都快斷了啦！」

「我來。」另一個壯碩男人湊來，將手肘抵上桌，搭上秀萍手腕；大夥兒互瞧了瞧，這男人叫徐猛，是賴琨身邊頭號打手，平時偶爾打打業餘格鬥賽。

磅硠一聲，徐猛和剛剛的瘦子一樣，一秒不到就被秀萍擺平。

「這東西力氣眞不小呀。」平板電腦那頭的方董終於露出欽佩神情，但賴琨一雙眼睛閃爍著狡詐詭光，像是對秀萍的能力仍然有些懷疑。「力氣大不表示能打。」

「她很能打呀……」羅壽福張揚雙手說：「她不但力大，而且動作很快，加上是活屍不怕疼，就算是格鬥冠軍或重量級拳王，都不見得打得過她，一般業餘的更別說了……」

羅壽福說到「業餘的」三字時，還瞄了徐猛一眼。

徐猛哼地站起，怒瞪羅壽福。

「等等……」賴琨揚手，卻不是阻止徐猛，而是指示手下。「桌子先搬開。」

「是是是……」羅壽福連連點頭，幫忙搬桌，還說：「大家退開點。」

桌子才搬一半，秀萍巴掌就已經搧在徐猛下巴上，徐猛捱了一記重拳般雙腿一軟就要跪地，但豐富的街頭鬥毆經驗及身爲男人的自尊不容許他就這麼倒下。

他踉蹌兩步，立即站穩揮拳還擊。

在極短暫的一瞬，他感到好不耐煩，覺得自己的拳頭好慢好慢，慢到秀萍閃過又往他臉上再拍一掌後，他的拳頭都還沒打至定位。

他單膝跪倒，腦袋暈眩，正試著站起身，面前已不見秀萍。秀萍繞到他身後，左臂勒住他頸子，右手上不知何時多了把尖叉，扎在徐猛頸上，還略微刺進幾分。

「停停停！」羅壽福驚喊。

秀萍倏地停手起身，將尖叉舉向賴琨另一個手下。

那人嚇得尖叫後退仰倒，秀萍便將叉子放回他桌上——叉子是那手下的，秀萍借來用用，只是要還他而已。

徐猛搖搖晃晃掙扎好半晌還站不直身子，剛剛秀萍兩記巴掌重得跟拳擊手全力揮出的勾拳一樣，打在人臉上，足以造成輕微腦震盪。

「對不對，她身手簡直就像電影裡的絕頂殺手一樣。」羅壽福說得口沫橫飛，「更重要的是，她已經死了，死亡證明都開出來了——派她做事，我們絕不會惹上麻煩。」

「這倒是妙，派死人處理事情……沒有法律責任。」方董說：「不過這跟派鬼辦事，好像又沒有太大分別了……阿琨認識不少懂這些旁門左道的法師，你這東西跟其他法師養的鬼比起來，有什麼特別的？」

「鬼辦得了的事，人不見辦得了；人辦得成的事，鬼不見得辦得成。要擋鬼容易，門外貼張符、家裡擺尊神，一般小鬼嚇都嚇哭了；白天太陽一曬，鬼可不敢出門。」羅壽福搓著手說：「但我夫妻倆煉的這活屍有肉身庇蔭，不怕陽光，她能做許多人能做的事，也能做鬼做得成的事……她什麼都能做。」

「什麼都能做，是不是真的？」一個或許多喝了兩杯的年輕手下，聽羅壽福這麼說，忍不住嬉笑起鬨插口問：「做愛行不行吶？」

「呃……」羅壽福聽了他的問題，突然有些不好意思。

「行。」李秋春瞪了羅壽福一眼，替他回答：「只是……會有點味道就是了，要用橙葉符藥先淨身過比較乾淨。如果要求再高一點，得先讓她飽餐一頓人血，身體活絡，再吃些特製符藥——她身體的鮮活度與藥的等級有關，最高級的藥能讓她和活人完全沒有任何分別，只是那種藥價錢非常貴……方董要是不信可以試試……」

「夠了，我對活屍沒興趣。」方董揮了揮手，一點也不想知道秀萍在床上的樣子。「我想讓她去找幾個人『聊聊』。」

「聊聊？」羅壽福和李秋春互望一眼。

賴琨指著秀萍說：「方董有幾個想宰的人，這東西辦不辦得到？」

「這是最容易的事。」羅壽福點點頭，指了指秀萍。「她剛剛才替張哥解決一個拿錢不辦事的王八蛋。」

方董哦了一聲，接連講出幾個姓張的名字，確認是其中一個。「是那個張哥？」

「是啊。」羅壽福說：「張哥想承包一件政府的案，負責案子的人不過芝麻綠豆大的官，當自己土皇帝，吃了張哥好幾頓飯、喝了好幾次花酒、拿了滿口袋的錢，還是挑三揀四不肯把案子給張哥，最後開出個天價把張哥惹毛了，要我派秀萍宰掉那王八蛋。」

「小張這決定我喜歡。」方董微笑點頭。「比起擺明的敵人，我更恨這種瘤三，想賺這種錢還不乾脆點。」

「就是說啊。」羅壽福搓著手說：「那麼……方董你想宰誰呀？」

「……」方董先是微笑不語，跟著摳了摳耳朵，假裝收訊不好。

「除了那幾個自救會的傢伙。」賴琨說：「還有兩個不怕死的人——偏偏你養了個死人，讓死人對付不怕死的人應該剛剛好。」

「就是剛剛好！」羅壽福笑著附和，雖然他根本不知道賴琨口中「兩個不怕死的人」是誰，且到底如何不怕死。「那麼琨哥、方董，你想要他們怎麼死？」

「抱歉，我聽不清楚，剛剛你們說了什麼？」方董又摳摳耳朵，微笑道：「總之，我蓋房子造福社會，我的房子周遭怎麼能死人，不管誰要死要活，都給我滾遠點——聽到沒？」他說到這裡，起身離開視訊畫面。「我還有事，阿琨，接下來交給你了。」

「是……」賴琨點點頭，等視訊畫面結束，對羅壽福說：「把人帶到其他地方宰，別在方董的工地宰，行不行？」

「明白……」羅壽福這麼問。「那要不要拍照見屍？有沒有指定死法？」

「還能指定死法？」賴琨好奇問。

「能。」羅壽福說：「託我們辦事的，有些是尋仇，仇家想見仇人死的模樣，有些要見屍才算數。」

「待會先露兩手給我看，當是驗貨，以後我有生意會再找你。」賴琨說：「另外還有件事，你這東西能不能打鬼？」

「打鬼？」羅壽福想了想，說：「能，不過我們夫妻倆也懂得些驅鬼門道──琨哥，你碰上鬼找麻煩？」

「算是吧。」賴琨繼續說：「方董的工地除了反拆遷自救會的人外，這幾天另外有些東西三番兩次來工地搗蛋，嚇跑不少工人，那些傢伙自稱是從山上來的，好像還會附身。」

「山上來的？」羅壽福抓抓頭。

「應該是山魅。」李秋春插口說：「是山上一些動物死去的魂修煉成的精，有時會下山鬧事──方董這案子是不是會開到山上？」

「是。」賴琨點點頭。

「那八九不離十了。」李秋春說：「山是山魅的地盤，你們開山等於拆他們老家，他們下山鬧事，想擋你們開山。」

「哦？所以跟山下那些反拆遷自救會的算一路？」賴琨抓抓頭，「這件事情你們能一起處理嗎？」

「琨哥想怎麼處理？文的還是武的？」羅壽福問。

「你自己試試。」賴琨說：「有用都行。」

「有用都行？」李秋春突然問：「賣下去行嗎？」

「賣下去？」賴琨呆了呆。「什麼意思？」

「是這樣的。」李秋春說：「我在陰間有親人在做買賣，陽世間很多東西都能賣去底下，人魂啦、山魅啦在底下都有個價，所有東西裡最值錢的──是活人。」

「值多少錢?」賴琨眼睛亮了亮。

「琨哥想問的是換算成新台幣嗎?這不太好估算呀……底下陰間做買賣,通常習慣以物易物,畢竟底下貨幣波動大,沒保障……像我們煉活屍的幾樣藥材、訓她的鐵符,都是從底下換來的。如果方董想處理的那些人不須要見屍,我們會把他們賣下陰間,換來更好的鐵符和藥材,就能煉出更多秀萍,替各位老闆幹更多活喲。」李秋春說得雙眼發亮。

「隨你們怎麼買賣。」賴琨搖搖手,對鐵符和煉屍藥材沒太大興趣。「等等我點個人給你們,你們動手時視訊連線給我看,算是驗貨,沒問題的話,過兩天正式開工。」

「是。」羅壽福和李秋春點點頭。

秀萍默默無語,她對自己接下來的工作漠不關心,此時她心中所想的,是接下來幾天,兩個孩子在家有沒有吃飽,張嬸會不會欺負他們。

□

兩小時後,羅壽福和李秋春帶著秀萍來到金歡喜旅舍辦理住房手續。

秀萍剛剛殺了第二人。

這是在賴琨要求下上演的一場直播秀,羅壽福載著李秋春和秀萍來到鎮上某排老公寓後方暗巷,放秀萍下車。

羅壽福持手機透過車窗拍攝,遠方的秀萍像隻壁虎般攀上公寓,將四樓後陽台鐵窗欄杆扯開一個洞，俐落鑽進屋裡。

五分鐘後，獨居在家的反拆遷自救會副會長大牛從廁所窗戶飛出，摔在街上。

大牛是待拆住戶的親戚，自家並不在方董工地範圍內，符合要求條件——要死要活，都滾遠點。

秀萍則趁街坊驚呼地往屍體聚集的當下，悄悄從鐵窗洞口鑽出，攀上頂樓，一連爬過好幾戶加蓋屋頂，從公寓另一側牆攀下。

羅壽福駕著廂型車繞去接她，讓她自己與視訊那端的賴琨報告屋內情形——她稱自己將大牛拋出廁所前，便已折斷他頸骨。

賴琨十分滿意。

羅李夫妻辦完入房手續，提著大行李箱，帶著秀萍搭乘電梯來到五樓。

電梯門外站著個長髮女人，她抓著手機，神情驚怒交雜，長髮濕濡濡地濕透了T恤，髮上甚至還沾著肥皂泡沫，還滴著水——

是洗澡洗一半，接到自救會來電通知大牛墜樓身故、驚怒地急著趕去了解情況的王書語。

四人在電梯門際擦身而過。

王書語衝進電梯急按下樓，羅壽福等人往自己房間走。

羅壽福像被王書語身上的香味和濕濡長髮下的雪白頸子迷著了，忍不住多望她幾眼。

李秋春瞪了他幾眼。

羅壽福經過507號房時，瞥見門把上沾著些許洗髮精泡沫。

然後他們來到509號房，開門進房。

柒

直到隔天中午，王書語才拖著困倦的身子返回旅舍。

自救會副會長大牛墜樓，眾人驚慌無措，有人將這事情與連日工地異象聯想在一起，說定是山神發怒了，有人義憤填膺地說肯定是方董手下動的手腳，也有人耳語起大牛與親戚的過往恩怨，或是私人感情。

王書語花了好大心力才安撫眾人情緒，她說自己無論如何也會陪大家到最後一刻。

旅舍年邁的櫃台服務人員平時話極少，看來對出入客人漠不關心，但似乎有認人本事，見一有住客回來，不等人開口，便能取出住客外出時交回櫃台的房門鑰匙。

王書語取了鑰匙，按下電梯鍵，再次與正要外出的羅壽福三人擦身而過。

她不太喜歡羅壽福盯著自己的視線，但更介意與羅壽福身後的秀萍短暫交會的眼神——空洞得彷彿放棄了人世間一切。

過去她只在某些重度成癮的毒蟲眼中見過這種空洞。

直到電梯門關上，她還隱隱聽見外頭傳來李秋春的埋怨罵聲。

「豬哥喲，沒見過女人喔！」

「有呀。但這麼漂亮的不常見，昨天她三更半夜出去，中午才回來——該不會出來賣的吧。」

「出來賣又怎樣，出來賣你也不准給我買！」

「啊，囉嗦啦，看看也不行……」

王書語此時此刻連氣惱的力氣都沒有，只能隨著老舊電梯搖搖晃晃地往上。

電梯裡有股淡淡的奇異香氣，像是結合了花露水和中藥材，似乎刻意想遮掩什麼。

她回到507號房，重新洗了個澡，癱躺上床，漸漸進入夢鄉。

再次睜開眼睛時，她發現自己眼角掛著淚痕——

她又作了個令自己在醒來時會落淚，或是落著淚醒來的夢。這些年來，夢境都大同小異；夢裡的阿彬有時捧著鮮花，有時提著禮物，帶著她懷念的笑容現身，對她展示那只她未能戴上的婚戒。

她有時在夢裡會以爲奇蹟發生，有時以爲時光倒轉。每次當她以爲自己終於能邁向幸福的時候，就差不多來到夢境結束的時候了。

她無數次在清晨或深夜失望地醒來，茫然望著天花板或窗，提醒自己下次別再上當了。

她總是用最快的時間擦乾眼淚，告訴自己要堅強。

王書語側頭望著一旁窗外黯淡天色，此時已是傍晚。

她看了看手機訊息，匆匆起身換衣後出房。

答答答、答答答……

她在鎖門時，聽見隔壁509號房中隱約傳出一陣細碎聲響，和男女交談聲——那對男女說話聲她有些熟悉，幾小時前才在電梯裡聽過。

同時，她覺得廊道中那股並不怎麼好聞的奇異香氣，似乎變得更濃了。

她進入電梯，電梯裡也充滿濃濃的異香。

□

509號房裡，秀萍一動也不動地坐在小沙發上，凝視手機上與兩個孩子的合照。

廁所浴缸裡泡著一個赤裸婦人，褐黑色熱水淹至九分滿，使婦人只露出顆頭，她閉著眼睛像睡著了般。

羅壽福坐在浴缸邊，將腳邊一罐罐奇異藥材不停往裡加，不時伸手進浴缸裡攪拌。

李秋春則站在鏡前拿著一條紅色油膏，在鏡子上畫上符籙咒陣——油膏乍看之下像條放大數倍的口紅，隱隱透著腥臭氣味。

李秋春不時轉頭望向羅壽福，見他手在水中攪和久些，便酸溜溜地說：「豬哥，你手在水裡幹嘛！這麼醜的女人你也要吃幾下豆腐，這麼不挑喲？」

羅壽福瞪了她一眼，浸在浴缸裡攪和的手抽出甩了甩，又挑揀起新的藥材放入，哼哼地說：「藥要攪勻一點才會有效，這妳自己說的不是嗎？」

「我叫你攪勻，沒叫你亂摸啊！」李秋春瞪著眼睛，拿旅舍毛巾將洗手台上水漬拭淨，擺上一根根蠟燭，把洗手台當成法壇布置起來。

「都要賣下去給妳舅舅了，摸兩把有什麼關係……」羅壽福斜著眼訕笑說：「不然下次讓秀萍抓個年輕小伙子回來，我不吵妳，讓妳一個人慢慢攪個開心怎麼樣？」

「講什麼豬哥話呀！」李秋春沒好氣地說：「我舅舅指定要女人、小孩啊，價錢開得高，你們男人在底下不値錢吶！」

「那怎麼不抓小孩？」羅壽福說：「一缸水一次泡兩個，一次賣兩個，不是更賺？」

「你忘了方董和琨哥要我們搞自救會的人了？你認得出附近哪個小孩是自救會家裡的？」

「到處問問不就知道了。」

「到處問問？你豬腦呀！不怕人家懷疑到你頭上？」李秋春翻了個白眼，壓低聲音說：「而且……那也要秀萍願意才行……我之前就問過她了，她不願意抓孩子……」

「哼哼……」羅壽福冷笑幾聲，也望了門外一眼，說：「她現在還不習慣這種事，久了就習慣了……」

李秋春還想說些什麼，見秀萍走到廁所門口，便停口不講。

「不管過多久，我也不會幫你們抓孩子……」秀萍說完，靜默片刻，又轉身回沙發靜靜坐著。

李秋春和羅壽福互望一眼，沒再說什麼，一人將洗手台布置完成，一人將所有藥材全倒入浴缸裡。

跟著，李秋春取了打火機點燃一支香、一張符。

香是墨青色的，符也是墨青色的。

羅壽福把廁所燈關了、門帶上；李秋春捏著香和符，快速喃唸咒語，在符火燃盡前將殘火一抖——原本紅亮的殘火轉眼變成一團青森鬼火，她托著那團鬼火，似乎一點也不覺得燙手，同時手中那支香的香頭也由亮紅轉亮青。

她托著青火捏著香，一面對鏡面施咒、一面對浴缸搖火，還將鬼火往浴缸一拋，轟隆隆燒起整片冰寒綠火。

鏡子也亮起青光。

一個青森老人在鏡中現形。

老人唇上兩撇八字鬍，下巴一豎山羊鬍，戴著紅框眼鏡，一雙眼睛精明得彷彿能看穿人心。

這老人叫「年長青」，是陰間雜貨商人，李秋春的舅舅。

「阿舅，好久不見。」羅壽福坐在浴缸旁舉手向鏡子打了聲招呼。「最近在底下過得怎樣？」

老人一語不發，只斜斜盯著他身後浴缸。

「起來啦，你擋著浴缸，我阿舅怎麼看貨！」李秋春叱罵。

「喔……」羅壽福摸摸鼻子起身，指著浴缸說：「這次是活人喔。」

「我看見了。」年長青緩緩舉起手往鏡面探來。

一隻泛著淡淡青光的手自浴缸水面伸出，在婦人臉上摸了幾下，滑過她的臉、拂過她的頭，又探入水中，像在驗貨一般。

「要是再年輕點更好。」年長青緩緩說：「不過也行了，活人在底下很值錢……」他說到這裡，頓了頓，接著說：「你們要什麼？」

「嗯……舅舅，你們那兒有沒有能治山魅的東西？」李秋春問。

「山魅？」年長青說：「妳被山魅纏上啦？」

「我跟小羅在陽世接了筆生意，是幫位大老闆處理工地糾紛……」李秋春說：「工地在山腳下，山上有些髒傢伙下山搗亂，老闆要我們處理……」

年長青靜默半晌，冷冷地說：「小羅怎不派他那東西動手呀。」

羅壽福聽老人這麼說，立時接話：「阿舅，那大老闆另外有批眼中釘要秀萍動手處理。」他指著浴缸裡的女人說：「這女人就是秀萍抓來的。」

「哦？」年長空眼睛亮了亮，呵呵笑著，「大老闆想處理眼中釘，你夫妻倆派活屍把人綁來賣給我，一筆生意兩頭賺，真不簡單。」

「是媽教得好。」李秋春這麼說。「你們接她出來了沒？」

「半年前花了不少，總算買出來了，她滿身刀山洞，要很久才會好。」年長青說：「妳想見她？下次我帶她上來吧。」

「不不不。」李秋春連忙搖頭。「這件事再說吧，我們在地上忙得很呢……舅舅，所以底下到底有沒有治山魅的東西？」

「多得是。」年長青說：「看妳想怎麼治——『土地杖』拿在手上能讓那些山魅將你們誤認為土地神，聽你們話，不過這兩年用得多，有些山魅不上當了；『魍魎酒』，一杯下肚，酒醉的時候會對妳唯命是從，但不是所有山魅都愛酒，而且大概醉個幾小時到幾天，酒醒之後就沒效了；還有『豬肉果』，外觀像水果，吃起來像豬肉，稱不上好吃，但嚥下後會漸漸上癮，像吸毒一樣，上癮的山魅為了再吃一口什麼都肯做，只是豬肉果有等級之分，好的豬肉果癮能留長一點，次級的豬肉果癮很快就退了。」

「嗯……」羅壽福扠著手，和李秋春互望一眼，指了指浴缸說：「浴缸裡的女人能換這三樣東西嗎？」

「當然不行。」年長青哈哈一笑，說：「早個幾年，一支土地杖能連騙好幾座山，這女人連十分之一都換不到；魍魎酒倒是可以換兩、三瓶；至於豬肉果嘛，頂多讓你換半箱次級品吧。」

「什……什麼？」李秋春說：「舅舅，你不是說活人在底下很值錢嗎？」

「這三樣東西能讓你們抓山魅，你們再指使山魅抓更多值錢的活人，能不賣貴點嗎？」年長青說：「要挑哪樣想好了沒？我底下還有其他生意要忙。」

「這……」兩人互望一眼，想了想，說：「豬肉果比較好用對吧。」「是呀，畢竟不是每隻山魅都喝酒，豬肉果效力好像長一點……那就豬肉果吧。」

「好，女人我帶走了。」年長青點點頭，微微一笑，鏡中身形漸漸隱退。「陣別撤、燈別開，過三十分鐘，進來收豬肉果。」

隨著年長青的聲音漸遠，浴缸裡的女人緩緩沉入水中。

羅壽福等了一陣，伸手進浴缸裡攪了攪，已摸不著女人，只剩缸底藥材。

他倆步出廁所，在房裡又等待許久，再進去時，羅壽福伸手往浴缸撈了撈，提出一個黑色大袋。

兩人開燈，數著一大袋豬肉果，共二十餘顆，約莫柳橙大小，顏色卻和家豬外皮一樣，抓在手裡秤秤捏捏，觸感便像是抓著顆肉團般。

捌

黑夜很快過去，白晝也很快過去。

這天黃昏，羅壽福的廂型車停在距六月山十幾公里外的一座山下。

羅壽福臭著臉開門下車，他的右眼有一圈黑青；李秋春跟著下來，她一雙胳臂上有些外傷、手肘破皮。

秀萍最後下車，身後揹著一個登山大背包，身前也掛了個斜背包，裡頭藏著幾柄水果刀，刀刃上裹著符籙。

羅壽福和李秋春揉著傷處，還不時鬥嘴埋怨。他們今天本來起了個大早，買好鮮花供品，帶著昨晚向陰間商人的舅舅買的豬肉果，上六月山尋訪那些連日到工地鬧事的山魅們。

李秋春沿路燃香施咒，邊走邊喊，總算喊出了老獼猴。夫妻倆嬉皮笑臉地奉上美酒和豬肉果表明來意，聲稱代表方董來向老獼猴等山魅求和。

但老獼猴暴跳如雷，一把掀翻他倆手中的供品盤子，指著他們鼻子一頓臭罵，包括小傢伙在內的幾個山魅立刻就要附他們的身，卻被他倆藏在身上的護身符逼退，雙方展開對峙。

在秀萍的護衛下，夫妻倆狼狽下山，逃回車上急急逃遠，一路爭吵埋怨。

「妳舅舅眞是奸商，沒跟我們說現在山魅都認得豬肉果！他們知道這就像毒品……」

「不是我舅舅是奸商，是我們一家都是奸商，我也是奸商，所以才看上你這不學無術的江湖術士！」「那現在怎麼辦，那些山魅知道我們的目的，也認得豬肉果，這些果子不就沒用了？」「你怎麼這麼笨，他們認得豬肉果的樣子，打碎捏成餃子不就行了！」「妳當他們白痴啊，我們改天拿盤餃子上山拜他們，他們就乖乖吃了嗎？他們沒有鼻子聞味道？」「味道可以想辦法用藥蓋過去，何況餃子不見得要拜那些搗蛋山魅，可以拿去拜其他山魅。」「拜其他山魅？妳的意思是……找其他山魅幫我們對付六月山那些山魅？」「是呀！」

於是他們花了大半天時間，買了餃子皮，在車裡包起餃子、準備護身符籙、挑選合適地點。

萬事俱備，太陽正好下山，他們來到了六月山十餘公里外的四月山。

「這座山夠陰。」李秋春拿著羅盤左顧右盼捏指盤算；羅壽福則不停吸著鼻子，連連點頭。「沒錯。」

兩人各自的家族過去皆有長輩修習異法，自幼耳濡目染，都會點旁門左道——李秋春有個在陰間經商的舅舅，羅壽福繼承了家族一手煉屍絕活。

兩人道行、才能都不起眼，許多年來也幹不成大事，他們碰上彼此前，李秋春老家生意一落千丈，家中積蓄耗盡；羅壽福平時游手好閒、偷搶拐騙出入監獄數次。

幾年前兩人因交通事故鬧上警局，在警察面前大吵一架，莫名其妙吵出了愛的火花——倘若他們都是開朗和善的青春男女，那麼接下來或許能發展出媲美愛情電影的情節，偏偏兩人發展出來的情節，卻與青春愛情電影相去甚遠——

更像是靈異恐怖電影。

李秋春替羅壽福改良了他學得不精的家傳煉屍異術，讓他終於成功煉出一堆貓狗活屍；接著，兩人將目標轉至活人身上，他們知道死了丈夫的鄰居秀萍患了絕症，便將歪腦筋動到她身上，哄騙她有帖偏方，還不收錢，一步步替她「調理」身子。

秀萍的丈夫幾年前意外身故，獨自拉拔兩個年幼孩子，當她知道自己得了絕症，身邊也幾乎沒有存款，想自盡卻放不下年幼的孩子，聽羅壽福和李秋春免費提供她治病偏方，儘管覺得奇怪，也只能死馬當活馬醫——

在她病情最嚴重的幾個月裡，她的臉色難看到倘若不化妝，晚上走在路上會嚇壞路人的程度。

李秋春提供的「藥」讓她得以維持著不算差的體力，有力氣繼續在餐廳工作，直到她身上發出的異味愈漸明顯，終於被餐廳老闆藉故辭退。

羅壽福和李秋春開始給她工作，論件計酬。

一開始只是些送貨跑腿、整理家務之類的雜事，秀萍隱約感到自己的身體和以前不一樣了——她的皮肉漸漸感受不出痛癢冷熱，味覺和嗅覺也逐漸失靈，除了一種東西的氣息和味覺，反倒比以前更加敏感且強烈。

那東西是血。

尤其是人血。

秀萍慢慢接受自己已經死去的事實，有一段短暫的時間裡，她將羅壽福和李秋春視爲大恩人；雖然他們將她煉成了活屍，但當個活屍也好過當具死屍，而她確實須要留在人世，不需要更多時間，只需要幾年——

只要將兩個孩子拉拔到足以自立維生的年紀就夠了。

不過，羅壽福和李秋春給她的工作越來越糟糕，從送貨跑腿到居家修繕，再到賣淫——秀萍樣貌不差，打扮之後堪稱美麗。

秀萍對自己必須開始幹過去想都沒想過的工作感到難過，但很快也接受了。

直到某次，她弄斷了一個客人的生殖器。

她並非討厭那個客人，也不是故意的，只是照慣例做些那件事情裡的例行動作，誰知道一不小心就摘下來了。

她平時沒辦法控制力氣，原先還被羅壽福和李秋春視爲缺陷，但經過那次事件，卻讓兩人發現身爲活屍的她另一種潛力，比賣淫還有賺頭——

打手。

甚至是殺手。

畢竟賣身只需要意願，但殺人，還須具備膽識和力量。

兩人開始改變秀萍的藥方，進一步提高她的力量。

再透過某些管道探詢一些商業競爭、黑道搶地盤之類的事，向那些人兜售秀萍的能力。

秀萍接了四、五次類似工作，時常激動得想一頭撞死，她不在乎自己，卻不能不在乎還活著的人。她覺得自己在做的是錯事，但羅壽福和李秋春告訴她，如果不繼續這麼做，她兩個年幼孩子或許會陷入危險。

畢竟她先前幾筆生意裡的死者多少也有點背景，他們底下的人絕不會輕易放過秀萍——和她兩個孩子。

他們告訴她，只要再撐一、兩年，多接幾筆生意，替他夫妻倆賺更多錢，讓他們能購得更多珍貴藥材、造出新的活屍打手，屆時這些髒事便有他人代勞，秀萍頂多負責一些內勤或是跑腿、打雜之類的瑣事，便能繼續得到維持活屍狀態的藥材。

秀萍想不出其他選擇，只能接受了。

□

羅壽福將一粒插著香的生餃子擺在樹下，餃子下還壓著一張符。

然後繼續往上走。

比起有數條登山步道的六月山，四月山上幾乎無路，秀萍揹著大背包仍健步如飛，但羅壽福和李秋春可走得辛苦，不時得靠秀萍協助才能繼續前進。

兩人手中各自提著一袋生水餃，不時燒香插餃子沿路擺放。

「你們到底在幹嘛啊？」一道聲音自他們頭頂響起。

兩人驚訝抬頭舉著手機往樹上照，見到一個似人身影坐在樹梢上，若隱若現，模樣是個十餘歲的少年，胸前還掛著像識別證件的東西。

「你……」李秋春說：「你不是活人，也不是山魅，你是枉死遊魂？」

「幹嘛？」少年亡魂說：「我有陽世許可證，平常到處晃晃，看著朋友變老，不行嗎？」

「我沒說不行……」李秋春哼了哼，又將一粒餃子放在樹下，繼續走。

「她被女鬼附身吶？」少年亡魂指著秀萍，說：「咦？不對……她附著自己身子？怎麼回事？她……」少年亡魂似乎對秀萍十分感興趣，倏地自樹梢竄下，飛繞在秀萍面前，歪著頭打量她。

「喂喂喂，老兄。」羅壽福見他伸手要摸秀萍，連忙揚手阻止。「別碰我的人。」

少年亡魂聳聳肩說：「看得出來你們有些道行，我只是好奇你們沿路放餃子什麼意思？裡頭包什麼？該不會是豬肉果吧？你們想收山魅？」

「呃！」羅壽福與李秋春互望一眼，有些訝異這亡魂竟猜出他們的意圖，一時不知該如何應對。

「嘿嘿。」少年亡魂說：「幹嘛？被我猜中啦？我活好多年啦，看過不少人上山收山魅幹壞事。你們想幹什麼，謀財？害命？」

「老兄。」羅壽福沉沉地說：「橋歸橋、路歸路，不干你的事，你就別管。」

「五百億。」少年亡魂嘿嘿笑地對他們說。

「啥？」兩人像是一時聽不明白。

「要我別管不難。」少年亡魂笑道：「燒五百億冥錢給我，我就不揭穿你們的餃子有問題。」

「揭穿？你怎麼揭穿？」李秋春皺了皺眉頭。

少年亡魂突然將手拱在嘴邊，嚷嚷喊起：「今天天氣眞好，看得見星星和月亮喲——」這聲鬼喊亮如宏鐘，彷彿能傳遍大半座山，他笑著對兩人說：「我沒啥本事，就是嗓門大，我可以告訴山魅朋友們說餃子有問題——豬肉果上來陽世，兩天就臭了，接著就壞了，壞了就沒效了，你們就要重新買過——但是也沒用，我盯上你們了，你們上哪，我就跟到哪替你們宣傳。」

「……」李秋春說：「我們趕時間，你給個方便，之後有空燒給你，行嗎？」

「不行。」少年亡魂搖搖頭。

「可是我們現在身上也沒帶紙錢……」羅壽福問：「明天燒行不行？」

「不行！」少年亡魂說：「現在時間還早，山下金紙店都開著，我們下山燒冥錢，我拿到冥錢，回底下享福就沒人煩你們了。」

「……」李秋春望了他半晌，掏了掏口袋：「老兄，用其他東西替代行不行？」

「什麼東西？」少年亡魂問。

「不是冥錢，但你拿下去，應該可以換不少冥錢。」李秋春從口袋裡，取出一條紅線玉珮。

「啊！」少年亡魂見她提著玉珮緩緩搖曳晃動，閃現七彩螢光，美不勝收。「啊！我聽說過那東西，那……那是……」

「這是我家傳寶玉，鬼咬在嘴裡，上陽世不怕符、不怕陽光；就算是地獄的受刑惡鬼，吞下這寶玉，泡油鍋像泡溫泉一樣——當然，得事先買通一些傢伙才不會被搜出來。」李秋春繼續說：「這東西在地底很值錢，一堆等著下地獄的傢伙高價搜購。」

「這……這……」少年亡魂兩隻眼睛瞪得極大，像隻盯上獵物的豹，弓著身子步步逼近。「這東西可不只五百億呀！五千億都有人要，妳給我這個？」

「沒辦法呀，我們這事很急，拖不得……」李秋春苦笑說：「你行行好，拿了玉就乖乖別搗亂，行嗎？」

「這……」少年亡魂飄到她面前，接過玉托在手上細看，瞪大雙眼，手微微發顫，抬起頭說：「這東西，在底下可以頂下一間店還綽綽有餘……」

羅壽福笑著說：「是呀，頂下一間店，請幾個店員，自己當老闆多過癮呀……」

「嘻……嘻嘻……」少年亡魂捏著玉想往口袋藏，又有些害怕。「底下有點亂，這麼值錢的東西要是被搶了怎麼辦吶……」

「傻瓜，你戴上它，用衣服遮著，誰知道你有這東西。」李秋春笑著說：「寶玉貼著心口就能生效了，就算有其他鬼想迷你、害你，用人間的符治你，寶玉也能替你擋著。」

「是嗎……」少年亡魂聽她這麼說，便將玉珮戴上。「我這次……眞是走運了……」

「是呀。」羅壽福聽他叨唸，忍不住噗哧一笑。「算你走運。」

少年亡魂見羅壽福那抹詭異邪笑，還沒反應過來，就覺得頸子發燙——

那圈玉珮紅繩微微發亮，彷如烙鐵，他驚恐尖叫伸手拉扯紅繩，但紅繩堅韌至極，兩隻手燙得焦紅也扯不斷。

「呀！」少年亡魂本能往上飛竄，身子才剛竄高，便讓秀萍抓住腳踝拉回按在地上。他戴上胸前的玉珮開始旋轉，擰毛巾般將玉珮左右兩條紅繩擰成一束，很快便將紅繩與少年亡魂脖子間的間隙轉沒了，牢牢勒著他的頸子。

「嘶……饒了我……我錯了……」少年亡魂哀嚎著求饒。

羅壽福笑著在他身旁蹲下，拍著他的臉，說：「好小子，你知道她舅舅在底下是大奸商嗎？妳知道她全家都是奸商嗎？想從她身上撈好處，比從閻王身上撈好處還困難呀！」

「喂。」李秋春搧了羅壽福腦袋一巴掌，說：「你這話有種在我舅舅面前說。」

「我沒種，嘻嘻……」羅壽福繼續笑，指著這少年亡魂胸前玉珮，說：「妳舅舅這假貨真這麼像？連鬼也認不出來呀。」

「這東西沒在賣，別說鬼認不出來，連資歷淺些的陰間雜貨老闆也認不出來。」李秋春也蹲下，握住緩緩轉動的玉珮不讓它繼續旋轉，冷道：「小子，你現在知道自己惹上什麼人了嗎？」

少年亡魂被紅繩勒燙得淚流滿面，只能不住點頭。

李秋春對著那玉珮比劃兩下，玉珮開始往反方向旋轉幾圈，稍稍鬆開，同時亮紅光芒漸漸止息，不再燒灼少年亡魂頸子。

「不知道有沒有勒壞你這大嗓門呀。」羅壽福又拍了拍少年亡魂的臉。「就叫你大嗓門好了。」

「我……」少年亡魂顫抖地說：「我叫陳阿財。」

「陳阿財？這麼土的名字，你死很久啦？」羅壽福笑問。

陳阿財報了個出生年份，羅壽福啊呀一聲，樂道：「比我爸小一點，哈哈哈。」

「阿財，既然你嗓門大。」李秋春說：「那請你替我宣傳宣傳囉，就說我這些餃子是好心法師帶來祭拜孤苦山魅，請大家別客氣。」

「我……我幫你有什麼好處？」陳阿財問。

「哇！」羅壽福聽陳阿財這麼說，大笑幾聲，對李秋春說：「這傢伙到這時候還討價還價呀！」

李秋春哼哼對陳阿財說：「你乖乖幫我做事，我們也不會虧待你，可能沒有五百億那麼多，但一次千百萬還是行的，你勤快點，存到五百億也不難……」

「那……如果不幫你們做事的話……你們會怎樣對我？」陳阿財剛問完，見玉珮又緩緩開始旋轉，並逐漸發燙，連忙說：「我幫……我幫忙就是了！」

玖

深夜，廂型車停在金歡喜旅舍外街道。

羅壽福倚在駕駛座上吃宵夜，轉頭望著後座的陳阿財；陳阿財手裡抓著一塊插著香的紅豆麵包，小口小口吃，聽羅壽福講他夫妻倆的計畫，有些錯愕。「什麼？你們抓山魅是為了要……打六月山？」

「六月山下要蓋房子，有些山魅去工地鬧事。」羅壽福說：「建設公司老闆託我們處理，我們上山談，誰知道那些傢伙不給面子。」他說到這，指了指臉上被老獼猴揍出來的黑眼圈，說：「軟的不吃，只好來硬的了。」

「可是……」陳阿財怯怯地說：「傳說六月山上關了隻厲害的大山魅，不好惹呀……」

「大山魅是多大啊？」羅壽福問。

「我哪知道……我也是好久以前聽些老鬼說的……」陳阿財說：「據說他連山神、土地神都不放在眼裡，像隻瘋狼，走到哪打到哪……吃了不少人，殺了好多山魅……後來被一個法師關在山裡……聽說六月山上有隻老猴，帶著一群山魅，領命守著那座山好多年，不許外地山魅上山……」

「什麼？」羅壽福與李秋春相望一眼，有些詫異，像第一次聽說這件事。

「你們打六月山，要是破了當年的陣，放出大山魅，那怎麼辦呢？」陳阿財問。

「放出大山魅會怎樣？」羅壽福問。

「會……會死很多人吧……」陳阿財說。

「死很多人關我什麼事？」羅壽福又問。

「這……」陳阿財一時啞口無言。

「大山魅眞有這麼厲害？」李秋春想了想，說：「要是他吃下豬肉果，也會上癮嗎？」

「這……這我就不清楚啦……」陳阿財說。

「妳想打那大山魅的主意？」羅壽福望向李秋春。「妳沒聽他說是一百多年前的事了，誰知道是不是眞的。」

「反正都要攻山啦。」李秋春回嘴說：「要是山裡眞有值錢的東西，你難道擺著不拿嗎？」

「値錢是值多少錢？」

「誰知道呀！」

□

「不一定吶。」鏡中的年長青捝著手，有些不耐煩。「三十年、五十年、七十年，各有各的價碼，五十年上下的山魅和昨天的活人差不多吧，二、三十年以內就不必談啦，值不了多少。」

509號房裡燈光昏暗，陳阿財靜靜盤坐在牆角，與秀萍大眼瞪小眼。

李秋春坐在梳妝鏡前，施法向舅舅問山魅在陰間的行情，她說：「聽說是過百年的山魅。」

「過百年……」年長青哦了一聲，掐了掐指說：「得看有沒有買家，山魅在底下有不少用途，可以打打牙祭、煉藥、補魂煉魄，但這些都有替代品，還有少數地底富人會買下來當寵物，也有些魔王、黑道啦，會找些凶猛山魅來煉魔，但符合資格的山魅不多，就算真有百年山魅要看強不強壯、威不威猛，要是虛活百年但不怎麼厲害，燉湯都嫌肉老。」

「那……」李秋春繼續說：「如果真是厲害山魅，那些豬肉果、土地杖、魍魎酒什麼的，能治得了他嗎？」

「治不了。」年長青搖搖頭說：「要賣給那些魔王老大煉魔的山魅，都要上『大枷鎖』，不然路上逃出來作亂可麻煩了，不但那些魔王老大會追究，陰差也不會放過妳——幾年前就有個不長眼的傢伙逮了隻厲害山魅下來，但只用符繩綁，山魅發狂，搞得人仰馬翻，魔王老大和陰差聯手找他算帳，他賠下整間店也賠不完，被逼得替幾個老大嘍囉扛下一堆罪名，現在這時間，他大概在油鍋裡哭吧。」

「舅舅，你說這大枷鎖多少錢？」羅壽福插嘴問。

「大枷鎖也分很多種，最便宜的只能像籠子囚著山魅，也要好幾個活人才換得到；高級一點能鎖著骨骼和腦，要他往東他不會往西，要他殺誰就殺誰，這種就貴得多了，要好幾個活人孩子才換得到……」年長青瞇著眼睛笑。「幼齡活人，在底下非常值錢吶。」

「這樣算起來，賣隻山魅下去，成本不少呀……」羅壽福低聲嘀咕。「這樣划算嗎？」

年長青冷道：「天底下哪有穩賺不賠的生意？要抓那樣的山魅，光靠大枷鎖可不夠，豬肉果、魍魎酒一樣少不了，到手後能賣多少、是虧是賺也說不準，你們自己慢慢算。」

「舅舅……」李秋春說：「反正這幾天我們盡量送活人下去，能換到什麼好東西再說吧……」

「……」年長青靜默半晌，說：「秋春呀，你們夫妻倆到底接了什麼生意？這樣隨意抓活人，不怕陽世法師找上門？」

「陽世法師？很厲害嗎？」羅壽福嘿嘿一笑，指了指秀萍。「過得了我的人再說。」

「小羅，你沒見過世面，以爲你家的三流煉屍術天下無敵？要是先前秋春沒向我買藥幫你，你再煉十年也煉不出成果。」年長青睨眼瞧著羅壽福說：「人鬼有高有低、山魅有大有小，陽世法師當然有蹩腳的和厲害的，你沒碰上厲害的是你運氣好，將來要是碰上了，可別連累我家秋春呀。」

「嗯……」羅壽福聽長青瞧不起他有些不悅，低聲呢喃：「都不知是誰連累誰呢……」

「如果用高級的大枷鎖還能控制山魅行動……那留著自己用好像也不錯。」李秋春望了秀萍一眼，又看向羅壽福。「要是眞有厲害的陽世法師找上門，秀萍擋不住，還有大山魅幫忙擋，往後也有機會接下更大筆的生意。」

「那些道具每一樣都那麼貴，買不起怎麼抓大山魅呀……」羅壽福哼哼。

「舅舅，能不能讓我們先賒帳？」李秋春突然問：「我們這次生意還需要更多幫手，像這樣每晚一樣一樣買，道具買齊了，生意也跑光啦……」

「我從不讓人賒帳。」年長青面無表情地說：「就連外甥女也沒得談。」

「我知道。」李秋春早料到年長青會這麼答，便說：「那用我媽留給我的那間屋抵押行嗎？」

「那間屋妳不如直接賣給我。」年長青笑著說。

「我是想賣，但那間屋名義上還是我媽的房子……」李秋春陪笑說：「我抵押給舅舅，要是還不出貨款，你順理成章接收，我媽怪罪下來，我就說想賺錢孝敬她只是失敗了，好歹留給我個求饒的理由嘛。要是我還得起，你收足貨款，也不吃虧呀。」

「嗯……」年長青想了想，不反對李秋春的提議。「妳想賒什麼？」

「更多豬肉果。」李秋春說：「昨天你說的魍魎酒、土地杖什麼的都給我一份，還有一套大枷鎖，我要最好的……我想要一些能遮掩陰術氣味的符呀藥呀什麼的，免得其他陽世法師找麻煩。」

□

韓杰仰躺在小發財車斗帆布棚架內，舉著手機，盯著小文剛叼出的籤紙翻拍照片——

六月山一帶有不肖術士擄人賣下陰間。

「媽的這到底什麼鬼地方？這麼多屁事全擠在一起……」

韓杰焦躁抓頭，思索籤紙上的術士來歷好半晌，仍漫無頭緒；他身下鋪著蓆子和睡袋，一旁堆著幾袋生活用品、換洗衣物和幾支棍棒。

車斗角落擺著一罐五公升裝的礦泉水，大瓶底部四分之一是土，水淹至八分滿，瓶口伸出兩條莖，是一片蓮葉和一個未開花苞。

這瓶蓮花是韓杰在趕來六月山途中，想起隨身蓮子可能帶得不夠，路旁撿個破爛空瓶，隨便裝些土和水，再扔了兩顆蓮子進去，幾天便長得這麼大了——尋常蓮花會隨季節生長，也不會長這麼快，但韓杰的蓮花是天賜寶物，隨種隨長，倘若他正經手重大案件，蓮子產量也會特別多——韓杰甚至覺得自己能憑蓮子生長速度，來判斷當前進行的案件難易度。

他這兩天見自己胡亂投入瓶中的蓮子轉眼長成花苞，雖知道此行不必擔心蓮子不夠，但同時也知道此次六月山案件，可不像平時找神棍麻煩那樣打幾拳就收工那麼簡單。

啪！他感到臉上一癢，一巴掌拍在自己的臉，抓了抓，微微抬頭對車斗圍欄旁東蹦西跳的豹皮囊小豹碎語埋怨。「喂，認眞點行不行呀……」

帆布棚架內側寫滿金字符籙，睡袋裡和雜物堆中都藏著尪仔標，韓杰身旁還擺著一大盒尪仔標和兩罐蓮子，整車武裝足以擋下一支惡鬼大軍，卻擋不住夜晚山野蚊蟲，因此他用了片尪仔標，召出小豹來拍蚊子。

小豹已替他攔下不少蚊子，卻無法滴水不漏，仍不時讓韓杰被叮得哇哇大叫。

「嘎——」小豹陡然豎起尾巴，高叫起聲。

韓杰坐起身來，見老獼猴舉著木杖、戴著假鬍子、揹著小傢伙，三步併作兩步遠遠奔來，一手還舉著個東西不停揮舞，高聲嚷嚷：「太子爺乩身呀！」

「什麼事？」韓杰見老獼猴模樣匆忙，以為囚魔洞出事，連忙抓起菸盒準備下車，老獼猴卻舉著顆外形像桃子的古怪東西奔來，對他喊著：「我找你大半天呢！你上哪去啦？」

「我沒上哪去，一整天都在這鎮上晃。」韓杰蹲在車斗上，問：「你做什麼？發生什麼事？」

「今天一大清早，有幾個怪傢伙上山送豬肉果。」老獼猴將豬肉果朝韓杰一拋。

韓杰接過豬肉果，只聞到一股奇異腐臭，連忙扔回給老獼猴。「什麼鬼東西那麼臭！」

「豬肉果呀！」老獼猴嚷著：「你覺得臭，但山魅卻覺得香，吃下肚會上癮，像是人類毒品一樣，最後要他幹什麼他都幹！每隔幾年就有人上山發豬肉果想拐山魅，我打跑好幾批這樣的傢伙，但今天這批不一樣！」

「毒品……」韓杰呆了呆，沉下臉來靜默幾秒，又問：「你說今天這批怎麼不一樣？」

「他們帶著一個好香好厲害的漂亮死屍呀！」老獼猴氣急敗壞地說：「那漂亮死屍動作好快、力氣好大，打傷我好多朋友！」

「好香好厲害的漂亮死屍？」韓杰呆了呆，一時有點難理解老獼猴這古怪形容。「你是說……人死後魂不離身的殭屍？」

「對對對，魂不離身！」老獼猴說：「我看得見那漂亮女人的魂，魂的模樣和身體一模一樣，但是舉動和活人一樣，肉也是軟的……還會說話！」

「我以前處理過幾次殭屍……」韓杰說：「沒見過漂亮的，也沒碰過會說話的……」

「我也見過活屍呀，但是這個不一樣！」老獼猴說：「遠看和眞活人一模一樣，不靠近點聞不出她用香水味掩蓋的屍味及鬼味，根本不會發現她是死的！」

「有這種事……」韓杰呆了呆。「有人帶了個又香又厲害又漂亮的殭屍上山，拿會上癮的臭果子想拐山魅……剛剛你說那臭果子叫什麼？」

「豬肉果！」老獼猴氣呼呼地說：「那幾個傢伙最後被我們趕跑，掉了幾顆豬肉果，我怕有不懂事的小山魅撿去吃，生了把火全燒了，只留一顆給你看——你不知道這東西？」

「不知道……」韓杰聳聳肩。

「好多凡人會向陰間買些骯髒東西，控制山魅來幹些見不得人的壞事！」老獼猴氣憤地說：「神仙也不管！」

「陰間？」韓杰啊呀一聲，拿出手機按出剛剛籤紙翻拍的照片，看了幾眼，沉思半晌，問：「老猴，這六月山下這小鎮，到底有多少術士法師？」

「除了當年的苦師公，再也沒有其他人了。」老獼猴攤攤手。「至少這些年我從來沒聽說過。」

「所以早上去找你的那批傢伙，應該是外地來的……」韓杰喃喃說：「我收到籤令，說有人在六月山擄人賣下陰間；而你碰到有人帶著從陰間買上來的豬肉果想拐山魅……這兩件事像是同一批人幹的。」

「什麼？」老獼猴聽韓杰這麼說，急得原地繞起圈圈，不停抓頭，問：「是呀，肯定又是來搶囚魔洞的……可惡！壞透了……」他說到這裡，朝韓杰咧嘴叱罵：「太子爺乩身吶，天上神明都不管事嗎？」

「神明已經派我來管啦……」韓杰莫可奈何，「老猴……土地神，我想向你借點人用，行不行？」

「我沒有人，我只有山魅朋友！啊……」老獼猴本想再罵什麼，聽韓杰喊他「土地神」，神情突然和善許多，湊到車斗前，說：「我說太子爺乩身吶，如果我這次立下大功，我那土地神就職證書能不能快點發給我呀，我等好多年啦……」

「這……」韓杰一時不知如何答他，只能含糊帶過：「我……我有機會碰上我老闆，請他幫你催催……」

「如有中壇元帥替我催催，說不定快很多呀。」老獼猴搓著手說：「你要借多少朋友？做些什麼事？」

「下山替我探探消息，別打草驚蛇，找到了通知我。」韓杰這麼說，跟著頓了頓，問：「那批人有多少人？長什麼樣子？有什麼特徵？」

「其實就三個。」老獼猴歪著頭回想，說：「一個就是那個漂亮殭屍……另外兩個一男一女，外表看起來是普通大叔大嬸……特徵嘛，就是那漂亮殭屍身上的香水味……」

拾

清晨，羅壽福和李秋春走到旅舍隔壁的豆漿店點餐。

羅壽福哦了聲，見王書語坐在入口附近的座位。

她穿著寬大T恤、短褲和拖鞋，桌上擺著兩人份的燒餅油條豆漿。

羅壽福嘿嘿笑著往王書語鄰座走去，正要坐下，後背卻被李秋春輕推一把，示意他去店裡最角落的位子。

「幹嘛？」他心不甘情不願地走向那角落座位，嘟嘟囔囔地說：「爲什麼有空位不能坐？」

「陳阿財隨時會打來報告情況。」李秋春冷道：「你想看美女，等正事忙完了再看行不行？」

「不能邊忙邊看嗎？」羅壽福隨口說：「陳阿財那小子靠不靠得住？」

「靠不住又怎樣，頂多損失兩袋餃子。」李秋春低聲說：「只是要他上山傳個話而已……」她說到這裡，白了羅壽福一眼。「跟你說過了，在外頭講這些事，也小聲點。」

「幹嘛？」羅壽福乾笑兩聲，也配合地壓低聲，「妳眞怕陽世法師找上門？」

「不管怎樣，這是件大生意，小心點好。」李秋春說：「我們喝了『水草湯』、戴了

『隱氣符』，鼻子再靈的法師，也聞不出我們身上的法術氣味，但要是你嘴巴大，講的話給人聽見了，豈不是搞砸了？」她說完，捏了捏領口望著羅壽福又問。「你的隱氣符有沒有戴著？」

「有。」羅壽福稍微拉低領口，現了現身上的符，笑著說：「那也要聽見我說的話的人，就是陽世法師才行吶，世上哪有麼剛好的事？」

羅壽福還沒說完，便聽到豆漿店外有個男人氣呼呼地嚷著。

「去你媽的！你眞當自己是龜公啦？兩個男人光著屁股在擂台上打拳給個老女人看？這種鳥蛋生意你覺得我有可能接嗎？」韓杰扠手站在豆漿店門口，氣惱地掛掉老龜公打來的電話，跟著又撥了另一通話。「喂，我到了，妳吃什麼我幫妳點。」

「我在店裡，已經幫你點好了。」王書語望著店外韓杰，掛了電話。

「啊……」韓杰呆了呆，轉頭往店裡瞧，見到王書語，收起電話，走到她面前坐下。

韓杰與王書語坐的位子，與最角落的羅、李兩人呈斜對角，也是相距最遠的兩處座位。

羅壽福見韓杰與王書語同桌，酸溜溜地說：「原來有男人，哼。」

李秋春白了他一眼。「就算沒男人，也輪不到你這老豬哥……」

「你找我出來做什麼？」王書語淡淡地問。

「這東西妳戴在身上。」韓杰取出一個怪模怪樣的繫繩圓片，推到王書語面前。

王書語拿起來，圓片約莫三個硬幣厚，用土色膠帶纏得密不透風，兩面寫著金字符籙；

仔細一看，符籙底下竟還有枚褐紅色指印。

「裡頭是尪仔標，這東西不怕水，妳洗澡也戴著。」韓杰見王書語困惑地望自己，便說：「我的尪仔標只有我能發動，但我在上面寫了符、蓋了指印，算是授權；情況緊急的時候，妳扯斷繩子就可以發動，我會感應到。」

「謝謝你，但我不需要。」王書語將尪仔標推還給韓杰。

「噗哧。」羅壽福聽不見韓杰和王書語的對話，見韓杰送的「項鍊」被退回，忍不住對李秋春說：「送那什麼垃圾給美女，美女當然不要啦，嘿嘿嘿……」

李秋春皺眉不耐地說：「你管人家送什麼？你送過什麼給我了？」

「我至少有送妳戒指。」羅壽福答。

「你那戒指是偷來的……」李秋春瞪大眼睛。

「偷來的又怎樣……」羅壽福哼哼地說。

「你別囉嗦了……」李秋春瞪他一眼，微微一揚手機。「阿財打來了。」她接起手機，那端傳來阿財的聲音。「秋春姊……我照妳的吩咐，把餃子發完了……也把妳的話，都跟山魅們說了……」

「你碰上多少山魅？」李秋春低聲問。

「我……我沒有仔細數……」陳阿財答。「但差不多有幾十個吧……我要他們等太陽下山再動手，但他們有些已經等不及了……你們餃子裡的豬肉果餡放得多，效力太強，他們有些已經受不了了……」

「沒關係，下次放少點。」李秋春點點頭。「你先回來吧，等等太陽大了，遮日符可能不夠力。」

「是……」陳阿財哀怨地結束通話。

李秋春能遠端對陳阿財頭上玉珮施咒，讓他只得乖乖照吩咐，帶包豬肉果餡的餃子上四月山發送——由於昨晚發出的餃子效力漸漸發作，他天尚未亮時上山，沒喊幾聲，就喊出昨晚吃過餃子的山魅，發給他們第二批，告訴他們，想吃餃子就得付出些代價。

代價是抓活人來換。

陳阿財將一些特製符藥分交給那些山魅，告訴他們凡人一旦吃下符藥就會沉沉昏睡，要山魅們想辦法騙人或是逼人吞符藥，再將活人帶到指定地點，等「老闆」和「老闆娘」上山驗貨。

陳阿財特別交代，逮活人最好用騙的、用迷的，要是動作太粗魯，弄傷賣相不好，弄死就更不值錢了。

「我收到消息，有偏門法師來到這地方作怪。」韓杰沉沉地說：「說不定是方董和賴琨請來對付妳的。」

「那又怎樣……」王書語微微一笑，說：「不久之前，地獄魔女都上過我的身，還有什麼好怕的。」

「地獄魔女上妳的身，妳還能安然無事。」韓杰豎拇指戳了戳自己胸口。「是因爲我全力救妳。」

「謝謝你多管閒事。」王書語微笑說：「不然我或許那時就能見到阿彬了。」

「……」韓杰漸漸有些不耐，垮下臉來。「妳不怕死是妳的事，但妳口口聲聲想要保護的人呢？」他拾起尪仔標，往王書語面前一扔，補上一句：「要是妳男人見到妳拉一堆無辜老人小孩下去陪葬，說不定氣得撕掉輪迴證不回來了！」

王書語聽韓杰這麼說，臉色一陣青一陣白，半晌不語，顫抖地拾起尪仔標，默默往頸上一掛，繼續吃起早餐，吃沒兩口，眼淚便簌簌落在豆漿裡。

「喂！妳看妳看。」羅壽福遠遠見王書語落淚，對李秋春竊笑說：「硬要人家戴他的垃圾，把人家弄哭了，妳說，這種男人爛不爛呀？」

「爛呀。」李秋春吃著燒餅，不耐地說：「跟你一樣爛吶。」

韓杰見王書語淚流滿面，不知如何是好，抽了幾張面紙回來給她，說：「對不起，我嘴巴太臭……其實我約妳吃早餐，是想請妳幫忙……」

王書語盯著豆漿，默默無語，眼淚繼續往碗裡落。

「我昨晚收到一份新工作，可能跟六月山上那傢伙有關，也可能跟妳這案子有關，這幾件事現在全攪和在一起，分不開了……」韓杰無奈地說：「這幾天我可能真得下去一趟了，妳幫我忙，我會替妳帶幾句話給妳男人。」

「啊！」王書語忍不住驚呼一聲，一時情緒有些激動。「真的嗎？你……你要我幫你什麼忙？」

「我想請妳替我向街坊鄰居打聽兩件事，一是最近這鎮上有沒有可疑的陌生人出沒，二是有沒有人失蹤……」韓杰壓低聲音說。

「失蹤倒是還沒聽說。」王書語說：「最近來了太多陌生人……大部分都是賴琨找來的小弟……」

「如果有人失蹤，立刻通知我。」韓杰說：「那些法師在鎮上抓活人賣下陰間……」

「什麼！」王書語瞪大眼睛，再次驚呼：「抓活人賣下陰間？」

她這句話，喊得稍微大聲了點。

坐角落的羅、李二人，同時倒吸了一口冷氣。

一齊望向王書語。

「小聲點……」韓杰轉頭看了羅壽福和李秋春一眼，又望了望了豆漿店其他客人，連忙對王書語說：「別嚇著其他人，要是妳發現有什麼風吹草動，別打草驚蛇……唔！」

韓杰說到這裡，臉色陡然一變，猛地站起身，伸手捂著咽喉。

「怎麼了？」王書語訝異地問。

「有動靜！」韓杰連忙奔出豆漿店。「先這樣，有消息再通知我！」

見韓杰就這麼跑遠，王書語一時不知所措，呆愣半晌，才拿起手機，撥電話給自救會成員，想替韓杰打探些消息。

「怎麼了？」王書語問完，電話那端傳出的叫嚷聲驚慌著急。「王律師，我正要打電話給妳呀，張嬸說剛剛她在陽台見到樓下衝出個披著布的怪人，把她剛出門的女兒當街就抓走啦！」

「立刻報警，我現在過去──」王書語急急結帳就往金歡喜旅舍跑，準備更衣換鞋趕去幫忙。

她向櫃台取了房門鑰匙，來到電梯前焦急地連按上樓鍵。

電梯門打開時，她手機震動起來。

她步入電梯，查看手機訊息，按下五樓鍵和關門鍵。

電梯門緩緩闔上，又突然打開。

門外是羅壽福和李秋春。

夫妻倆步入電梯，站在電梯另一側，一齊望著她。

王書語重新按關門鍵，視線轉回手機，訊息是韓杰傳來的──

剛剛忘了講，抓人賣下陰間的那批人裡是一男一女，樣子是普通的中年男女，身邊帶著一個漂亮殭屍，那殭屍可能用香水掩飾屍臭，妳替我留意一下，自己小心。

王書語看完訊息，視線與羅壽福對上。

電梯裡還殘留著淡淡的香氣。

她面無表情地敲了一段訊息送出──

我好像知道你說的那些人，他們跟我住同間旅館同層樓。
電梯門打開，離門較近的兩人沒有動靜。
王書語默默走出電梯，快步往前，稍稍回頭隱約瞥見兩人緊跟著她。
她加快腳步往前，來到自己房門前，取鑰匙開門。
羅壽福和李秋春拔腿奔來。
她急忙開門，閃身進屋，羅壽福的手在門關上前伸入，擋住了門。
她尖叫地用全身力氣往門上一頂，將羅壽福的手喀啦一夾，夾得他發出殺豬般的慘叫。
情急中，她想起韓杰給的尪仔標，伸手摸頸子上的細繩出力拉扯，但尪仔標上膠布纏得太緊，她單手拉扯，一時扯不斷繩，正想調整姿勢用兩手扯，外頭兩人合力撞門，將門向內頂開——
李秋春朝門裡拋了個噴煙小球，彷如煙霧彈。
紫煙炸開，王書語被紫煙嗆著，只覺得全身發軟、神智也漸不清明。
她垂下手，搖搖晃晃往房內走，走到小沙發坐下，舉起手機查看，剛剛在電梯裡打的訊息並未送出——
電梯裡訊號不佳。
她試圖重新傳送，但還沒按下，手一軟，手機落地，整個人茫然癱軟在沙發上。
在視線朦朧之際，她依稀見到羅壽福暴怒甩手跳腳入屋，李秋春跟在後頭，關上門、望著她，眼神隱隱透著陰冷凶光。

「我可以幫忙喲。」羅壽福提著一袋藥材，倚在廁所門旁，望著坐在浴缸旁的李秋春和躺在浴缸裡的王書語。

王書語一動也不動，像沉沉睡著般。

浴缸水緩緩淹高，李秋春從羅壽福手中搶過藥材，一罐罐打開往浴缸裡倒，見他還賴在門旁不走，便斜眼瞪他說：「你手受傷了，去休息吧。」

「怕妳一個人忙不過來。」右手裹著紗布的羅壽福，晃了晃左手，笑嘻嘻地說：「我還有左手可以幫忙。」

「你是想用左手吃她豆腐吧。」李秋春不停將藥材倒入浴缸，整缸清水被染成褐黑色。

王書語和先前的婦人一樣，只剩半顆頭露在深色水面上。

「豆腐都要下鍋了，偷吃兩口會怎麼樣嘛！」羅壽福伸著舌頭，死皮賴臉地擠去，攔腰抱住李秋春，在她身上亂摸起來。「唉喲滾開啦——」李秋春雖這麼說，卻也沒推開羅壽福，扭了扭身子正等著他講些甜話，仰頭見他一雙鼠眼盯的不是自己，而是浴缸裡的王書語，且只用負傷右手摟她，左手卻偷偷往浴缸滑去，氣得一把捏住他的傷手，將他推出廁所。「我看你這豬哥牽去陰間還是隻豬哥喲！」

李秋春回到浴缸前，取出一張墨青色符紙點燃，在王書語臉上繞了幾圈，跟著將符火抖成鬼火，掐開王書語嘴巴，將鬼火往她嘴裡一塞。

王書語口鼻隱隱透出青火，青火越燃越大，在她臉旁縈繞成一個小小的孩童模樣，雙手按住王書語腦袋。

將她整張臉壓進水裡。

李秋春望著波紋漸漸止息的浴缸水面，微微一笑。

「送下去了？」羅壽福還站在廁所外探頭探腦。「妳舅舅不親自接人，讓個符小鬼拉人沒問題嗎？」

「那是專門替我舅舅送貨的『符童』，人會直接送進我舅舅的貨倉裡。」李秋春上前推開羅壽福，走向沙發：「這幾天我們會不停送人下去，我舅舅是老闆，不是快遞員，怎麼可能每個人都親自上來帶？」

此時509號房裡堆著好幾個巨大黑箱。

黑箱裡裝的全是這兩日李秋春抵押母親祖屋向舅舅賒帳借來的陰間道具符藥——有嚇唬山魅的土地杖、控制山魅心智的魍魎酒、令山魅上癮的豬肉果、各式各樣的招鬼符、迷惑活人心智的入夢丸、控制厲害山魅的大枷鎖等……

「妳老娘鄉下的破房子眞這麼值錢，能買這麼多東西？」羅壽福問：「怎以前都沒聽妳說過？」

「是抵押借點東西用，不是賣！眞要賣，怎麼可能只買這點東西！」李秋春繼續說：「還有，我舅舅要的不是我媽地上那間破房子，是在底下那間大房子——」

「底下的房子？」羅壽福咦了一聲。

「是呀。」李秋春解釋，「陽世房產歸凡人所有，陰間的房產由陰司統一管轄，誰住哪、誰開店，都由陰司指派，不能自行買賣。但某些人從還在世時就跟陰司打好關係，下去後便能擁有自己的房產，我媽就是這樣。」

「妳媽不是下過地獄？房子沒被沒收？」羅壽福問。

「下地獄都能買出來了，房子又怎麼會被沒收？」李秋春冷笑，「只是她下地獄前，將陰間地契交給我保管。」

「所以……」羅壽福有點困惑。「要是她知道妳賣她老屋，她會生氣？」

「何止生氣！」李秋春瞪大眼睛。「她肯定要把我拖下去教訓，還連你一起拖下去呀！所以我才用抵押的，至少還有機會贖回來……」

「要是贖不回來，那房子就眞歸妳舅舅了？」羅壽福問。

「眞贖不回來再說吧。」李秋春翻了翻白眼。「到時候底下他兄妹倆可有得吵了。」

羅壽福還想說什麼，桌上電話響起，他接聽應答幾句，驚訝嚷道：「什麼？有人半路搶人？」

「怎麼回事？」李秋春急問。

「阿財說有個男人不知從哪冒出來，把山魅替我們擄到的人又搶回去了！」羅壽福瞪大眼睛，不敢置信。

「什麼！」李秋春搶過手機，急急追問。

拾壹

韓杰腳踩風火輪、身纏混天綾，背上綑著一個暈死的女學生。

十餘分鐘前，他踩著風火輪殺至這處偏僻山郊，接過老獼猴放出亂竄的混天綾——尪仔標上同樣寫著韓杰的授權金符。

他臉色忽青忽白，頸上有道勒痕時隱時現——這是因爲昨晚他用金粉寫了幾張授權尪仔標，讓老獼猴從山魅夥伴裡點出幾個能幹眼線，分配巡守區域。

他記住不同尪仔標對應的區域，故意不吃蓮子，爲的是清楚感應尪仔標發動時產生的副作用——頸部出現勒痕，代表發動混天綾的老獼猴負責區域出現動靜，便立刻趕來與老獼猴會合。他接過混天綾，救了被山魅迷昏的女學生。

「這傢伙吃了不少豬肉果，現在毒癮發作呀！」老獼猴與兩、三個手下，按著一個被香灰繩子五花大綁的山魅，那山魅對著他們齜牙咧嘴，兩隻眼睛殷紅凶悍。

「什麼？」韓杰掐著山魅咽喉，望著他雙眼，問：「豬肉果的效力要多久才退？」

「短的話兩、三天，長的話要一、兩個月。」老獼猴撐開山魅眼皮，瞧他眼瞳縮放變化。

「你放心，我們會綁著他，等他癮過了。」

「那交給你了。」韓杰指了指背後女學生。「我送這活人回鎮上。」才剛說完，突然又啊呀一聲，只覺得肩膀微微發疼。「又來了，這次是……乾坤圈！」

韓杰奔出幾步，到較空曠處，取出手機滑出一張照片——是昨晚他與老獼猴畫在廣告單的巡守分配地圖，上頭有三處乾坤圈標記。

「乾坤圈有三個地方，是哪一個？」韓杰摀著身上痛處，左顧右盼，突然閉目揚手一揮，大喊一聲：「上天！」

只見遠方有道金光彷如顛倒流星般直直沖向天。

韓杰二話不說，催動風火輪便往那竄去。

只數分鐘，他已抵達第二處騷動點，也是處山郊，乾坤圈在空中盤旋，正下方是兩隻六月山山魅，與兩隻四月山山魅怒目對峙，一旁還伏著個昏死老人。

四月山山魅體型稍大，六月山山魅道行較高，雙方身上都帶了點傷，看來已動過手。

韓杰飛竄衝來，一腳踹倒一隻四月山山魅，又甩混天綾捲倒另一隻，跟著飛快捻香灰揉成繩子，將兩個傢伙綁在一起。

最後他舉起手，接住了自頭頂落下的乾坤圈。

接下來一小時裡，韓杰在幾處區域來回奔走，擒下好幾批擄人山魅，指示老獼猴他們附上那些暈厥活人，去小鎮警局或是附近診所求救後再離體。

□

「近點、再近點！看不清楚啊……」

羅壽福和李秋春在509號房裡臉貼著臉，望著手機螢幕，不時出聲催促。

「那人好兇吶，羅哥、李姊，我會怕啊……」

螢幕那頭是陳阿財的聲音，視訊畫面是山郊一角，遠遠有個男人坐在大石上喘氣。

男人臂纏紅巾、雙腿附著一雙浮轉火輪，他面前插著一柄燃火長槍，不時揉頸拍臉、氣喘吁吁，像是疲累難受——韓杰既然靠著尪仔標感應騷動地點，便不能吃太多蓮子壓制副作用，僅能硬撐。

「那傢伙身上是什麼東西？」羅壽福盯螢幕上韓杰的火尖槍、混天綾，催促道：「叫你靠近點拍你聽不懂啊！」

「唔……」手機傳來陳阿財的哀怨呢喃，畫面開始移動，繞至韓杰後方數十公尺外，一步一步緩緩靠近。

「那些東西不是人間凡物……」李秋春皺眉細看韓杰身上法寶。「他跟我們一樣……」

「他也從陰間買東西？」羅壽福咦了一聲。

「不……」李秋春說：「你看他腳上的輪子，那是什麼？」

「那是……風火輪？」羅壽福啊呀說：「風火輪不是那三太子哪吒的法寶嗎？」

「這人是神明乩身……」李秋春說。

「神明乩身？」羅壽福有些緊張。「所以……我們惹上神明乩身了？」

視訊畫面猛一震，傳出陳阿財的緊張呼叫聲。

韓杰距離鏡頭雖遠，但李秋春和羅壽福清楚看見，畫面中的人不知何時轉頭冷冷盯著他們。

「啊呀！」陳阿財尖叫想逃，卻似乎撞上一個東西。

「怎麼了、怎麼了？」羅壽福急急地問，只見視訊畫面飛亂轉動，似乎手機離手落地，攝向山野樹梢天空。

「耶？」一隻手伸向鏡頭，視訊畫面開始轉動。有人撿起手機繼續拍攝，同時有道聲音嚷嚷響起。「啊！是你們呀！」

兩人見到視訊畫面裡出現陳阿財的身影，他披著遮陽簑衣，被一個古怪大鬍子老傢伙扣著胳臂——老獼猴。

韓杰已出現在陳阿財身後，狐疑望向手機鏡頭。

「侯老、韓哥，這兩個人就是之前上山來發豬肉果的傢伙呀！」

手機傳出小傢伙的說話聲。

「噫！」李秋春猛然一驚，警覺陳阿財那端是用主鏡頭拍攝，但己方則是用自拍鏡頭，因此陳阿財手機畫面會是己方兩人的樣子。

她立刻關閉視訊通話。

□

韓杰聽小傢伙這麼說，一步踏來搶過手機，卻見螢幕已經轉黑。

他狐疑地望了陳阿財兩眼，伸手翻了翻他頭肩上的簑衣，發現內側寫著一些符籙字樣，被他捻摸之處，有著些許焦灰，顯然非陽世凡物；跟著他又檢視陳阿財的手機，主鏡頭上額外裝著一顆簡陋奇異的小鏡頭，像是手機外接鏡頭。

他按開螢幕，開啓照相功能，將鏡頭對準陳阿財，再轉向老獼猴，哦了一聲，取出自己的手機，也開啓拍照功能。

兩支手機，陳阿財那加裝著奇異小鏡頭的手機，拍得到陳阿財也拍得到老獼猴；韓杰的手機卻拍不到鬼和山魅，只有山野林地。

他望向陳阿財，冷冷地說：「你偷拍我幹嘛？」

「剛剛我看見那發豬肉果的兩個人，他在幫他們做事！」小傢伙攀回老獼猴背上，指著陳阿財喊著。

「不是、不是……」陳阿財哭喪著臉，急急解釋：「我、我沒辦法呀……他們用這鎖著我脖子……」

他說到一半，突然驚呼，頸上玉珮飛快旋緊，紅繩發出亮紅，轉眼勒得他說不出話。

「想滅口？」韓杰飛快捏住玉珮，混天綾順著他手指繞上紅繩，啪嚓扯斷紅繩。

陳阿財哭叫撲拍著被紅繩燙焦的脖子，哇的一聲在老獼猴和韓杰面前跪下。「法師大哥、老猴子怪，我……我是冤枉的呀，你們也看見了，我是……被這東西……咳咳！」

「什麼老猴子怪！」老獼猴氣得跳腳。「我是六月山土地神！」

韓杰推開老獮猴，揪著陳阿財胳臂一把將他拉起，說：「你把話講清楚，電話那頭是什麼人？」

「我……我也不知道，我昨天晚上才被他們抓著……他們拿著包了豬肉果的餃子上四月山要餵山魅，被我說破，就用玉珮捉了我，逼我幫他們發餃子！」陳阿財嚎叫解釋，還偷偷修改了部分事實，不提他本來打算向羅李兩人勒索冥錢，卻反遭詐騙這段經過。

「逼你發餃子？」韓杰聽得狐疑。

「是呀！」陳阿財連連點頭，「因爲我嗓門大，他們要我哄更多山魅出來吃餃子……」

「他們上六月山發豬肉果被我這土地神趕跑，就把豬肉果包成餃子上四月山發，太奸巧了！」老獮猴硬要插嘴，爲的是再次強調自己是六月山土地神。

「他們發餃子抓山魅，然後到處擄活人？」韓杰問。

「對呀……」陳阿財說：「李姊擄活人送下陰間給她舅舅，換來豬肉果和一大堆古怪道具，爲的是聚集更多山魅攻打六月山。」

「什麼！」兩人同時一愣，老獮猴反應比韓杰更大，氣極敗壞、暴跳如雷罵個不停：「攻打六月山？他們要攻打六月山？好樣的！來呀！六月山上有土地神，有本事就來打呀，混蛋──」老獮猴亂蹦亂跳，還撲到陳阿財面前，捧著他的臉朝他大吼：「你們太小看六月山土地神！」

「別吵……」韓杰提起老獮猴扔遠，繼續問陳阿財：「告訴我他們的身分，還有那個李姊的舅舅叫什麼名字？」

「我只跟他們一個晚上，叫他們羅哥、李姊，還有一個秀萍姊……」陳阿財怯怯地說：「李姊的舅舅是年長青，在陰間是個大商人……」

「年長青！這傢伙我倒是聽說過，陰間大奸商一個。」韓杰眼睛一亮。「看來真得下去一趟了……」

「下去？去哪兒？」老獼猴又湊來問。

「去陰間找年長青。」韓杰說：「我想應該已經有人被賣下去了，陰間收活人，大部分是賣給地底魔王燉藥補身……會先養上一段時間，現在既然知道收貨商家是誰，我可以下去把人拉回來。」

「你……能下去陰間？」老獼猴訝異說。

「能。」韓杰點點頭。「嚴格來說，我不能算活人，生死簿上沒有我的名字，我想下去就能下去，到了底下，還有導遊帶路。」

「那你什麼時候下去？」老獼猴問。

「這……」韓杰倒有些猶豫。「如果我去了，那些傢伙還會繼續抓人下去……」他拿出手機撥給陳亞衣。

「妳什麼時候到？」韓杰問。

「火車快到站囉。」陳亞衣答。「大岳跟我一起來，上頭派小年上劉媽家抄幾份公文，會晚兩天到。」

「嗯……」韓杰抹了抹臉，苦笑說：「別說我沒提醒妳，這件案子有點棘手，敵人是隻吃人山魅，跟妳之前那些菜鳥小案子不一樣。」

「我早等不及要辦大案了！」陳亞衣興奮地說。

韓杰又交代了些事項，掛斷電話，陳亞衣還不停傳訊給他，都是些瑣碎閒聊，夾雜一大堆卡通貼圖。韓杰打字不快，耐著性子回了一、兩則，正漸漸不耐煩，咽喉突地一緊，又是尪仔標的副作用。

「又是混天綾？」他東張西望，雙腿突然發麻痠軟，同時，雙臂爬出幾道爪痕，且發出刺痛。

「爪子！」韓杰瞪大眼睛，驚慌撥了王書語手機——

他並未分配豹皮囊尪仔標給老獼猴他們，因此一見胳臂爪痕，加上頸部勒痕和雙腿痠軟等副作用，立刻知道是王書語那端發動了尪仔標。

電話無人接聽。

韓杰一把揪住陳阿財，催動風火輪往王書語投宿的旅舍方向急奔下山，邊大聲逼問他：

「那對夫妻人在哪？快說——」

拾貳

王書語感到臉頰一陣搔癢，睜開眼，見到一片陰暗青森的天花板。

她坐起身，驚覺自己渾身赤裸，身下是濕濡冰冷的水泥地。

她身旁蹲了隻古怪的小豹，一雙後腿連同腰腹外側貼著一對火輪，脖頸肩背上纏著一條紅巾，紅巾如水似火般浮空飄搖。

小豹肚子異常鼓脹。

「你……」王書語儘管驚愕困惑，卻也馬上從小豹身上那對風火輪猜出，這應當就是護身尪仔標變出來的法寶。

只是她不知眼前小豹肚子奇大，是因爲剛剛吞下一隻大鬼和一隻小鬼。

大鬼是雜工，負責處理李秋春遣符童送下的活人。

這些被送來的活人會被脫去衣物、綑綁手足、烙印上編號後，囚進籠中讓年長青檢視，然後送至飼養室餵養一段時間增加賣相，最後等買家登門挑選。

剛剛大鬼褪盡王書語衣物，見她胸前還掛著個怪東西，順手摘下。那怪東西便是韓杰給的護身符，三片尪仔標緊貼相連，扯繩發動，蹦出隻身披混天綾腿掛風火輪的小豹子，一口將還捧著衣物的大鬼吞了，回頭又吞了勒著王書語脖子的符童小鬼。

沒了符童小鬼掐頭蠱惑，王書語漸漸轉醒。

「這裡是……什麼地方？」王書語遮胸掩體站起身，左顧右盼，這數坪大的水泥房舍裡堆著一些木箱鐵籠、大小桶子、手銬腳鐐等古怪器具，她抓了柄鐵鎚防身，但找不到蔽體衣服，一時不知如何是好，轉頭見小豹像個小隨從般緊跟在後，小小身軀上拖著長長的混天綾，便蹲下摸摸小豹腦袋，說：「你是……韓杰派來保護我的法寶，對吧？你身上這條紅紅的圍巾可以借我嗎……」

「嘎……」小豹渾身隱隱透著金色符光，幾面金符都是韓杰寫在尪仔標上的符令，讓豹皮囊尪仔標發動時，小豹能在沒有韓杰指揮的情況下，按照符令行事——

全力保護王書語。

在韓杰事先囑咐的命令下，小豹似乎感受得出王書語因赤身裸體而不自在，便咧嘴叫了兩聲，搖頭晃腦抖了抖身子，將一身紅綾抖得飄逸飛開，一圈圈捲上王書語身子，自她胸口纏至大腿。

乍看之下，王書語竟像穿上一套艷辣火紅的緊身禮服。

「呃！」混天綾貼纏上身的觸感如雲似水，沒有衣物的貼身感，像泡在水中，仍令她有些不安全感，但低頭看看，至少視覺上有穿了衣服，還是套耀眼禮服。

小豹雖抖出了大部分的混天綾給她遮蔽身體，但仍留下一截捲在頸上，連著王書語腰際，讓她像遛狗一樣牽著他。

「謝謝你。」王書語左手揪住混天綾牽著小豹，右手抓著鐵鎚，來到這小房門邊，輕輕將門推開道縫，湊著門縫往外瞧。

門外是一條廊道，她探頭出去左右張望，廊道兩側清冷寂寥，有一扇扇門；她輕輕走出房、帶上門，見門外貼著一張字條，寫著「秋春」兩字，其他門上也貼著不同名字的字條，似乎都是人名。

王書語並不知道，這些房間上的人名，都是年長青在陽世的合作夥伴——年長青從陽世買下各種東西轉賣陰間；同時也提供陽世活人各種貨品，大家花錢購物、以物易物，各取所需。

王書語牽著小豹走過清冷長廊，來到一處美式賣場陳設的巨大倉儲空間。這空間約莫三層樓高，聳立著一座座頂著天花板高的巨大層架，擺放大大小小、五顏六色的巨箱，裝著各式各樣的古怪商品。

四通八達的通道裡有些模樣奇特的鬼僕，如守衛在貨架間來回巡邏，也有些雜工推著拖板車，往來整理、運送貨物。

「唔……」王書語矮著身子在貨架間潛行，見那些鬼僕模樣醜怪，心中驚恐害怕，同時發覺自己這身混天綾裹成的禮服不時搖曳出火光，未免太過顯眼。

「啊……」王書語警覺遠處有個鬼僕似乎見著自己身上火光，往這頭走來，她立時轉頭繞路，但她身前的小豹卻倔強地朝鬼僕方向咧嘴扒爪，拒絕避戰。

「喂，你幹嘛？」王書語自層架貨物間隙發現鬼僕漸漸逼近，不禁驚慌著急，索性蹲下一把挽起小豹，抱在懷中走，走沒幾步，便在貨架轉折處撞上另一個持尖叉的鬼僕守衛。

「啊！妳誰啊？」鬼僕瞪大眼睛，愣然望著王書語，正想伸手抓她，卻讓王書語懷中撲出的小豹咬沒了手，驚駭跌倒在地。

王書語跨過那鬼僕，急急奔跑起來，一身混天綾緊身禮服在漆黑貨架中拖曳出豔紅火光，四周喊聲漸漸加大，越來越多鬼僕、雜工追上。

她在幾條通道的交會處被大批雜工、鬼僕攔下。

「這是活人啊？」「是陽世賣下來的貨品？」「怎麼逃出來了？」鬼僕嚷叫著，手裡拿著各式各樣的刀鋸、鎚子、長棍等工具，將王書語團團包圍。

王書語懷中小豹躍下地，朝四方鬼僕齜牙咧嘴，嘎呀一聲尖吼，雙腿風火輪急旋飛轉，倏地拖著王書語往前疾衝，一口氣撞倒好幾隻鬼僕。

王書語被小豹拖飛騰空，接連撞上貨架或砸著地板，痛是痛，卻沒有預期中那麼痛，反倒是被她撞上的幾座貨架，像被卡車撞過般歪斜傾倒，架上大箱小箱傾倒散落一地。

有個鬼僕手腳俐落趕了上來，探手掐住她頸子。

王書語驚慌舉著鐵鎚亂敲，將鬼僕腦袋敲凹好幾個坑，鬆手滾倒。

「這鎚子這麼厲害？」王書語望著手中鎚子驚呼，暗喜自己隨手挑揀的防身武器竟然威力驚人。

又一批鬼僕持著棍棒圍來，轉眼被小豹吞下半數。

小豹一口氣吞下大批鬼僕，肚子撐得奇大無比，腹圍比腳還長，圓滾滾地行動不便，奔勢一下子緩慢許多，齜牙咧嘴地催動風火輪這兒撞一下、那兒頂一下。

後方也圍來一批鬼僕，舉著捕犬器具般的長夾，夾住王書語脖子和雙臂。

王書語驚恐掙扎，見一個鬼僕撲近身要掐她，嚇得舉鎚一砸，將那鬼僕砸飛好遠。

她見鎚子威力無窮，便大力揮掄嚇阻近身鬼僕，但一個出力過猛，將鎚子甩飛脫手，被更多鬼僕夾中腰腹和雙腿，驚駭尖叫起來。前方幾隻鬼僕被尖叫聲嚇得猛打顫，模樣比她還害怕。

同時，她在掙扎間感到這些鬼僕力氣和幼童沒什麼分別，七、八支長夾夾著她脖子四肢和腰腹，卻制不住她的行動——

她猛然醒悟，雙手抓著一柄金屬長夾，猛力一凹，彎了。

威力驚人的不是鎚子，而是她自己。

她奮力扯斷或搶下夾著自己身子的一柄柄長夾，轉頭見到小豹一面嘔吐、一面閃避鬼僕持夾敲打，連忙轉去幫忙，揮動長夾逼退鬼僕，讓小豹專心將吞下肚的鬼僕吐得一乾二淨。

小豹肚子消風扁平，動作恢復俐落，嘎嘎叫著重新橫衝直撞、張口亂咬——

這次小豹只咬不吞，咬斷了鬼僕手腳便隨口吐出。

王書語緊跟在後，從四周貨架扛起大箱亂扔亂砸，箱子被砸得稀爛破裂，散出各式各樣的符籙法器、食物藥材，有些甚至看起來像軍火管制品的零件。

鬼僕見王書語在破壞他們的商品，驚怒吼叫。

倉儲天花板紅燈劇烈閃爍起來，還迴盪起猶如空襲警報般的尖銳警笛聲。

王書語又砸爛一堆大箱，逼退幾批鬼僕，聽見一陣腳步和吆喝聲自遠處逼近。

她透過貨架間隙，見往這兒趕來的是一批武裝部隊，手上並非持著捕獸夾或棍棒，而槍械武器。

她左顧右盼，從貨架旁拉出一輛拖板車，抓著橫桿蹲坐上車，對小豹說：「別跟他們打了，快逃出這裡——」

小豹嘎呀一聲，踩著風火輪在那拖板車橫桿上繞轉幾圈，讓頸上混天綾纏上拖板車橫桿，跟著倏地拉車往前奔衝。

「唔！」王書語緊抓橫桿蹲在板車上，瞪大眼睛，身子飛梭向前，這才知道小豹先前拖她奔跑時，已顧慮到她腳步而放慢許多，此時拉車才展現出風火輪眞正速度。

一人一豹一口氣往前竄過好幾座貨架，小豹變向轉彎時的離心力，讓王書語不斷撞上左右貨架——雖然只是個小小的載人拖板車，但撞擊力道卻巨大得如同酒駕蛇形的卡車，使四周貨架轟隆隆傾倒好幾座，成千上百箱貨物摔砸滿地。

「快通知年爺！」「這活人帶著神靈法器下來鬧事啊！」鬼僕們見王書語破壞力驚人，紛紛驚呼。

「好痛……」王書語揉著撞得發疼的肩膀胳臂，聽鬼僕們叫嚷對話，也驚得叫了起來。「喂，你們說什麼？活人？陰間？」

還沒得到回答，小豹已拉著拖板車衝出大門。

他們自一座巨型倉庫中衝出。

外頭是市街。

和過去她所熟知的市街很像，又很不像。

紫黑色的天空紅雲飄捲，無月無星；四周樓宇壁面陳舊破落，爬滿古怪霉斑；空氣中瀰漫著淡淡的腥腐臭氣。

「這裡是……」王書語驚駭仰頭張望。「陰……間？」

她聽見後頭有騷動，回頭望去，倉庫衝出大批鬼僕想將她捉回，她還沒催小豹，小豹立時拔腿急奔，唰地又將她拖出好遠。

拾參

金歡喜旅舍櫃台人員一動也不動，茫然呆坐在座位上。

小傢伙攀在他背上雙手摀住他眼，嘴貼在他臉旁低聲碎語，使他如入夢境一般——

十餘分鐘前，韓杰風急火趕地揪著陳阿財，帶著老獼猴等殺到旅舍找王書語，櫃台人員撥了客房電話卻無人接聽，推託稱她或許外出，韓杰焦急之際，只好說王書語可能在房中自殺，嚇得櫃台人員拿了備用鑰匙帶他上樓找人。

王書語房中卻空無一人。

陳阿財驚覺韓杰要找的女人，就住在羅李兩人隔壁。

韓杰聽陳阿財這麼說，驚怒交加，來到509號房門外踹門喊人，櫃台人員以爲是來尋仇，嚇得要報警，卻被老獼猴派小傢伙跳上肩遮眼迷魂，乖乖下樓取鑰匙上來開門，再回樓下乖乖作夢。

韓杰進了房，見房中壁面、窗戶貼著一張張能掩飾邪法異術氣味的黃綠色符籙，那些符的作用是讓法師術士即便經過門外也感應不著異樣氣息。

房中沒人，只留下些食物包裝、垃圾空袋和瑣碎雜物，廁所角落、浴缸裡幾袋垃圾袋裝的全是使用過的符籙藥材。

韓杰猜測這對夫妻大概心知形跡敗露，倉促逃離投宿旅館。

「他們把符抹糊了……」陳阿財在廁所外，怯怯往內指。「還把道具全帶走了……」

韓杰走進廁所，瞧瞧洗手台上殘燭符灰等施法痕跡，細看那面髒紅模糊一片的鏡子，跟著掏出一把香灰，捏在手上呢喃唸咒，往鏡面上一吹，上面微微燒出幾陣火光，出現一些焦黑字跡。他伸指在那些模糊焦黑字跡上比劃，又矮身翻找浴缸裡幾袋藥材，捏出幾片嗅了嗅，喃喃自語：「喚魂鏡、黃泉湯，都是陰間商人和陽世跑腿聯絡的把戲，她眞被賣下陰間了……」

「啊！」老獼猴插嘴問：「你這麼肯定？要是他們將那女人帶去其他地方藏呢？」

「不……」韓杰搖搖頭，摸摸頸子上的勒痕，說：「我聞得出那味道……」

「味道？」老獼猴有些困惑。

韓杰閉起眼睛，舉起胳臂湊近鼻端聞嗅，胳臂上幾道豹皮囊小豹爪痕上，隱隱透出淡淡的焦腐氣息。「底下的味道，我熟得很。」

「那……」老獼猴問。「那我們現在該怎麼辦吶？」

「土地神。」韓杰睜開眼睛說：「我需要你再幫我個忙。」

「儘管開口，六月山土地神很能幹的。」老獼猴一來也希望得到韓杰這太子爺乩身對他身分的認可；二來自封土地神多年，總算能幹點正式差事，一聽韓杰開口，立刻拍胸脯答應。「你要我幫你什麼忙？」

「幫我護法。」韓杰長長吁了口氣。「我得下去一趟。」

半小時後，韓杰領著老獼猴、陳阿財等回到他那輛小發財上整備妥當。

韓杰在自己頭臉胳臂都畫上金粉符籙，平躺在車斗上，嘴裡含著一疊尪仔標。

其中幾片已撕開冒火。

紅通通的火焰自韓杰鼻孔、嘴縫、眼皮底下溢出，有時伸出隻龍爪，有時抖起支龍角。

紅色火龍轉眼變得金亮澄黃，成了一條條金龍——

那幾片撕開的尪仔標裡，除了其中一片九龍神火罩外，另外還有五、六片金磚。

韓杰緊閉雙眼、緊握雙拳，強忍火灼劇痛，直直躺下，全身顫抖起來。

老獼猴領著幾隻山魅手下，用韓杰化出的香灰繩子牽著陳阿財，在車斗外望著韓杰，韓杰施術前已經交代清楚——他過去無數次下陰間，不是在重傷暈厥的情況下，就是在睡前施術後趁著睡意下去。

若要在清醒時分下陰間，就只能不吃蓮子，靠著尪仔標副作用將自己弄暈。

而老獼猴的任務，就是在韓杰回來前，領著山魅手下們守著他肉身，以防敵人逼近。

一條條被金磚染色的火龍不燒陽世凡物，但副作用令韓杰痛不欲生，加上數片金磚使他頭痛暈眩，漸漸失去知覺。

老獼猴呆看好一會兒，見火龍退去，這才吆喝山魅護住小發財車四周，同時透過能飛天的飛鳥山魅，與在其他地方巡邏的山魅傳遞訊息——

山魅是動物魂魄修煉成精，不像初死時的鬼魂那樣懼怕白晝太陽，加上韓杰在他們身上施下香灰符籙遮日，使他們能在白日活動——

儘管如此，隨著太陽漸高，過去習慣晝伏夜出的山魅們仍紛紛往樹蔭下躲、往小發財棚架裡鑽。

「進來進來，通通圍在太子爺乩身旁也好。」老獼猴將陳阿財及大部分山魅全趕進車斗帆布棚架，自己也擠了進去，在韓杰身旁圍成一圈，令幾隻山魅在駕駛座和車尾往外張望守備。

「侯老，那邊怪怪的耶！」守著車尾的山魅突然嚷道。

老獼猴探頭望去，那山魅所指方向是片山林，看來什麼動靜也沒有。「哪裡怪？」

「樹上有東西！」那山魅說：「像是眼睛。」

「眼睛？哪裡有眼睛？」老獼猴將手拱在額前，朝著樹叢那頭張望，還是什麼也沒瞧見。

□

「哎呀，該不會被他們發現了吧？這些東西真笨，藏都不會藏……」

羅壽福蹲在距離小發財車數百公尺外一處公寓頂樓牆邊，用望遠鏡監看小發財車四周動靜，跟著取出手機撥給賴琨。「琨哥，上門找我們麻煩的傢伙，跟那晚找你麻煩的應該是同一人。他是神明乩身，帶頭上工地鬧事的那隻猴子守著他，他們眞是一路的。現在我派了山魅遠遠盯著他動靜，就等琨哥你調人過來一起圍他。」

「好，我來調人，你們在哪裡？」賴琨的聲音自手機那端傳出。「對了，他身邊有沒有個女人？」

「啊？什麼女人？」羅壽福呆了呆。

「上次我說過的那個不怕死的女人，一直和方董作對的律師。」

「律師！」羅壽福啊呀一聲。「長頭髮，很漂亮。」

「是啊。」賴琨說：「是我死對頭的女兒。」

「我們早上賣了個女人下陰間……」羅壽福取出王書語證件，拍給賴琨看。「是不是她呀？」

「啊！你把王仔女兒賣去陰間？」賴琨在視訊那端瞪大眼睛，不敢置信。「你逮了王仔女兒怎麼不先跟我報告！」

「王……王仔是誰啊？就是那個一直找你麻煩的警察？我……我們不知道這女人是他女兒呀……」羅壽福愕然說：「琨哥，你不是要我們對付她嗎？」

「是啊！」賴琨恨恨地說：「王仔整我，我要弄回去，你們就這樣把她這麼賣下去，我怎麼弄回去？我不弄他女兒，怎麼讓他哭著跟我下跪認錯啊！我不在他面前折磨他女兒，怎麼氣死他啊？」

「什麼……」羅壽福不明白賴琨和王智漢的恩怨，只好說：「琨哥你放心，那女人被賣下陰間，該受的苦不會少受——我老婆的舅舅在底下勢力很大的，我讓她替你傳幾句話，讓她舅舅好好招待那女人。」

「你們舅舅怎麼招待，我又看不到，王仔又看不到！」賴琨埋怨。

「底下什麼都有，我們向舅舅買支手機，要他派手下幫琨哥錄些那女人的影片上來。」羅壽福笑嘻嘻地說：「讓你看看她的下場。」

「還能拍影片？」賴琨驚喜問。

「能。」羅壽福說：「琨哥你想看什麼類型的片子？」

「找幾十個大鬼強姦她。」賴琨尖笑說：「拔她舌頭、鋸她身體，記得拍得清楚點，我要讓王仔氣到腦溢血！」

「這……」羅壽福呆了呆，繼續說：「琨哥，賣下去的活人，是要賣給其他魔王老大當藥材的，這樣玩……啊不過琨哥你放心！反正我們還會抓更多人下去，我會找個人補她的缺，再請舅舅派些手下，用你說的方法對付她，保證讓你滿意……」

「你老婆舅舅在底下，勢力有城隍爺大嗎？」賴琨問。

「別說城隍，連閻王都要給他面子。」羅壽福連連點頭。「區區城隍爺，她舅舅應該還不放在眼裡。」

「那好，如果你們舅舅在底下真有勢力，那太好了，我們可以長期合作。」賴琨哼哼地說：「你現在記住一個名字，那傢伙也是我的仇家，以前我弄死他，他死了變鬼反咬我一口，聽說還在底下混了個牛頭當，我能弄死他一次，就能弄死他兩次。」

「好，琨哥你說他叫什麼名字，我記下來。」羅壽福聽賴琨說有機會長期合作，連連點頭附和。

「張、曉、武……」賴琨緩緩報出這個名字。

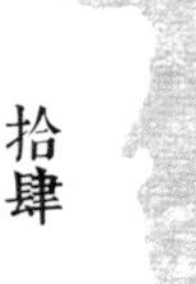

拾肆

「啊啾——」

陰間，某間城隍府外停車場停著一輛樣式老舊的遊覽車。車上已坐著十餘人，車外還站著幾人，排隊等上車。

牛頭張曉武在車門旁拿著份名單，比對排隊乘客身分，他打了個大大的噴嚏，抹抹鼻子、摳摳牛耳朵，然後又打了個噴嚏，再摳摳牛耳朵。

「幹！」他惱火地摘下牛頭面具，露出人頭摳挖耳朵。「一定是王仔又跟那起乩吸毒仔講我壞話了。」

他牛頭面具下一雙眼睛銳利如刀，面貌模樣約莫二十來歲。

這是他十年多前死時的年紀。

當時他是個偷車賊，三不五時跑給王智漢追，他年輕腿快，有時故意跑到一半放慢速度等王智漢追近，再一鼓作氣大笑衝遠。

那時賴琨生意做得挺大，替張曉武這些偷車賊仲介銷贓管道從中抽取佣金，這只是他收入來源一小部分，更大部分來自販毒和高利貸。

賴琨看上張曉武手腳俐落、辦事機伶，想託他跑腿運毒。

但從小跟著殘疾爸爸在電子遊藝場打雜的張曉武，看慣了那些毒癮發作、臉上掛滿鼻涕眼淚的可憐蟲，抱著老闆或其他客人大腿討錢買毒的慘狀。他爸爸曾經不只一次這麼對他耳提面命——

你在外面鬼混，沒什麼，我以前也鬼混；你和人打架，沒什麼，我以前也打架。但有兩件事你千萬別做，一是欺負女人、二是碰毒品。你碰這兩件事，我會親手宰了你，要是你先被條子抓到，我也衝進警局宰你。我這瘸子爸爸沒什麼用，教不好你，但還有力氣宰你。

在某個夜黑風高的晚上，張曉武牽著一輛重機還給賴琨——

那輛重機是賴琨託張曉武送給客戶，車上藏著毒品，張曉武沒忘記爸爸的叮囑，不願替賴琨運毒，將車牽還給他，且恭恭敬敬地向他賠罪。

只不過張曉武沒料到自己小弟兼死黨阿爪想揩點油水，私自將車上二十包毒品偷摸走幾包，不足的部分用白糖補上，重新分裝成二十包，以爲神不知鬼不覺。

於是那個夜黑風高的晚上，成了張曉武身爲凡人的最後一夜。

他肚子捱了刀，腸子都流了出來。

變成鬼的他開始跑給牛頭馬面追，來到了陰間，認識了幾個朋友，見識了陰間黑暗，結識了那個拒絕與陰間一同黑暗的馬面俊毅。

經過一連串的陰錯陽差與出生入死，張曉武當上牛頭、賴琨進了大牢，還有個誣陷過他的城隍爺被打進十八層地獄。

十年過去了，賴琨出獄一段時間，那個誣陷他的城隍爺被地獄符召出地獄，再被張曉武逮回，又被其他人劫去，至今下落不明。

張曉武平時耳朵一癢，就罵王智漢在陽世說他壞話。他又摳摳耳朵、抖抖牛頭面具，重新戴上，和面前的老太太說了幾句，讓她上車。

老太太身後來了個穿著碎花裙裝的年輕女孩。

張曉武望了女孩幾眼，瞧瞧手上名單。「葉芝苓，二十一歲就死了，血癌。」

「對啊。」葉子點頭笑答。

一年多前，韓杰用餘生與太子爺續約替她換得的金肝臟，雖沒治好她的血癌，卻讓她體力旺盛，開心度過人生最後一段時光，連因化療落去的頭髮也長出來了。此時她一頭俐落短髮，穿著一襲碎花套裝衣裙——

那是她生日時韓杰送她的衣服，韓杰對衣著品味的眼光不怎麼樣，這碎花套裝其實有些老氣，但穿在年輕漂亮的她身上，倒也挺美。

她死後，穿著這衣服下陰間，也沒再換過。

她對韓杰說，想帶著一身花瓣重臨人間。

她說要是韓杰將來有一天見到個滿身花香的小妹妹，或許就是她，到時候韓杰可以認她作乾女兒。

韓杰只搖頭說那樣太奇怪，他不做那種事。他說「乾爹」這兩個字在這時代已經變成一種奇怪的字眼，他可不想被人誤會，且那時她根本不認識他；他還說就算穿著碎花裙也不會帶著花瓣回到陽世，大輪迴盤沒那種無聊的功能。

「妳在陽世有掛念的人嗎？」張曉武望著葉子。

「有啊。」葉子點點頭。「我爸爸媽媽、我男朋友，跟其他朋友……」

「很好。」張曉武遞給她一個小提袋。

排隊上車的人，人人都會領到一個小提袋。

裡頭裝著加蓋了出發印的輪迴證、大輪迴盤宿舍房門鑰匙、宿舍規範，和接下來幾日投胎輪迴各程序注意事項，還有大輪迴殿附設商城簡介。

張曉武今天任務，就是帶領這批久候多時的陰間亡魂前往大輪迴殿。這份亡魂名單是他幾天前與同事划拳贏來的，他得意開心了好幾天。

得意的是他划拳贏多輸少，開心的是這份名單上大都是乖巧聽話、表現良好的陰間好公民。

相較之下，昨天顏芯愛帶的那車亡魂糟糕許多，一路上髒話不斷、拉屎撒尿的多有所在——那車亡魂大都是被判來世輪迴成家禽走獸的壞傢伙，許多還是在更底下服刑完畢的前地獄囚魂，他們知道審判已定，即將要成待宰豬羊，在車上盡情發洩謾罵，將顏芯愛當成出氣包亂罵一通——

脾氣好的陰差對這種情形大都睜一隻眼、閉一隻眼，脾氣不好的陰差便會用骷髏甩棍和電擊棒替他們送行，打得凶了，整車亡魂還會暴動還手，鬧得天翻地覆的情況時常可見。

顏芯愛算是脾氣不太好的陰差，只是比起電擊棒和甩棍，她更愛用腳下那雙厚底靴踢人踩腳。

她十餘歲就死去，雖然戴著馬面面具，但穿著短裙，身材看來像鄰家小女孩；幾個帶頭躁動的亡魂們在叫囂謾罵時，更像調戲起鬨，而非蓄意鬧事，一路上倒也沒出大亂。

□

葉子上車，按照提袋編號坐進一個靠走道座位。

她身旁靠窗座位坐著一個戴著細框眼鏡、身穿淡青襯衫，模樣憂鬱斯文的青年。

青年望著窗外，手裡緊捏著提袋裡那份輪迴規則說明書。

和一本存摺。

葉子也帶著自己的存摺，裡頭有大筆存款，是她父母、韓杰和老爺子一年來燒下來給她的冥幣，數字近百億——

在陰間，一碗麵要好幾萬冥幣；一套好一點的西裝可要幾億至十幾億不等。

這是千百年來，難以計數的冥錢燒進地底，通貨膨脹的結果。

「很好很好，大家都在翻存摺，有概念喔。」張曉武將最後一名乘客趕上車後，指示司機開車啓程。

老舊遊覽車駛上大街，朝著輪迴殿方向前進，這趟車程少說要兩、三個小時以上。

張曉武像個導遊，佇在車道上和大家閒聊：「錢這東西呀，上面是生不帶來死不帶去，這裡是死不帶來生不帶去。大輪迴殿裡有不少花錢的地方，你們在車上想想要怎麼花吧。」

各地大輪迴殿裡，除了等候輪迴時的宿舍外，也有附設餐廳、購物商場；所有進入大輪迴殿等候輪迴的人，如果沒在輪迴前將冥錢花完，存款便自動充公。

「如果我猜的沒錯，大家都是乖寶寶，對不對呀！所以到了大輪迴殿後，千萬不可以覺得快要投胎轉世了沒差，就給我亂來喔。」張曉武斜斜倚著椅背，和座位上一個老婆婆瞎扯：「阿嬤，妳有多少存款呀？知不知道大輪迴殿裡怎麼花錢？要不要我向妳介紹？妳試過馬殺雞嗎？還是想吃什麼？」

「我想買張陽世許可證，上去看看我孫子啊……」老婆婆指著說明書上輪迴殿裡各種消費設施和商品簡介頁面上其中一間店家。

那間店店名叫「再見」。

「哇，輪迴殿裡還有賣陽世許可證啊？」「最後幾天了還回去幹嘛？」「就是最後幾天，才讓大家回去看看啊，該交代的交代清楚，無牽無掛……」車上乘客紛紛翻看提袋裡的殿簡介，各抒己見。

「是啊是啊。」張曉武摳摳耳朵，攤手說：「輪迴殿裡每項服務有門檻喔，違規點數超過一定數字，就失去購買資格——例如陽世許可證就是其中一種。不過呢，我知道各位都優良好公民，都有資格買，只是我建議你們別買那個啦，沒意義。」

「怎麼會沒意義？」一個老先生說：「我還想回去看看我家那塊田現在變成什麼樣子，有沒有被我那些不肖子賣啦！」

「賣了你又能怎麼辦呢？」張曉武嬉皮笑臉說：「有些事情，知道了也只有傷心，還是不知道得好，不是嗎？」

「他們敢賣我的田，那我投胎重新賺錢，再把田重新買回來呀！」老先生瞪大眼睛說。

「就怕你投胎轉世，把你爸爸爺爺留給你的地也給賣啦。」張曉武說：「我就很反對輪迴殿裡開啥小『再見』那鬼店。人都要輪迴轉世了，還再個屁見，趕快投胎不就見到陽世了嗎？我看過一堆傢伙，上去見了親人朋友，哭哭啼啼又不想投胎了；再不然就是見了仇人，恨得牙癢癢想要報仇。總之那間店專給我們惹麻煩！」

張曉武說完，車上有人同意、有人反對。同意的人說：「是啊，都要喝孟婆湯了，還留戀過去幹嘛？」反對的說：「不是這麼說呀，再怎麼樣，投胎前見見一些想見的人最後一面，人之常情嘛，人心中要是少了這種情，重新做人又怎麼能做好呢？」

還有人說：「我聽說如果投胎前見不到想見的人，憋著那一口氣，抱憾輪迴，投不進好胎呀……」

「那是謠言，沒這回事！」張曉武連連搖頭。「總之你們真要回陽世，我也攔不住你們，但千萬記得，別給我惹麻煩呀！」

葉子望著說明書上「再見」的商品簡介，除了陽世許可證之外，也販賣一些能夠影響陽世親友的商品，諸如「讓親友作場美夢」、「讓親友身體健康」、「鴻運當頭」之類的祈福飾品。

「能讓親友身體健康？鴻運當頭？」有人這麼問：「所以買了這些東西，還可以替陽世親友治病？讓他們升官發財？」

「廢話，當然不能！」張曉武不耐地揮了揮手：「都是些騙人的東西，生死有命、富貴在天，沒聽過嗎你？要是那些狗屁東西可以替陽世活人治病，那每年還有這麼多人下來？」

「騙人？」乘客們起鬨說：「這可是輪迴殿認證的商店不是嗎？這還能騙人？」

「問這什麼笨問題，你們當過人，見過陽世政府，也當過鬼，見識過地底陰司……這些傢伙是什麼貨色，還用我說嗎？」張曉武哼哼冷笑，「你們輪迴前不把冥錢花完，通通充公平均分配，但充公前要花出去的，大家各憑本事賺。大輪迴殿裡一切消費服務，都是各路山頭插股罩著的！懂不懂啊？賣這些唬爛小符包已經很客氣了，就算隔壁新開間店，賣什麼鬼牙槍、復仇證我都不意外呀媽的！」

「至少……陽世許可證是眞的……」有人這麼說。

「都要充公了，不花白不花，買幾個『鴻運當頭』給我家孩子求個心安也好嘛……」也有人這麼說：「反正過這幾天，我再不是他們媽媽了……」

「啊隨便啦——」張曉武說：「反正你們錢怎麼花，也沒我的份——俊毅不准我們插股搞這些，哼哼。」

「要是底下多點像俊毅城隍一樣的城隍。」有人說：「你們說這地底會不會乾淨點。」

「這我沒辦法。」張曉武又掏掏耳朵，說：「要靠你們啦。」

「靠我們？爲什麼靠我們？」有人不解問。

「地底這些壞蛋哪來的？不都是從陽世死下來的嗎？」張曉武說：「要是陽世多點好人，就不會拉一堆壞蛋下來作怪啦……」他說到這裡，模仿起過往學生時代的老教官說：

「所以你們投胎重新做人，記得當個好人呀。」

「牛頭大哥。」葉子舉手問：「你以前是好人嗎？」

「不怎麼好……但還沒壞到底，至少……我沒做那兩件讓我老爸衝進警局宰我的事情。」張曉武嘿嘿笑地答，頓了頓，又說：「有句話什麼來著，浪、浪……」

「浪子回頭？」老爺爺接話。

「對啦，就是浪子回頭。」張曉武給他拍拍手。「阿公果然讀過書，不像我，嘿嘿。」

「牛頭大哥。」葉子又舉手插嘴。「我也認識一個，曾經誤入歧途，但後來改過自新的好男人，他也跟你一樣，浪子回頭。」

「他有我帥嗎？」張曉武嘻嘻笑地問。

「帥多了，他兩隻眼睛都看前面，不是看兩邊，頭上也沒有長角。」葉子答。

「幹我這是面具呀！」張曉武一把摘下牛頭面具，露出人臉，撥撥一頭亂髮，咧嘴笑。

「還是他帥一點，你看起來有點像壞人……雖然他也常說自己是流氓就是了。」葉子這麼說：「不過你比較年輕啦。」

「這樣呢？」

「不喲。」有個傢伙回頭對葉子說：「阿武二十幾歲就死了，死十年多了，他是看起來年輕；他們府裡還有個小愛，十幾歲就死了，像個小妹妹一樣。」

「哇。」葉子呆了呆，說：「牛頭大哥，那你和韓大哥差不多大。」

「妳想去見妳那個韓大哥喔。」張曉武戴回牛頭面具，隨口問：「他妳男朋友喔。」

「對啊。」葉子說：「但是我們說好了，他不會下來見我，我也不會上去見他，不過……我反悔了，我想偷偷去看他一次。」

「下來見妳？妳在說啥小？」張曉武莞爾。「妳當這什麼地方，想來就來，想走就走喲？」

「他不是普通人，他啊……」葉子說到韓杰，有些得意，正想繼續說，卻聽見張曉武身上發出一陣尖銳警報聲響。

「啊？啥小！怎麼回事？」張曉武連忙取出手機，只見整支手機螢幕閃爍紅光，鈴聲尖銳得如同警車鳴笛，他急忙接聽，對著電話那頭吼：「幹嘛？你們惡作劇喔？嫉妒我送一車乖寶寶喔！」

「曉武哥，出事啦——」電話那頭聲音急促，是十餘歲便枉死下陰間的馬面顏芯愛。

「出什麼事？」

「有個陽世活人不知怎麼掉下來了，在大街上亂跑——」

「什麼？」張曉武愕然。「那傢伙在哪裡？」

「現在在江老管區。」顏芯愛急急說：「有消息說是從年長青倉庫跑出來的，一路上有好多年長青的人在追她。」

「從年長青倉庫跑出來？」張曉武更愕然了。「那老傢伙真的拐活人下來賣？」

「誰知道……」顏芯愛說：「只聽說那人二十分鐘前在何爸管區被人發現，一路跑到江老管區，現在往我們管區過來。」

「二十分鐘從何爸管區跑到江老管區？」張曉武嚇得牛耳一豎，牛鼻孔大張，啊啊地說：「陽世活人能跑這麼快？」

「所以才打緊急電話給你啊！」顏芯愛急急地說：「俊毅說本來好幾個管區打算聯手逮人，但是又突然說人手不足——應該是年長青向他們打過招呼了，好像想自己處理。」

「自己處理？」張曉武大叫：「俊毅同意嗎？」

「當然不同意啊！」顏芯愛說：「俊毅說年長青已經拜託春花幫幫忙抓人了，他要我們放下所有的事，用最快的速度攔下那陽世活人，要是落在年長青手裡，可能就回不去了。」

「幹——」張曉武氣得想摔手機。「什麼時候不來，老子放假才來亂！」

「放個屁假啦！」顏芯愛罵：「你只是划拳贏了一趟輕鬆任務而已！」

「那傢伙現在在哪啦？」張曉武氣罵，突然聽見一陣驚呼聲從後座響起。

他快步往後走，從後方車窗見街道遠處有個亮紅東西一路蛇行、疾速竄來，接連閃過好幾輛房車。

「那是啥小？」張曉武瞪大一雙牛眼，還沒看清楚，那亮紅東西便已高高飛起，將一輛房車當成跳板般轟隆飛天，躍上遊覽車車頂。

「啥小啦！」張曉武駭然大驚，遊覽車天花板發出轟隆巨響，聲響從車尾竄至車頭，將司機也嚇了好大一跳。

亮紅東西唰地已然落在遊覽車前方，繼續往前急竄。

「啊！」張曉武哇哇大叫，急急往前座奔，見那亮紅東西竟是個女人蹲在拖板車上。

正是王書語。

「曉武哥，那陽世活人移動太快，我們的設備沒辦法精準定位！」顏芯愛的聲音自手機傳出。

「別怕，我用眼睛定位了……啊！她剛剛飛過我們車頂啦幹！」張曉武愕然瞪著前方那團紅光火點，轉頭對司機說：「追上去——」

「不去輪迴殿？」遊覽車司機有些猶豫。

「先攔下那個活人！」張曉武來到車門旁，對司機喊：「開門！」

司機打開車門，張曉武抓著門旁欄杆探頭往外看，那女人蹲在拖板車上，前面似乎有隻怪異小獸在拉車。

「幹那是什麼小？」張曉武愕然驚喊，後方一陣車聲呼嘯而來，駛來一支重機車隊。

後頭還跟著一輛高級黑頭轎車。

大批重機左右竄過老舊遊覽車往前疾追。

「春花幫！」張曉武從重機車身標誌認出是某支與年長青有結盟關係的幫派，連忙大喊：「喂喂喂，你們想幹嘛？這是俊毅管區，你們別亂來，讓陰差來處理！」

幾輛重機成員望了望張曉武，也不理他，紛紛加速往前追去。

「哇幹！」張曉武惱怒轉頭對著司機大喊：「開快點，追上去！」

他邊喊邊站在門邊，見前頭女人和重機越離越遠，氣得嚷嚷碎罵：「把油門給我踩到底——」

「早踩到底啦！」司機無奈地說：「曉武老大，我這輛是幾十年的遊覽車，不是警車、不是跑車更不是你那輛重型機車啊！」

又一輛重機自後逼近遊覽車車門旁，駕駛一身肌肉渾厚結實、腰際繫著獵刀；後座有個身穿大衣的瘦高男人，踩著重機改裝踏板高高站起，舉起一把狙擊槍抵在肌肉駕駛腦袋上，瞄準越逃越遠的王書語。

瘦高男人兩個眼眶裡深邃空洞、沒有眼珠，卻隱隱閃著青光。

「喂喂喂，你做什麼？」張曉武愕然大喊。「那是活人！陽世活人！」

瘦高男人絲毫不理他，開槍。

前方竄遠成個火紅光點的王書語和拖板車，突然高高彈起。

那拖板車右後側車輪被一槍擊碎。

「不准開槍，聽見沒有！」張曉武大吼，拔出電擊槍瞄準，威嚇遊覽車旁的重機二人。

瘦高男人開第二槍。

拖板車左後車輪也被擊爆。

拖板車後端在地上磨出刺眼火花，速度也開始下降。

張曉武暴怒，對肌肉駕駛開槍，電擊針啪地拖著長線扎上肌肉駕駛的粗壯胳臂上，對方猛地一抖，受到電擊，卻轉頭朝張曉武咧開嘴笑。

滿口金牙。

張曉武呆了呆，同時後方高瘦男人將槍口轉向他，扣下扳機，一槍擊斷電擊線。

「啊！」張曉武還沒反應過來，又按了幾下扳機，眼睜睜見肌肉駕駛嘻嘻笑地重催油門，加速往前。

前方被擊碎兩個車輪的拖板車降下速度，被團團包圍。

重機後座成員紛紛舉起網槍，打出幾張黑網，將王書語連同小豹裹成一團；那黑色網子一網住東西，立時緊縮纏緊。

十餘名春花幫幫眾紛紛躍下車，舉著電擊棒圍上王書語，對著她戳刺放電，電得王書語尖叫哀號。

「喂，給我住手——」張曉武大吼，催促司機駛近停車，一躍下車，掄動甩棍，朝著春花幫幫眾吼道：「幹你們老師，一個個聽不懂鬼話是吧？」

幾個持著電擊棒不停電擊王書語的春花幫幫眾，見張曉武凶悍衝來，這才冷笑停手。

「哪個再敢不聽話，我會賞他吃頓飽！」張曉武高揚甩棍，來到被綑成黑色大繭的王書語身旁，打給顏芯愛交代自己當前情況。

遊覽車上的葉子等乘客都好奇地湊來這側窗邊，望著前方動靜。

張曉武轉身對從車門探出頭來觀望的司機大喊：「老陳，你先載他們去輪迴殿，我留下來等俊毅，再過去跟你們會合。」

「好吧……」司機點點頭，回座重新發動引擎，催促大夥回座位。「別看熱鬧，回去坐好。」

乘客們紛紛回頭，突然驚呼起來——只見車外裹著王書語的厚厚黑網突然燒起一片紅火。

黑網倏地破開，小豹子剽悍蹦出，一口咬上張曉武小腿。

「哇幹！這又是什麼碗糕啦？」張曉武駭然舉甩棍打小豹腦袋。磅的又一記槍聲響起，小豹鬆口落地，身上多了個大洞，緩緩化散成灰，落下兩個風火輪浮空旋動。

開槍那人正是剛剛持狙擊槍的瘦高男人，他面無表情，緩緩收槍，一旁的肌肉駕駛則又咧開一嘴金牙對張曉武嘿嘿笑。

「啊！」張曉武盯著地上那雙風火輪，回想起剛剛小豹剽悍模樣。「風火輪、小豹子？是他！」

王書語自破網裡掙扎探身站起，裹在她身子的混天綾紅光閃耀，如同穿了一套火焰禮服——幾面黑網便是被混天綾上的紅火燒燬。

春花幫幫眾見狀當即一擁而上，舉著電擊棒要逮人；王書語奮力尖叫掙扎反抗，此時的她不僅力大無窮，身上的混天綾更像感應到惡鬼逼近，耀起刺眼紅焰，將幾個近身的幫眾熱得吵嚷起來。

「啊！那是混天綾？」葉子回到座位旁，見窗外女人一身混天綾十分眼熟，正想看個仔細，遊覽車已逐漸駛遠。

跟著，她發現隔壁的斯文男人比她還激動，本來已經坐下，卻突然驚慌地想開窗。

「喂喂喂！」司機連忙大喊：「你幹嘛？想造反啊！」

「我想開窗看看……」男人急急地說。

「看你個頭！」司機怒叱：「你要是亂來違規被記了點，到大輪迴殿裡，店家不賣陽世許可證給你呀！」

「什麼……」男人聽說關係到陽世許可證的資格，只得鬆手，將臉貼在窗上，但此時角度，已經見不到外頭的人。

「老兄，你怎麼了？」葉子好奇地問。

「我只是覺得那女人有點眼熟……有點像……」斯文男人點點頭。「我未婚妻……」

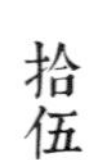

拾伍

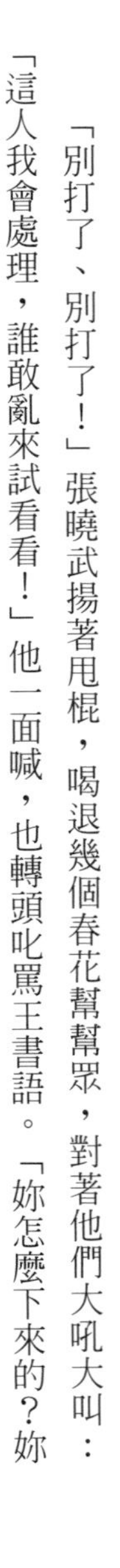

「別打了、別打了！」張曉武揚著甩棍，喝退幾個春花幫幫眾，對著他們大吼大叫：「這人我會處理，誰敢亂來試看看！」他一面喊，也轉頭叱罵王書語。「妳怎麼下來的？妳跟那臭毒蟲什麼關係？妳怎麼會有他這些法寶……啊！」他說到這裡，突然呆愣幾秒，跟著駭然喊道：「我幹——妳不是王仔女兒嗎！」

「你是曉武哥？」王書語啊呀一聲：「這裡眞是陰間？我……我死了嗎？」

「妳沒死啊！」張曉武伸手捏了捏王書語的臉，說：「活人肉身來到陰間，像是大金剛進城一樣，力大無窮……妳到底怎麼下來的？」

「我……我也不知道……」王書語困惑無奈。「有人闖進我房間，用煙迷昏我，我一醒來，人就在這裡了……」

「哼哼，老傢伙眞抓活人下陰間……這次可賴不掉了……」張曉武瞪了壯碩男人和瘦高男人一眼，又問王書語：「那小毒蟲呢？」

「小毒蟲？」王書語先是一呆，然後會意。「你是說……韓杰？」

「對呀，就是那起乩的吸毒仔。」張曉武說：「妳身上這東西是他的？」

「這是他給我的護身符……」王書語點點頭。「要是沒有小豹和這東西，我可能逃不出來……咦！小豹呢？」

「小豹化成灰囉。」肌肉壯漢嘻嘻笑著領著幫眾走近，還取出一管針筒，往自己頸子一插。

那管透明針筒，隱約可見幾道符籙光紋在藥液裡竄游流動。

幾道光咒隨著壯漢拇指推按，全注射進脖子裡。

「你……」張曉武瞪大眼睛，愣了半晌才哇哇大叫：「幹你老師，你公然在陰差面前打藥？你想幹嘛？」

「只是普通的維他命。」肌肉壯漢哈哈大笑，拔出針筒，湊近張曉武面前晃晃。「城隍府核准的。」

只見針筒上纏著條小標籤，標籤上不清不楚地印著一顆不知哪間城隍府的印。

「鬼打維他命？」張曉武一把抓住壯漢手腕，想看個仔細。「我看看哪間城隍府的印。」

「好呀。」肌肉壯漢嘻嘻一笑，張手任針筒落地。「你拼起來慢慢看。」

張曉武正矮身要撿，針筒便讓壯漢伸腳踏碎。

「我幹——」他暴怒大罵，但壯漢卻不睬他，與瘦高男人繞開他，走向王書語。

王書語見瘦高男人和肌肉壯漢大步逼來，轉身想逃，卻又被射了兩張網子纏成一團，好不容易破網脫困，壯漢已經站在她面前，一把抓住她一隻手腕，她另隻手一巴掌搧在對方臉上，聲響巨大得如同落雷，將周圍幫眾都嚇得一抖。

肌肉壯漢臉都給打歪了，卻不像先前那些幫眾一樣飛開老遠，仍直挺挺地站著，且還抓住王書語另一手。

「呀！」王書語驚恐尖叫，奮力掙扎，這肌肉壯漢力氣遠比其他陰間惡鬼大上太多。壯漢此時頭臉胳臂青筋浮凸，兩隻眼睛異光閃閃，隱隱浮現著剛剛針筒裡的符籙光紋。

同時，繞到王書語身後的瘦高男人，將揹在背後一只大皮箱扔到她腳邊，皮箱唰地彈開，立起一具高大黝黑的骷髏骨架，張開四隻細長骨手，自後摟向王書語。

兩隻漆黑手骨左右搭上王書語雙臂，細長骨指伸過她指間，緊握住她手背；那雙漆黑臂骨上還竄出一條條如蜈蚣百足的彎曲細骨，牢牢扣住她雙臂。

壯漢鬆手退開，咧嘴笑著想說什麼，聽幫眾們驚呼，腦袋上突然捱了一記重砸，轉頭見是張曉武拿甩棍打他。

「你們全都聾了是不是？沒聽見我說這活人交給我處理？」張曉武怒吼，眼角瞥見略微彎曲的甩棍，有些驚訝，望了望肌肉壯漢。「你這維他命這麼厲害？」

「是啊。」壯漢揉著頭，咧嘴笑著，笑裡透著濃濃殺氣。

他只是喜歡笑，可不喜歡被人打罵。

「你們用大枷鎖抓活人？太誇張了吧，快放開她！」張曉武揚著甩棍怒叱瘦高男人。

瘦高男人面無表情，喃喃低語唸咒，鎖著王書語的骷髏身上各處骨節纏著一圈圈奇異符籙，骷髏頭上以細釘釘著許多符籙，胸腹肋骨和雙腿骨上也都彈出一根根細骨，將王書語緊緊箍住。

王書語身上的混天綾燒開紅火；瘦高男人則飛快往她身上貼上一張張怪符滅火。

「我幹，你們全把我的話當耳邊風！」張曉武伸手推壯漢肩。「讓開！」

「不讓。」壯漢笑著撥開張曉武的手。

張曉武揪住壯漢領子，轟地賞他一記頭錘——

壯漢退開半步，笑著揉額頭；張曉武卻摀著額頭彎腰後退好幾步，爆出一串粗話。

「這位牛頭大哥，你們陰差平時都沒在練身體對吧……」壯漢嘻嘻笑著，向張曉武舉手繃繃自己的二頭肌。

「練……我練你老母咧……」張曉武摀著頭又大步上前，高舉甩棍往他頭上砸。

壯漢一把接住甩棍，正想開口調侃。

張曉武左勾拳已經勾上壯漢下巴。

拳上戴了副指虎。

指虎尖端還帶著電擊裝置。

「噫！」壯漢下巴受到電擊，瞪大眼睛、身子一抖，一手緊抓著張曉武那根甩棍。

張曉武放開甩棍，雙手揪著壯漢領子，再次賞他一記頭錘——

不是正面撞擊，是側頭用他頭上的牛角撞。

轟——壯漢額頭被牛角撞，膝蓋一軟，單膝跪倒在地。

張曉武右手揪著壯漢耳朵，左拳高高舉起就要往壯漢臉上砸，但一旁王書語卻尖叫竄近，一巴掌搧在他臉上，將他搧得翻摔滾出好遠。

「幹妳老師！妳打我幹嘛？」張曉武暈眩站起，破口大罵。

「我……不是！」王書語驚慌解釋，但身子不受控制，快步上前，一把掐住張曉武脖子，將他高高提起。

瘦高男人跟在王書語身後，低聲碎語，指揮著骷髏骨架行動。

「唔……幹……」張曉武奮力掙扎，卻被壯漢揪著牛角。

「牛頭大哥，你那指虎也是違禁品耶。」壯漢一手揪著牛角，一手在他脖子撥摸，想摘下他的面具。

「住手、住手！別爲難陰差大哥！」一道聲音遠遠響起。

瘦高男人停止施咒，被大枷鎖控制的王書語馬上鬆手放開張曉武，肌肉壯漢也放開牛角，還在張曉武腦袋上羞辱似地大力拍了一下。

張曉武摀著脖子趺在地上，掙扎站起。一個矮胖男人走到他面前，身穿灰夾克、腕戴名錶，懷裡還托著一個平板，他是替年長青管帳的左右手——周富貴。

周富貴指了指身旁被大枷鎖牢牢鎖住的王書語，笑咪咪地對張曉武說：「她是從我們倉庫逃出來的東西，其他管區的城隍都同意讓我們處理這件事。」

「啥小？逃出來的『東西』？」張曉武愕然怒叱：「你他媽眼睛被紙錢糊住了？這是個活人！你以爲我不知道你們從陽世擄人下來轉賣？」

「我們沒擄她，也沒打算賣她，可能上面跑腿的送錯貨了，我們正要送她回去呢。」周富貴對張曉武的叱罵一點也不以爲意。

「送錯貨？你他媽當我三歲小孩？」張曉武瞪大眼睛，對周富貴說：「俊毅正帶人過來，識相點就閃遠點，讓我們把人帶走！」

「城隍府裡也沒送活人回去的『門』。」周富貴笑著說：「交給我們處理，省事嘛。」

「城隍府沒有，你家裡就有？」張曉武瞪大眼睛。「你們隨便開鬼門？」

「不是隨便開，有申請的。」周富貴說：「我們有多位城隍聯名同意書，是合法的。」

「偏偏沒有我們府裡的對吧。」張曉武說：「好死不死，人現在在我們管區，就是我們處理。」

「這位牛頭。」周富貴斂去笑容，面色陰沉。「平時你們不買帳就算了，反正井水不犯河水，但現在你這不是硬跟年爺過不去嗎？」

「跟他過不去又怎樣？」張曉武扠著腰說：「誰規定我一定要跟他過得去？我這十年跟著俊毅在這地底得罪的人可多了咧！想整我們、宰我們的人從陰間排隊排到陽世，多一個年爺又怎樣。來來來，你現在打電話叫他滾過來自己跟我說！」

「那……」周富貴靜默幾秒，朝瘦高男人和肌肉壯漢使了個眼色，說：「空眼、金牙，你們請牛頭大哥上我們公司喝喝咖啡好了。」

叫金牙的肌肉壯漢再次咧嘴露出金牙，笑著伸手搭向張曉武的肩。「來吧，我們公司的咖啡很香喔。」

「喝啥小啦，我又不渴！」張曉武大力拍開金牙的手。

「人到了就渴了。」金牙抓住他手腕。

「渴你老母咧——」張曉武舉起戴著指虎的左拳作勢要打。

瘦高男人空眼不知何時掏出了把槍，抵上張曉武腰際。

槍口裝著鬼牙——裝上鬼牙的陰間槍械能擊斃凡人、打死打傷陰差，甚至是天上神靈。

「……」張曉武望著鬼牙槍，還想說些什麼，突然聽見王書語一聲驚叫。

大夥兒往她望去，只見她被貼滿符籙的身子，再次燒出火光。

空眼趕忙轉去滅火，但王書語雙腿外側下不知何時竟附上剛剛小豹留下的風火輪。

風火輪嗡嗡疾轉，如蓄勢待發的賽車車輪，然後倏地發動。

「哇——」王書語尖叫一聲，身子被風火輪向後拉竄。

「怎麼回事？」周富貴怪叫，空眼領著春花幫幫眾疾追而去。

金牙想趕去幫忙，被張曉武反揪住領子，剛回頭臉上又捱上他一記指虎電拳，摀著臉低吟怒吼。

「怎麼回事？」張曉武突襲得逞，順手撈起剛剛落地的甩棍，嘻嘻竊笑地去追王書語。

空眼高聲施咒，令鎖著王書語的大枷鎖停下腳步——大枷鎖能控制肉身，卻控制不了她腳下風火輪。

空眼立即變咒，令大枷鎖控制王書語身子猛力轉身，讓她臉朝地面，雙手扒地，要讓她用雙手煞車。

王書語一雙手抓進柏油路面，卻像扒進軟土，在地上拉出兩道長長「煞車痕」；儘管凡人肉身使她扒抓路面如扒土，仍讓她十指刺痛，忍不住哀號。

風火輪隨著王書語的痛喊而停止轉動。

大批幫眾再次將她團團包圍，空眼快步上前掏槍要擊爆王書語左腳風火輪，但一雙風火輪卻瞬間離腿竄起，直往空眼臉上撞去。

空眼側身避開，舉槍要打，風火輪飛轉極快，一個在春花幫幫眾腳下亂竄、一個在空中亂旋四處突撞，空眼舉槍瞄準半天，也沒能逮著開槍機會。

另一邊，驚呼聲又起，停在路邊的幾輛車無端端炸起大火。

豔紅大火異常地四面飛梭擴散，轉眼截斷整條大道，將周富貴在內一半以上腳程較慢的幫眾截在另一端。

有些幫眾試圖往火勢較小的地方破路突圍，但見火焰中似有東西竄動，嚇得連忙退開。是幾條張牙舞爪的火龍噴火截路。

空眼愕然之餘，舉槍射擊火龍，連開數槍也射不滅一條，聽見身後幫眾驚呼，轉頭去看，王書語背後的大枷鎖肩上竟蹲了個人——

韓杰。

韓杰腿附風火輪、臂纏混天綾、腕掛乾坤圈，全身金光閃閃，蹲在大枷鎖肩胛骨上，扳著骷髏頭，像在思索怎麼破解這奇異道具。

空眼舉槍要射韓杰，瞥見有東西朝他臉飛射而來，連忙低頭閃避——是張曉武擲來的甩棍。

空眼轉向朝張曉武連開兩槍，但張曉武扔甩棍時便揪了個春花幫幫眾當盾，擋下這兩槍，轉頭對韓杰大吼：「幹！果然是你這小毒蟲！你來我管區放火燒馬路啊？」

還沒喊完，空眼第三槍射在他腿上。

空眼正要開第四槍，見韓杰甩來混天綾，連忙矮身閃避，混天綾如蛇一般忽上忽下地追捲空眼。

「我幹你老師！」張曉武暴跳如雷地扔下擋槍幫眾，一跛一跛地要追去揍空眼，金牙卻舉著獵刀咬牙切齒地衝來斬他；張曉武閃開兩刀，西裝被劃開一道大口，金牙一刀高高往他腦袋劈來，他情急舉手用拳頭擋——

噹的一聲，金牙這獵刀斬在張曉武指虎上，指虎受損啪地炸開。

兩人都被電得倒退數步，獵刀也彈飛上天。

張曉武反應快，探身伸手要接獵刀，被衝來的金牙攔腰擒抱，就要將他撲倒。

千鈞一髮之際，他用胳臂箍住金牙腦袋，身子順勢往後仰倒，箝著金牙腦袋往地板一撞，賞了金牙一記摔角招式中的「ＤＤＴ」。

另一頭，空眼翻滾躲避一陣，從口袋掏出幾張墨綠怪符撒成符牆，牆上竄出十餘條五色毒蛇，張嘴吐信捲上來襲的混天綾，他得以抽空對韓杰開槍。

韓杰當即翻身落地閃槍，翻身前還順手一甩混天綾，繞在骷髏腦袋頭上幾圈，打了個死結，落地後又拋了張尪仔標在混天綾上——

尪仔標循著混天綾往空眼符牆飛滾而去，滾出一隻金黃小豹，小豹咆哮衝近捲著混天綾的毒蛇群揮爪亂扒，扒斷所有毒蛇腦袋，讓混天綾纏上肩背，一舉撞破符牆。

後頭韓杰揮動乾坤圈打翻幾個來襲幫眾，卻被受控制的王書語自後用胳臂緊緊勒住頸子。

「正好！」韓杰口鼻發出亮紅，他讓藏在肚內最後一條火龍竄至頸際抵抗大枷鎖勒頸怪力，同時後背一頂、雙手一撈，將王書語揹在背上，腳下風火輪倏地發動，發力急奔。

另一端，腿附風火輪、身拖混天綾纏捲骷髏腦袋的小豹，在韓杰號令下，往反方向飛竄。

韓杰往東衝、小豹往西竄，喀啦一聲，骷髏腦袋被硬生生扯斷。

韓杰揹著王書語倏地一下子越奔越遠。

骷髏腦袋沒了，大枷鎖效力漸失，緊勒韓杰頸子的一雙胳臂漸漸放鬆，王書語想說些什麼，卻感到身子微微發暖，是身上的混天綾受韓杰控制，倏地鬆開、四面流竄，啪啦啦地將銬著她身軀四肢的漆黑骨架拆卸扯斷。

「等等！」王書語連忙尖叫。「我沒穿衣服！」

「啊？」韓杰呆了呆，下意識要回頭，卻被王書語扳著臉不讓他動，只得騰出手掏了掏口袋掏出一把金粉，凌空畫了張咒，呼地一吹，吹成一張金色大布，讓王書語裹上身。「妳怎麼下來的？」

「謝謝……」王書語無奈述說早上與他分別後，返回旅舍的經過。

那頭，張曉武拖著傷腿和春花幫幫眾糾纏扭打，見韓杰揹著王書語奔遠，留下他還在戰圈裡，愕然拔腿想跑，被起身的金牙一把按住肩頭，往臉上猛灌一拳。

打了禁藥的金牙這拳力道大到將他轟地翻轉大半圈，重重摔倒在地。張曉武眼冒金星，見金牙抬腳要踩他，想翻身閃避卻全身發軟，但金牙這腳並未踩下，而是被竄回的小豹拖著混天綾絆倒在地。

小豹朝張曉武叫了聲，抖下一段混天綾在他面前，張曉武一把抓住，藉著小豹奔勢翻身躍起，緊抓著混天綾讓小豹拖著往韓杰方向跑。他狂奔好一陣，腿上傷處淌著黑血，腳步漸漸跟不上，好幾次要踉蹌跌倒，前頭韓杰似乎有所察覺，終於放慢速度，回頭等他。

「我……我幹你老師……」張曉武奮力奔近，氣喘吁吁地罵：「我幹……我幹……」

「以前教過我的老師都還在地上，想幹上去幹，不要只用嘴巴講。」韓杰哼哼地說：「離這裡最近的鬼門在哪？」

「鬼……門？」張曉武怒氣沖沖地說：「你當是便利商店……滿街都是啊？」

「那我怎麼送她回去？」韓杰見後方追兵紛紛轉去牽重機加速追來，繼續拔腿奔跑。

「我幹！」張曉武見狀也拉著混天綾隨小豹追上，喊道：「跟我去輪迴殿，那裡有陽世電梯──」

「……」韓杰回頭望了追兵一眼，見重機車隊逐漸逼近，騰手掏口袋，還剩下一張尪仔標──火尖槍。

他停下腳步，將王書語翻轉下背抱在手上，再拋給迎面奔來的張曉武。

「哇幹！」張曉武駭然伸手接，卻像接著個巨岩，搖搖晃晃跌倒在地。

「你幹什麼吃的，連個女人都抱不住？」韓杰揑著尪仔標，不屑地盯著張曉武。

「我幹……」張曉武掙扎起身，怒罵：「等你變成鬼，到了陰間看抱不抱得動陽世女人！」

「我自己有腳，我可以自己走！」王書語也氣惱站起，調整鬆開的裹身金布，突然又驚叫出聲，身上被什麼東西拂過——原來韓杰見她有金布裹身，便抽去了她身上的混天綾。

「你帶她走，我晚點會跟上。」韓杰吁了口氣，令混天綾繞上雙臂，將尪仔標往地上一拍，伸手握住面前緩緩豎起的火尖槍。

「幹，你他媽少耍帥！」張曉武一拐一拐地奔到韓杰前頭，揚手大喊起來：「終於來啦，怎麼這麼慢，混蛋！」

春花幫車隊後方，響起一陣尖銳警笛。

幾輛裝著城隍府骷髏警示燈的黑車隊急駛而來。

帶頭那輛也是重機，駕車的人正是短裙小個兒馬面顏芯愛。

「通通不許動！」顏芯愛單手騎車，從腰際抽出甩棍，四面指著。「陰差來了！」

「妳給我用兩隻手騎車！」張曉武見顏芯愛單手抓著他愛車龍頭手把，急著大叫。「妳敢摔到我的車妳就慘了——」

拾陸

「然後我一個觔斗飛了十萬八千里，把那小孩送回家裡去！」

老獼猴張揚著雙手，口沫橫飛地對著陳阿財訴說好多年前，某次他打跑一個在六月山下誘拐小孩的壞傢伙的陳年往事。

車內車外山魅或者打瞌睡，或者無聊望天，或者伏在車底躲太陽，沒一個專心聽老獼猴說故事。小傢伙躺在韓杰肉身旁睡覺、柳丁伏在小文窩前，與窩裡的小文大眼瞪小眼。

陳阿財抱著膝，呆愣愣地望著老獼猴，對這個故事一點也不感興趣。

「幹嘛？你不信啊？」老獼猴見陳阿財冷淡，便問：「你以為我說故事騙你？」

「……」陳阿財默然半晌，說：「你說那小孩住山腳下八街附近。」

「是啊。」老獼猴點頭。

「你又說在四街巷子救他。」

「是啊！」

「四街到八街哪有十萬八千里那麼遠？」陳阿財說：「而且觔斗雲是孫悟空的法術，你又說你是土地神……」

「我是土地神啊，六月山土地神。」老獼猴瞪大眼睛，不服氣地說：「我哪有說我用觔斗雲，我是說我一個觔斗……能飛十萬八千里！但我飛到一半看到那小孩家就轉彎下去了！」

「一半也有五萬幾千里，四街到八街一公里都不到……」陳阿財哼哼地轉過頭。

「你到底懂不懂聽故事呀！」老獼猴惱火。「以前老土地神在的時候，不管他講什麼故事我都聽得好開心，我才不像你這樣一直挑毛病！」

「那是他講得好呀。」陳阿財嘟嘟囔囔地說：「你的故事爛死了，你根本不會說故事。」

「啊呀你這臭小子！」老獼猴暴跳如雷，嘴上大鬍子都歪了一邊，突然聽見外頭有騷動，探頭出去，見遠處山道有陌生山魅逼近。

「那些傢伙怎麼回事？」老獼猴領著小傢伙和柳丁攀上帆布棚頂四處張望，逼近的陌生山魅約莫十餘隻，個個身穿遮陽簑衣，或是手提鐵桶，或是推著板車，板車上還擺著鐵盆。鐵盆、鐵桶裡都冒著古怪煙霧，似乎正燒著什麼。

「壞蛋們想玩什麼把戲？」老獼猴緊握木棒，棒上有韓杰寫下的金符。

「他們是四月山的！」小傢伙攀在老獼猴背上說。

「又是四月山？」老獼猴東張西望，氣憤大罵：「我知道是你們，出來！你們拿豬肉果上四月山招了山魅要來打六月山對不對？」

老獼猴還沒說完，後頭也有動靜，回頭一看，後方山道也出現一路人馬，這隊活人——是羅壽福、賴琨，再加上二、三十個打手混混。

人人手上抓著貼有奇異符籙的棍棒刀械，且同樣有人推著裝有冒煙鐵桶的板車。

「你們到底想幹啥？」老獼猴朝著遠遠走來的羅壽福大罵，十餘隻六月山山魅在車外圍成一圈，舉著寫了金字符籙的棍棒樹枝備戰。

但四月山山魅逼至車外十餘公尺處卻紛紛停下，沒有繼續往前，而是從冒煙鐵盆、鐵桶中，摸出一顆顆冒煙草球往小發財扔擲。

「哇！」「這什麼東西？」「這什麼煙，怎麼那麼香？」

小發財車周圍的六月山山魅們，被燃火冒煙的草球砸著，不痛不癢，覺得草球冒出的煙霧聞起來挺香，不由得有些飄飄然。

「這……」老獼猴在帆布棚頂也聞到草球氣味，陡然尖叫：「這是魍魎酒的味道，他用魍魎酒泡草，然後燒這些草，好可惡呀！快把草球丟回去——」

六月山山魅紛紛撿起腳邊草球扔回去，又被對方丟回來。兩邊像打雪仗一樣，你扔我、我扔你。

「啊，別扔回去，他們撿了還能扔回來，踩熄好了！啊呀！一踩煙噴得更大呀！」老獼猴在帆布棚頂上暴跳如雷，腦袋越來越暈。「扔遠……扔到其他地方……」

漸漸地，六月山山魅連踩熄草球的力氣都沒有了，紛紛坐倒在地，有的發愣打嗝、有的咧嘴呆笑，甚至有像嗅到木天蓼的貓兒般把玩起冒煙草球，抓在臉上磨蹭。全像是喝醉了般。

老獼猴搖晃跪下，癱在帆布棚頂呆愣喘息，小傢伙則從他背上跌下，和幾個山魅一同癱軟躺在地。

「你老婆舅舅這些東西還眞有用。」賴琨見滿地醉倒山魅，嘿嘿一笑，拍了拍羅壽福肩膀。「要是方董這筆生意幹得好，以後我們眞可以長期合作。」

「我夫妻倆這些旁門左道……」羅壽福搓著手嘻嘻笑著說：「再加上方董的錢，讓琨哥你領導指揮，簡直要飛天啦！」

「話說這些東西你要怎麼處理？」賴琨望著醉倒一片的山魅。

「餵他們吃豬肉果，然後上山找我老婆會合。」羅壽福這麼說，還用腳踢了踢癱軟在地的小傢伙。

一道小影自帆布棚頂竄躍下來，撲在羅壽福臉上，一口咬在他鼻子上。

是柳丁。

「哇！」羅壽福一把抓下，往地上重重一砸。

柳丁一溜煙鑽進車底，不時探頭向外咆哮。

「這小貓也是山魅？」「趕他出來！」「用煙熏他！」賴琨手下們嘻嘻哈哈地將鐵桶裡的冒煙草球往車底扔，與四月山山魅團團包圍小發財，想逼出柳丁。

羅壽福昨晚被王書語關門夾傷的手還裹著紗布，垮著臉摀住淌血鼻子，跟著賴琨繞至車尾，見到躺在車裡的韓杰和縮在角落發抖的陳阿財。

「這小子怎麼了？」賴琨問。

「聽說下陰間去救老警察女兒了。」羅壽福乾笑兩聲說：「在底下搞得天翻地覆，把我老婆舅舅氣炸了，打了好幾通電話上來罵人……」

「哦？」賴琨瞪大眼睛。「你是說，這小子讓自己魂魄下陰間去救王仔女兒？」

「是呀。」羅壽福點頭。

「他救到人沒？」

「聽說是把人帶走了，但他身體還在這裡，表示還沒回到陽世……」

「所以……」賴琨哦了聲，望著韓杰身體。「我們現在拿走他身體，等於一箭雙鵰？」

「應該是。」羅壽福點點頭。

「嘿嘿，這可好玩了。」賴琨哈哈一笑。「我們在這裡等。還是把人帶去其他地方？」

「都行，不過得先準備一下。」羅壽福攀上車斗，蹲在韓杰身邊盯著陳阿財，從口袋掏出一個新玉珮拎到他面前搖晃。「戴上吧。」

「不要……」陳阿財連連搖頭，呀的一聲轉身鑽出車想逃，被守在外頭的山魅揪著按在地上。

羅壽福掀起帆布一角，將玉珮扔到他面前，說：「你不戴回玉珮，就脫下簑衣吧。」

此時已近午時，陳阿財被壓在太陽底下，幾個山魅動手扯他簑衣，他開始覺得越來越熱，熱得發疼，只好拿起玉珮戴上，哇哇哭叫求饒。

車斗上，羅壽福望著帆布棚中滿滿金符字樣，又是興奮又是好奇，伸手翻找，想找出韓杰的法器寶物；他見角落水盆裡種著幾朵蓮花，覺得或許與韓杰法術有關，但一時也看不懂。

跟著，他看見韓杰身旁有個罐子，拿起來打開，是滿滿的尪仔標。

「火尖槍、混天綾？」羅壽福捏起幾片翻看。「這就是他那些法寶？」

「喂？你要準備什麼？」賴琨不耐地在外喊。

「先廢了他手腳，免得醒來打人。」羅壽福隨手放下那尪仔標罐子，從懷中取出一柄小刀，抓著韓杰胳臂拉高袖子，要挑他手筋。

羅壽福剛把刀尖抵上韓杰手腕，腦門卻猛地刺痛。

「喂，你頭上有東西！」賴琨愕然指著羅壽福腦袋。

羅壽福連忙伸手抓頭，什麼也沒抓著，後頸刺痛，像被銳利小鉗夾著一般，轉身怒喊伸手拍打。

「是隻鳥啊！」賴琨和手下看見小文在車斗裡和羅壽福飛旋糾纏，不禁訝異。「這鳥好兇呀！」

「混蛋，哪隻山魅快來幫忙趕走這鳥！」羅壽福呀呀大喊。

幾隻山魅探進來東張西望，還沒看清楚小文位置，突然同時感應到什麼，全轉頭望向某個方向。

有個蓄著馬尾的瘦高男人騎著機車快速駛來。

後座上還坐著一個戴著鴨舌帽的女孩。

是陳亞衣和馬大岳。

「韓大哥——」陳亞衣遠遠瞧見小發財車，急得大喊。「外婆，就是那輛車！」

「那又是誰？」「是這傢伙朋友？」賴坤的小弟見狀，紛紛舉起棍棒刀械警戒起來，往前逼去想攔下機車。

走在最前頭的人，感受到一陣帶著薰香的清風拂過臉，呆滯幾秒，轉身舉棒就往身旁夥伴腦袋上敲。

「哇！」「你幹什麼？」幾個小弟被砸了個措手不及，紛紛大叫退開。

「怎麼回事？」賴琨見有小弟造反打自己人，也驚駭怒叱。「你做什麼？」

「嗯？」羅壽福聽見外頭騷動，探頭出來，見那小弟異狀，連忙大喊：「小心，他身上附著東西，他們跟這小子一路的！山魅，快去幫忙！」

造反小弟身子裡附著的「東西」是苗姑。

「外婆——」陳亞衣見造反小弟拿著棍棒大力照著其他人腦袋敲，急得大喊：「妳出手太重啦，妳又忘記自己現在身分啦！」

「這樣太重？」苗姑揪著另一個小弟領子搖了搖。「我出手會太重嗎？」

那小弟頭破血流，早已昏死無法回答——苗姑已成媽祖婆分靈，即便任務在身，出手動武前也有責任細辨是非曲直，不能不分青紅皀白全往死裡打。

苗姑扔下昏死小弟，想揪其他人來問問自己是否眞的出手太重，但其他小弟早已逃遠，朝苗姑擁來的，是一批四月山山魅。

「流口水、紅眼睛。」苗姑不避不閃，任山魅亂掐附體小弟的脖子，她伸手拍拍山魅的臉、揭開眼皮瞧瞧，像個醫生般視診山魅，跟著倏地飛出小弟身子，回陳亞衣身中。「有人餵他們吃了豬肉果。」

馬大岳停下車，陳亞衣自後座躍下，舉起奏板，抵額祝禱。「媽祖婆，我到了！韓大哥被一群山魅包圍，外婆說這些山魅被餵了豬肉果，所以我需要……需要……外婆，這種情況需要什麼力量？」

苗姑替她嚷道：「紅面鼓舞，黑面退邪——」

剛說完，陳亞衣持奏板的雙手，左手轉眼赤紅、右手瞬間墨黑，且飛快自雙手爬過胳臂、湧上頭臉，使她的臉像京劇臉譜般半紅半黑。

幾隻四月山山魅竄近陳亞衣，高舉雙手要抓她。

陳亞衣舉著奏板弓步往前一踏，彷如重擊戰鼓，在地上踏出一聲巨雷響。

山魅如雷貫耳，全嚇得僵凝不動。

「以後陌生人給的東西不要隨便亂吃，知道嗎？」陳亞衣揪著正前方一隻山魅的遮陽簑衣領口，磅地往他肚子上勾了一拳。

這拳勾得不算大力，卻在山魅肚腹上打出一圈漆黑震波，打得那山魅跪地嘔吐。

吐出滿地腐汁爛肉。

陳亞衣見其他幾隻四月山山魅嚇得想逃，連忙大力拍掌踏地，吆喝喊著：「別動，給我排排站好！」

「啊！」羅壽福察覺那些吃了他豬肉果餃子的山魅，此時竟如等待打預防針的小學生，一個個在陳亞衣面前站著不敢動，讓她一拳拳打得捧腹嘔吐，不禁大驚失色。

「喂！你那些山魅怎麼回事？」賴琨也一臉困惑。「怎不動手對付她？」

「她……她……」羅壽福翻身下車，急道：「琨哥，她在破我控制山魅的法術，快派你手下去打她！」

「什麼？」賴琨愕然，連忙下令小弟重整旗鼓衝向陳亞衣。

但小弟們一接近陳亞衣，又會被苗姑附體。

苗姑再度持著棍棒拷問小弟們自己出手會不會過重。沒被附身的小弟被苗姑打了幾棒後揮棒還擊；苗姑不避不閃，任他們棍棒往身上打，反正她不痛不癢，她輪流附身、輪流亂打。

「琨哥……情況不對，我……我們先走……」羅壽福見幾個吐光了豬肉果的四月山山魅回頭望他，眼神中淨是怒火，陡然感到不妙，拉了拉賴琨胳臂轉身就跑。

「什麼？」賴琨錯愕，帶著最後幾個小弟急忙跟上逃跑。

苗姑附著一個小弟飛快追來。

羅壽福轉身扔了個古怪小墜飾在地上，炸出一陣奇異紫光。

嚇人紫光伴著大片紅雲，雲裡打雷閃電、鬼哭神嚎，颳出一股又一股凶風鬼氣，嚇得苗姑急急退回陳亞衣身邊，凝神備戰。

小發財車旁倒成一片的山魅被這陣狂暴凶風吹醒，以為世界末日，哇地抱成一團；老獼猴以為血羅剎出世，急忙想上山去擋，但全身仍虛脫無力，從車頂摔下；柳丁自車底蹦出東張西望狂吼，小傢伙嚇得抱頭大哭。

陳亞衣趕到車邊，鼓動全身氣力備戰，但等了好一會兒，紫光紅雲卻只是打雷颳風，裡頭的鬼影晃來盪去卻始終不出來，漸漸地，光熄雲散風止。

什麼也沒有。

而賴琨、羅壽福等人也不知跑哪兒去了。

原來那小墜飾也是年長青的商品，是種猶如鼬鼠臭屁般嚇人用的逃亡道具。苗姑過去沒見過這種東西，陳亞衣更無經驗，都被唬得一愣一愣。

拾柒

幾十分鐘前，六月山上也不平靜。

李秋春帶著秀萍和一批四月山山魅登上山。

他們剛上山，便點燃泡過魍魎酒的草球，沿路放煙，接連迷倒幾批前來攔路山魅。

這些六月山山魅都是聽老獼猴吩咐，各自守著崗位，不讓外地山魅或看來可疑的傢伙接近囚魔洞，但主動攔路的結果，卻是被魍魎酒煙嗆得又暈又醉，反遭四月山山魅押著強吞幾口豬肉果，乖乖供出囚魔洞位置替李秋春帶路。

一路上李秋春身上那支用來聯繫年長青的老式手機響了好幾次，年長青不停打電話上來罵人——

他從倉庫監視畫面裡，見王書語被符童送下倉儲時身上還穿著衣服，手下雜工替她脫衣淨身時，扯斷她頸上的尪仔標，被殺出小豹一口吞了。

王書語有踩著風火輪的小豹護衛，凡人肉身又裹上混天綾，在地底橫衝直撞，逃出好遠，直到被韓杰找到。

李秋春連連賠不是，無奈解釋自己是因爲不想讓羅壽福看王書語身體，才沒扒光她衣服、搜出戴在身上的尪仔標——他夫妻倆在早餐店見韓杰給王書語那塊膠帶手工圓牌，以爲只是韓杰自作聰明的浪漫把戲，裡頭包著寫些三流情話的信紙——羅壽福過去也對李秋春玩過這把戲。

後來他夫妻倆雖聽王書語和韓杰談及「抓活人下陰間」這些話，但注意力全放在王書語身上，忘了細究韓杰身分，迷昏王書語後，李秋春一面施術調製黃泉湯，一面和羅壽福鬥嘴，壓根沒意識到王書語身上藏了組太子爺法寶。

李秋春被年長青罵得頭皮發麻，推說自己正上山找大山魅，肯定能賣個好價錢，絕不讓舅舅虧本。

她抵達囚魔洞入口時，賴琨正領著手下與羅壽福會合，準備對付韓杰。

「就是這裡？」李秋春皺著眉頭，望著幾隻被灌了豬肉果碎肉的山魅。

山魅們一齊點頭，有的痴笑、有的傻呆，都指著石縫。「侯老說誰也不能進去……」

「……」李秋春皺眉猶豫半晌，指示秀萍說：「妳先進去拍幾張照片給我。」

秀萍依言從石縫爬入洞，取出手機照明探找，一路找到囚禁血羅剎的石室，張望一陣，拍了幾張照片，還被地上石板絆了一下，最後轉回洞口，將手機遞給洞外的李秋春。

李秋春仔細查看，沒看出什麼頭緒。她聽六月山山魅說石室地上的大石板底下有個石洞，血羅剎就囚在裡頭，雖想下山和羅壽福從長計議，但地底舅舅怒火沖天，她想至少拍幾張大山魅的照片，若真值錢，或許能稍微壓下舅舅的怒火——她各種法術道具、羅壽福的煉屍藥材，都靠年長青提供，要是他發怒不再供自己這些邪術道具，那麼她和羅壽福兩人在這世上，還真沒什麼事可以做得成了。

她在洞外整備好後，指派兩隻山魅在洞外把風，領著其餘山魅、帶著大枷鎖和各種道具，硬著頭皮鑽進洞裡，一路來到石室。

她沿路打量洞中伏魔符籙，見石室裡密密麻麻的咒印，以及隱約感覺得出陣陣仙風拂面，知道寫下符印的道友，道行肯定高過她數倍。

連這樣的人都制不住血羅剎，那她僅帶批陰間道具就想擒他，豈不是痴人說夢？

但她轉念一想，要是血羅剎眞厲害到那種程度，表示非常値錢。

有錢能使鬼推磨，也能使人不要命。

「大家千萬要小心。」李秋春指示山魅們布陣準備多時，讓大夥兒在石板前圍成一圈，自己退到後面，深深吸幾口氣，下令山魅推石板開棺。

兩隻山魅喀啦啦將厚重石板緩緩推出一道縫，點燃幾顆泡過魍魎酒的草球塞入洞裡，熏了半晌也沒動靜。

山魅們又將石板推開兩吋，再推開三吋，見到了什麼東西，低呼起來。

李秋春聞聲，湊近棺洞旁拿手機照明，透過十餘公分寬的洞縫，見裡頭煙霧繚繞，隱約可見一個人形盤坐其中。

「蔭屍？」李秋春呆了呆。「不是山魅嗎？」

受控的山魅年紀雖沒那麼資深，倒是常聽老獼猴講古，醉醺醺地複述起苦師公和與血羅剎糾纏始末。

李秋春聽得不清不楚，一時也不知該不該將石板全推開，思索片刻，取出陰間手機撥給年長青，開啓視訊功能，想讓他自己看看這傢伙究竟值多少錢，夠不夠抵道具貨品的帳，以及王書語逃跑時造成的損失。

電話響了許久才被接起，年長青垮著一張臉，問明來意，透過畫面盯著石縫，不耐地說：「那麼小條縫，我怎麼看得清楚？」

「舅舅，我聽說這大山魅很難纏，我就怕縫開大了，他跑出來。」李秋春握著手機的手有些顫抖。

「那妳手機拿近點。」年長青說。

「……」李秋春莫可奈何，只好將手機湊近，煙霧中的那人閉著眼睛，一動也不動，但不知怎地，她就是不安，轉頭朝一旁山魅喊：「你來拿手機。」

她還沒喊完，手腕被一隻自石縫裡伸出的紫黑枯手牢牢抓住。

那人睜開眼睛，眼中橙光閃動。

「呀！」李秋春驚駭尖叫想逃，卻無法掙脫，急得驚呼求救：「秀萍、秀萍——」

秀萍揮動菜刀，一刀斬斷枯手。

李秋春哇地往後翻仰滾倒在地，驚慌失措掙扎起身，撥下抓著自己的斷手，從地上摸回手機，急急喊：「舅舅、舅舅！你看見沒？現在怎麼辦？」

「鬼叫什麼？」年長青嚷嚷說：「大枷鎖呢？」

「大、大枷鎖……在呀，大枷鎖就在旁邊！」李秋春左顧右盼，見裝著大枷鎖的皮箱就擺在石棺旁，由一隻山魅看管；石棺旁另幾隻山魅持符的持符、握棍的握棍，都在等她號令。

「那還不快用，妳忘了怎麼用嗎？」年長青喝罵。

「沒忘、沒忘！」李秋春急急掏出一張古怪大符，捏在手上吟喃唸咒。

喀啦——

喀啦——

石板緩緩地斜斜往上抬。

石棺裡的人開始試圖站直身子。

石板上符籙字樣閃動金光，轟隆隆炸出一道閃光，彷如落雷般地又將那人震得盤坐回去，石板轟隆蓋下。

李秋春手上那張怪符瑩亮發光，像在等待放符時機。

過了一、兩分鐘，那人再次緩緩撐起石板，又被落雷劈倒。

反覆幾次後，石板上的符籙字開始減弱，如耗盡電力的玩具，閃電威力也一次小過一次。

那人不再被電倒，喀啦啦地將石板越撐越開。

兩旁山魅見李秋春使來的眼色，點了幾顆草球往石棺裡拋，燒出陣陣怪煙。

那人歪著頭、閉著眼，彷彿十分享受魍魎酒草燒出的煙。

「好香、好香……好久沒喝酒了……」那人閉著眼睛嘻嘻笑，嘴角、眼角都笑開一條條裂縫，裂縫底下另有皮膚，赤紅嚇人。

同時，他被秀萍持刀斬斷的左手斷腕處，伸出另一隻赤紅色的古怪異手——這才是血羅剎的眞身，剛才那被斬斷的枯手，不過是當年苦師公油盡燈枯的屍身。

眼見血羅剎就要推開石板，李秋春連忙將手中怪符往他一指。

幾道異光流星般打向血羅剎，在他眉心炸出一道小符印。

一旁裝著大枷鎖的皮箱唰地掀開，倏地立起一具青色人形骷髏。

血羅剎也終於在此時將石板推翻倒地，站直了身子。

下一刻，青骷髏飛快攔腰抱住剛站直身的血羅剎，像個耍賴的大孩子纏上他全身；青骷髏百支骨架如蛇般蠕動捲纏，手骨纏手、腳骨捲腳、肋骨綑胸，轉眼將血羅剎牢牢鎖住。

青骷髏的頭骨啪嚓一聲，彷如幾扇變形車門四面張開，大爪般自後「咬」住血羅剎腦袋。

血羅剎靜靜站著，一動也不動，乍看之下，像穿著了套骷髏造型的怪異甲冑。

「呃……」李秋春遠遠望著被大枷鎖覆住的血羅剎，推著秀萍往前走幾步，湊近血羅剎，用手機拍他，問年長青：「舅舅，這樣……算是成功了嗎？」

「這……」年長青湊近螢幕確認狀況，瞧了一陣，問：「大枷鎖眼睛有沒有亮？」

「眼睛？」李秋春呆了呆，躲在秀萍背後探頭探腦。「大枷鎖還有眼睛？哪裡的眼睛？」

「骷髏上的眼睛吶！」年長青說：「每套大枷鎖樣子都不太一樣，但成功逮著山魅時，都會發光提示，這套青骷髏枷鎖是用眼睛發亮……」

「眼睛？」李秋春拉著秀萍繞至血羅剎背後，大枷鎖一身骨架此時如甲冑一樣包覆血羅剎全身，青骷髏本來頭骨則化成大爪牢牢抓扒著血羅剎腦袋——年長青口中的「眼睛」，原來是指骷髏頭骨上兩只眼窩。

李秋春研究著，大枷鎖兩塊變形臉骨上的眼窩處，果真隱隱浮現淡淡青光，時明時滅。

「舅舅，這樣算是發光嗎？」李秋春舉著手機拍攝。

「啊？」年長青察看後，連連搖頭。「那光怎麼這麼淺？妳咒有唸對嗎？」

「咒？」李秋春愣然，說：「應該有吧！」

「什麼叫『應該有』？」年長青著急叫嚷：「妳咒沒唸對，大枷鎖只鎖著他的身，鎖不住他意識，他隨時會造反，妳重新把咒唸一遍！」

「什麼！」李秋春聽年長青這麼說，連忙重新唸咒，但她這咒是臨時背的，此時心中緊張，錯漏好幾句，只得從口袋掏出小抄盯著唸——

「吵死了……八婆，有沒……沒完……」一道古怪聲音，自血羅剎喉中響起。

李秋春咒聲戛然而止，驚恐抬頭望向他。

「等等，不對勁！」年長青的聲音急急自手機傳出。「快撤……」

「什麼……」李秋春驚喊，同時見血羅剎兩隻眼瞳一轉，盯住了她，猛地哆嗦一下，顫抖後退。

「好餓……好渴……」血羅剎喃喃地問：「我睡了……多久？有沒有酒……喝？我剛剛，聞到……酒味……」

「有有有。」李秋春連連點頭，趕忙下令。「快拿魍魎酒給他喝。」

幾隻山魅不知所措——這些山魅們受豬肉果和魍魎酒蠱惑，恍恍惚惚遵照李秋春號令行動，只是單純為了得到更多豬肉果，但此時大概被血羅剎凶氣嚇醒幾分，都十分害怕。

有個山魅迷迷糊糊從袋中抓出半瓶魍魎酒，打開蓋子遞向血羅剎。

「……」血羅剎嗅了嗅瓶口。「妳請我喝魍魎酒？」

「你……」李秋春顫抖說：「你說想喝酒呀……」

「我說想喝酒……妳請我喝魍魎酒？」血羅剎面容猙獰，剛剛笑裂的破紋，此時破得更開，臉上皮膚斑斑片片剝落——像是有什麼東西正在——

彷如昆蟲脫殼。

青骷髏大枷鎖鎖住的身體，不是血羅剎的。

是苦師公的。

「快撤！快唸咒！」年長青急急喊著。

「擋著他、擋著他！」李秋春急聲下令，同時快速喃唸控制大枷鎖的咒語。

大枷鎖眼窩發出青光，青森骷髏骨架伸出一截截新骨，想抓住持續裂屍「脫殼」的血羅剎真身。

同時，石室裡密密麻麻的伏魔符籙隨著血羅剎顯露真身，也發出金光。

血羅剎全身裂紋底下的赤紅體膚，被陣陣金光映得冒煙，又被大枷鎖伸出的青骨抓住。

李秋春見血羅剎似乎因雙重壓制而露出難受神情，不由得鬆了口氣；但下一刻，大枷鎖青骨也開始冒煙，還崩出一道道裂紋——當年苦師公刻在這整間石室裡的伏魔符籙，以及韓杰續寫在四周的金符，自然不只針對血羅剎，連同陰間凶物大枷鎖，也成了被「鎮壓」的對象。

「秋春，妳那裡的金光怎麼回事？」年長青愕然驚呼：「我不是告訴過妳，我這些陰間傢伙，不能同時跟正門法咒混著用嗎？大枷鎖的陰氣都被金光驅散了，怎麼鎖山魅？」

「我……我……」李秋春往洞外急奔，嚷嚷地說：「我不知道洞裡這些符咒這麼厲害呀……」

喀啦啦——大枷鎖青骨上的裂紋越來越多，一根根骨架隨血羅剎出力開始崩斷碎裂。

「肉……好久沒吃肉……」血羅剎轉動腦袋，四顧張望，本來「咬」著他的大枷鎖臉骨片片碎散落下。「好久……沒喝酒……也沒嚐血……好餓……」

所有山魅全緊貼著石壁驚恐顫抖，在滿室伏魔金光和血羅剎殺氣雙重威嚇下，山魅們魍魎酒的醉、豬肉果的癮，轉眼全變成了恐懼。

秀萍持著一雙菜刀站在石室出口，擋著向外通道。

她望著血羅剎那雙盯著自己的凶眼，心中茫然無措。

她早已死了，魂魄附在身體裡，不怕痛，也不怕死；但要是她在這個洞裡粉身碎骨，那她兩個孩子該怎麼辦呢？

要是她不在了，以羅壽福和李秋春的爲人，應該不會善待他們。

他們現在還好嗎？

在學校有乖乖嗎?

回到家有好好吃飯嗎?

張嬸有罵他們嗎?

她想到這裡時，血羅刹終於完全掙脫大枷鎖束縛，全身冒煙竄向她，她立時一刀朝他臉面劈去。

被血羅刹揚手抓住手腕。

但她另一手菜刀隨即跟上，一刀劈裂苦師公那張早已碎得不像臉的臉。

嵌進血羅刹眞身一吋有餘。

但血羅刹不痛不癢，用臉壓著秀萍的菜刀，又往前貼近幾吋，想聞嗅她身上味道。「妳身上這什麼味?」

秀萍一手被抓住，另一手菜刀嵌在血羅刹臉上，索性鬆開菜刀，伸手要挖血羅刹眼睛，被他飛快扭頭咬住脖子。

秀萍雙瞳猛地擴大又收縮，一股詭怪力量循著她頸子鑽入全身。

同時她見到眼前苦師公枯朽身軀，手折腳裂地癱軟跪倒在地、裂散傾倒。

跟著，秀萍像隻猴兒般蹦蹦跳跳，一雙手不停在身上搔抓拍撫、抓頭抓臉。

「這什麼味道?」秀萍面目猙獰起來，做出嘔吐神情。「妳這女人怎麼回事?樣子漂亮，但是好臭，妳的肉是臭的、血也是臭的……哇，妳的心，是冷的，不會跳!妳是個死人啊……怎麼魂還在身體裡?」

血羅剎附上秀萍身子，與她爭搶起身體，爭到手卻又嫌噁心。

「有沒有活人呀？」血羅剎附著秀萍身子暴躁亂跳，將擋在前頭的山魅一隻隻搧翻在地，一路揉眼摀耳往外奔衝；沿路被石壁上一道道伏魔符籙發出的金光映得睜不開眼，耳朵裡還迴盪起一聲聲刺耳鐘聲，每一聲都撞得他暈眩頭疼。「好吵、好亮、好臭、好噁心、好煩人呀——」

李秋春跑到洞口，喊來把風山魅拉她攀石出洞。她若無使用特殊法器，體能和尋常中年婦人無異，儘管有山魅幫忙，但好幾次踩上大石卻都沒踩牢滑開，好不容易踩著石上較穩當之處，便被追到背後的秀萍拉著衣服，將她扯落大石。

兩隻把風山魅見秀萍提著李秋春瞅著他們笑的樣子，嚇得滾下大石，一個轉身就逃，一個嚇得癱軟在地不停發抖。

那隻山魅聽見大石後頭李秋春發出一聲慘叫後，便再無動靜。

過了半晌，李秋春自石縫裡爬出，站在大石上東張西望，一會兒抓頭、一會兒看手，嘴裡還碎碎埋怨。「老女人……乾巴巴……不喜歡……這裡是哪裡？我睡了多久？今晚怎沒月亮……好餓、好渴……身體都被洞裡臭符燒傷了……好厲害的符呀……」

拾捌

「代幣面額從一百萬到十億，輪迴殿內一切消費，低於一百萬皆不找零，請自行留意商品價格。」兌幣小姐聲音冰冷如同機械。

葉子提著一袋面額超過百億的代幣，步出大輪迴殿裡的兌幣中心。

她在廊道邊往窗外望，整個大輪迴殿周遭彷如遊樂園區，有好幾座購物商場和各式各樣的遊樂設施。

最初，是因爲孟婆年紀大了，遲遲找不到接班人，即便教了一批助手幫忙，也難以應付這麼大量等候投胎的陰間住民；大部分陰間住民收到通知、抵達大輪迴殿後，約莫要等上五至十天不等，才能分到孟婆湯，喝完後方能踏上大輪迴盤投胎轉世。

有些腦筋動得快的陰間小攤商聚集到周邊擺攤，讓受召前來的陰間住民，在等候喝湯的幾日裡打發時間、消耗冥幣存款。

久而久之，大輪迴殿周邊便群聚了各式各樣的攤商，販賣各式各樣的物品、提供五花八門的消費，也吸引許多陰司官員插股，甚至爭搶地盤，鬧出不少紛爭——

地府高層眼見各種爭端越演越烈，索性找來各山頭勢力協調許久，收回周邊所有攤商經營權，劃設出公有區域，興建商場和遊樂園區，開放原有攤商申請進駐經營，也讓各地城隍、陰司人員插股投資，大家各賺各的，和氣生財。

或許是有黑白兩道聯手撐腰的緣故，附設商場口碑越來越好，近年全面對外開放，讓所有尚未等到叫號的陰間住民都能進來兌幣消費，也意外讓地府藉由制定代幣兌換匯率和商品物價，勉強控制住陽世年復一年大量燒進陰間的冥幣所造成的通膨現象。

「麻花棒二十萬、甜梅糕三十萬……哇！雪心糖……六十五萬，好貴……」葉子走過琳琅滿目的零食商店，挑選想要帶往東風市場探望老朋友的點心。

她買完點心，又晃去飾品、服裝店，挑揀起要送王小明、乾奶奶等人的禮物。

「不曉得王小明交到女朋友了沒？老爺子還在玩那款遊戲嗎？」葉子想到東風市場的老朋友們，不禁露出微笑，但剛結帳步出商店，神情又有些黯淡。「我這樣上去……眞的好嗎？」

她茫然往前，走了好半晌，走進了「再見」。

裡頭販賣陽世許可證，以及一切與前往陽世探親望友相關產品。

她來到櫃台，花了五十億，買下一張爲期三天的陽世許可證。

又買了一堆遮掩身上鬼氣、延長白晝活動時間的遮陽防曬用品。

接著她看見剛剛遊覽車上坐她旁邊的斯文男人，正站在一處貨架前細看架上商品。

她在車上與他小聊過，還記得他叫林國彬。

林國彬生前有個美麗精明幹練且正義感十足的未婚妻，他們曾經約定要攜手努力讓凡世變得更好，哪怕只是一點點也好。

林國彬手上也拿著一張陽世許可證，似乎正盤算著該如何使用身上最後幾枚代幣。

「這些……就是簡介手冊上那些祈福小物啊？」葉子來到林國彬身旁，見貨架上是些熏香和符籙，忍不住向店員詢問起這些薰香與符籙的效用。

「按照規定呢，各位就算拿著陽世許可證，也不被允許私自接觸陽世活人，雖然陰差對託夢親友這檔子事通常睜一隻眼、閉一隻眼，但每隻鬼道行不一，在夢裡『露臉』的模樣有時難以控制，常常一個不小心反而嚇壞親人。透過『託夢香』託夢，不但符合規矩，而且能穩定控制活人夢境品質，若想在親友心中留下個好印象，這便是妳最好的選擇。」店員端著一包託夢香。「一包三支香，三場夢；定價三百萬，不分售。」

「託夢香……」葉子在貨架前探頭探腦，指著另一包香，又問：「那這『美夢香』又是什麼？和託夢香有什麼不一樣？」

「妳有話想親口對他說，就用託夢香；沒有親口想說的話，只想單純讓對方作場美夢，就用美夢香。」店員解釋：「一個夢裡有妳，一個夢裡沒有妳。」

「原來如此。」葉子拿起那美夢香，有些猶豫不決。「夢裡沒有我……的美夢……」她喃喃自語，突然好奇問：「那有沒有惡夢香呢？」

「這種東西外面多得是。」店員嘻嘻笑。「不過我們這裡當然沒在賣。」

葉子點點頭，明白店員的意思。陰間住民若想向陽世活人報私仇，得提出申請，經層層審理，取得復仇許可證後才能付諸實行；在未經許可的情況下捉弄甚至傷害陽世活人，都屬非法行為，相關產品自然更不可能在大輪迴殿裡的商家販售了。

「避厄符……」林國彬拿起一個平安符包，問：「真的有效嗎？」

「效力有限。」店員說：「避不了大災，但能防小禍；旁邊的『招吉符』也是同樣的道理——沒辦法幫活人升官發財，但讓對方開心快樂幾天倒是可以；『健康符』沒辦法治病續命，但可以讓病痛紓緩點。」

「好像挺實用的……」葉子取下好幾個符包，見林國彬神情猶豫，猜他或許代幣不足，便悄聲問他：「我身上還有些代幣用不完，你需要嗎？」

「謝謝妳，我錢夠用……」林國彬苦笑說：「我是在想，這些東西她是否真的需要，她獨立堅強——或者說，我希望她一直獨立堅強下去……」

「你沒有話想跟她講？」葉子拿著託夢香和美夢香，猶豫半晌，最後選了美夢香。

「我只是想看看她，不想打擾她……」林國彬搖搖頭，選了一個避厄符。

「哦？」葉子連連點頭，說：「我也是耶……我男朋友鼻子很靈，我遠遠看，說不定都會被他聞到，我不想讓他牽掛，但又好想看看他……唉，可惜這裡沒有賣紅線。」

「紅線？」

「你不知道嗎？月老用紅線綁著兩個人的手指，就能讓他們愛上彼此。」

「陰間有賣這種東西？」

「應該是沒有啦，我亂講的。」葉子嘆了口氣：「如果真有這種東西……那我會偷偷幫他找個對象，找一個能讓他下半輩子幸福快樂的女人。」

「聽起來挺不錯。」林國彬苦笑。「但妳怎麼確定妳挑的對象，能讓他幸福呢？」

「我至少可以找健康一點的啊！」葉子嘆了口氣。「別像我，也別像前一個她……」

「前一個她？」

「他曾經愛過另一個得了絕症的女生，在她死之後，他的心封閉了很長一段時間……我不希望他像過去那樣……」

店員距離兩人幾步，一直聽著兩人對話，此時突然插嘴：「小姐，我建議妳考慮一下『心花』。」

「心花？」

店員從貨架角落取出一個小盒，打開來，裡頭裝著一段連莖帶葉、呈淡褐色的乾燥花。

「心花帶上陽世，插進水裡就會恢復生氣；心花周圍如果剛好有那麼一對有緣人，他們就能聞到花香，聞到花香的人，會更加珍惜彼此緣分。」店員微笑說明，見葉子神情狐疑、不怎麼相信，便補充說：「例如有些老人掛念兒孫媳婦的感情狀況，就會帶朵心花上去送點祝福；如果想拿來撮合新人其實也不是不行啦，剛好這心花的花語，就叫作『紅線』。」

「眞的有效嗎？還要有緣人才聞得到花香喔……怎麼聽起來像陽世觀光景點那些騙錢的平安符啊？」葉子嘟囔地問了價錢，和自己所剩代幣相差不多，想了一會兒，仍從店員手上接來。

「效力當然有限，但是就和這些避厄符、招吉符一樣，聊勝於無嘛。」店員微笑地領著兩人到櫃台結帳。

兩人步出「再見」，一同前往陽世電梯大廳——那兒有幾處像機場海關的關閘，大家得排隊讓關閘人員檢查陽世許可證和隨身物品後，才會被放行登電梯返回陽世。

前頭有些騷動，似乎是有人持偽造的陽世許可證企圖蒙混闖關，被攔了下來，吵鬧不休——在大輪迴殿及各地陰司機關中，每天都有試圖使用偽造的許可證返回陽世亡魂，他們有些是身上冥幣不夠買許可證，有些是曾在陰間被記下過多違規點數，不被允許上陽世，便會向混入輪迴殿裡的無照小販購買偽造許可證。

「求求你們，讓我上去……」那企圖使用偽造陽世許可證的傢伙，跪地抱著前來逮他的陰差大腿哭叫：「讓我上去再看她一眼，再看一眼就好……」

「這不是我們答不答應的問題。」兩個陰差皺著眉頭，敲著手中老舊ＰＤＡ，查驗那傢伙身分。「你到底叫什麼名字？你是排隊來輪迴的？你的輪迴證呢？」

「我……輪迴證我沒帶在身上……」那人這麼說，仍使勁搖著陰差大腿。「我放在旅館裡啦。」

「你住哪棟？幾號房？」陰差這麼問。「快說呀，你叫什麼名字。」

「求求你，讓我上去……」那人哭嚷哀求，拖拉半天，才報了個名字出來。

「這名字不是你呀！」陰差焦躁地比對ＰＤＡ上的資料照片與眼前這傢伙。

「是我呀……」那人哭叫堅持。

葉子探頭隨意望了望前方騷動後，取出剛剛那朵心花，瞧得出神，喃喃自語起來：「要怎麼放進阿杰聞得到又不會被他發現的地方呢……嗯！擺在老爺子的管理室裡好了……外面人來來去去，說不定真有適合阿杰的有緣人經過……啊！也有可能是和老爺子或王小明有緣的人！」

她正皺眉回想剛剛店員有無提及這心花效力範圍和時間，便聽見前方騷動漸漸擴大。

「你這傢伙要鬧到什麼時候，你根本沒有輪迴證，對不對？你是從外頭混進來的！」

持偽造證件闖關失敗的傢伙被陰差拖出隊伍，仍抱著陰差大腿哀求。

「這裡本來就開放大家進來不是嗎？」

「只有商店區對外開放，這裡是大輪迴殿的陽世電梯，只有資格符合的人才能搭電梯上去探親！你要另外申請陽世許可證，走其他通道！」

「其他地方都不讓我上去呀！」

「那一定是你在上面鬧事，被記進黑名單啦！你根本想上去騷擾活人對吧，你到底叫什麼名字？跟我們回城隍府查清楚！」

陰差架起那傢伙，準備上銬。

「我不要去城隍府——」那傢伙甩開陰差的手，瘋了似地拔腿狂奔，兩隻眼睛露出凶光，牙也尖銳許多。

「想鬧事呀！」陰差抽出甩棍，分頭追去。

那傢伙一面跑，竟從腰間抽出柄銳刃，斜斜往隊伍衝來，想隨便揪個倒楣鬼當人質。

兩排隊伍登時嘩地散開，亂成一團。

葉子見那傢伙持著尖刀哭嚎奔近，有點害怕，向後退了退。

而那瘋傢伙似乎盯上了提著幾大袋東西的葉子，直直朝她衝來。

林國彬伸手將葉子往後一拉，自己挺身往前去攔。

瘋傢伙舉刀往林國彬身上刺。

但他手上尖刀被一條凌空射來的紅巾牢牢捲住，紅巾順勢繞上他腦袋，將他持刀的手和腦袋纏在一塊。

葉子跌坐在地，呆愣瞪大眼睛，不敢置信地盯著眼前那條混天綾；跟著，她驚喜轉頭，朝遠遠走來的韓杰尖叫：「阿杰——」

韓杰、張曉武等陰差正與王書語走在通往一座陽世電梯的特殊通道中。

葉子那聲尖叫，讓韓杰有些不敢置信，愣然望著從地上站起、提著大袋小袋激動朝他奔來的葉子。

「怎麼回事！」張曉武領著顏芯愛等陰差奔來，幾個陰差將那瘋傢伙團團圍住一陣亂打。

「這傢伙用假許可證想闖關，我們要逮他，他就發狂！」

這會兒，輪到林國彬和王書語目瞪口呆地互望著彼此了。

最初幾秒，王書語以為自己或許又作夢了，不敢相信自己的眼睛，直到林國彬伸手摸了摸她的臉，她自己也捏了捏自己的臉，才發現似乎不是夢。

「對……那裡是最近的出口，麻煩妳了……」韓杰抬手對著腕上一道金符低語，與陽世小發財車裡守在他肉身旁的陳亞衣通話，還回頭瞅了瞅扠腰瞪他的張曉武，不悅地說：「這些混蛋牛頭不讓我走其他鬼門，也不准我自己開鬼門，不然妳就地找個大盆裝滿水省事多了。」

「幹你老師咧！」張曉武聽韓杰講他壞話，氣呼呼地插嘴，「你當這裡什麼地方！這裡大輪迴殿耶！你當老子是誰？老子牛頭耶！我讓你在大輪迴殿開鬼門，上頭追究下來，你他媽幫我扛？」

「哼。」韓杰結束符令，不耐地拍了拍電梯門，嚷嚷說：「媽祖婆乩身三十分鐘後會把我的肉身帶到這鳥蛋電梯出口，現在這鳥蛋電梯到底開不開門？」

「啥小鳥蛋電梯，這叫陽世電梯！上一班電梯上去了還沒下來，門打開你他媽要爬纜繩上去？」張曉武哼哼地指著電梯上的特殊標誌，「這還是快速電梯，不是誰都能搭的，俊毅要我盡快把人送回地上，免得惹麻煩。」張曉武指著王書語說，又望了葉子和林國彬一眼，乾笑兩聲。「算你們走運呀，剛好碰到認識的，不用排隊了——在地底什麼都要靠關係。」

這話讓林國彬感到有些刺耳。若在過去，他寧可乖乖排隊也不會佔這便宜；但此一時彼一時，王書語披著金粉毯子、雙眼紅腫地依偎在他身旁，他脾氣再倔，也不可能拋下她獨自回頭排隊。

此時王書語已不像最初幾分鐘激動哭泣，她很快地恢復鎮定，以最簡潔的方式，將自己並沒有死，而是因爲一起土地糾紛，被惡法師逮下陰間當貨品賣的離奇情況告訴林國彬。

張曉武路上已問清韓杰與王書語同行緣由，還讓顏芯愛替兩人錄了音，當作接下來對付年長青的供詞。他聽王書語說起陽世六月山下領人鬧事的傢伙，正是當年殺他的賴琨，愕然之餘，氣得十句話有八句是髒話，但即便他再怎麼跳腳暴怒，也莫可奈何——

他現在的身分是陰差，陽世凡人再惡，也不在他管轄範圍內。

葉子僅在東風市場大戰中與王智漢短暫打過照面，但後來倒聽韓杰講過不少那老警察的故事，知道他是條硬漢，此時聽說王書語不但是他女兒，還是林國彬口中懷念的未婚妻，更是韓杰眼前案件裡的重要關係人，驚訝得合不攏嘴。

陽世電梯門打開，張曉武臭著臉趕眾人上電梯。

電梯喀啦啦地緩緩向上。

「我操，你們在地底生意做這麼大，大輪迴殿裡還開遊樂園和百貨公司，怎不拿點錢維修這鳥蛋電梯？」韓杰不耐地敲著電梯。「快速電梯就這麼鳥蛋，一般電梯豈不是鳥屎？」

「幹你老師咧，你意見這麼多怎不去跟太子爺說？」張曉武沒好氣地說。

「跟太子爺說幹嘛？陰間又不歸他管。」韓杰反問。

「你叫太子爺跟他上頭反應啊，陰間是天上那些老頭和底下那些老頭妥協出來的鬼地方，規矩都是那些老頭訂出來的，干我們基層屁事？」張曉武說：「俊毅不讓我們插股做生意，大輪迴殿賺再多錢也沒我的份，你跟我抱怨電梯爛有什麼用？」

「哼……」韓杰手扠腰，還想諷刺幾句，嘴裡卻被葉子塞了顆雪心糖。

葉子見他望著自己手上那張陽世許可證，連忙說：「我不是要去看你，我是想看看老爺子、王小明跟乾奶奶……」

「我沒不准妳看他們啊，也沒不准妳看我啊。」韓杰苦笑，摸了摸葉子的頭。

「你上次不是這樣講的啊？你上次走前，要我別上去找你，你也不會下來啊……」葉子埋怨說。

「有嗎？」韓杰苦笑。

「有啊……」葉子摟著韓杰，將頭埋在他胸口。

「我忘了……」韓杰抓抓頭，說：「我本來也想下來一趟，替王仔女兒帶幾句話給她男人，順便跟妳打聲招呼。」

「是嗎？」王書語腦袋倚在林國彬肩上，聽韓杰這麼說，哼哼一笑。「你之前不是這麼說的啊。」

「帶話……給我？」林國彬呆了呆。「帶什麼話？」

「還能帶什麼話，當然是情話囉。」韓杰哼哼地說。「現在不用我帶啦，自己說吧。」

「對呀。」葉子也遞了幾顆糖給王書語和林國彬。「說吧。」

「有啥小廢話好講啦幹……」張曉武扠著手站在電梯正中央，左瞥瞥相依相偎的林國彬和王書語，右瞧瞧不停餵糖吃糖的韓杰與葉子，顯得有些焦躁不耐，嘴裡喃喃碎罵：「我幹他老師這電梯眞的很慢……」

「吃顆糖吧，牛頭大哥。」葉子也遞給他一顆糖。

張曉武接過糖拋進嘴裡，喀啦咬碎吞下。「這啥小爛糖，浪費錢買這個幹啥小？」

「我女人買糖給我還輪得到你管。」韓杰嘴裡含著糖，摟著葉子的肩，哼哼瞪著張曉武說：「幹嘛？在底下都沒有母牛母馬什麼的買糖給你？」

「我又不是三歲小孩，吃啥小糖啦！」張曉武煩躁地撥了通電話給顏芯愛，惱火嚷道：「芯愛，妳跟俊毅講，下個月城隍會報，叫他申訴大輪迴殿裡的陽世電梯慢得像龜在爬一樣，叫那些老王八蛋拿點錢出來維修，現在老子搭得很不耐煩！」

「你幹嘛啊？搭個電梯搭到火氣這麼大！」顏芯愛被張曉武吼得莫名其妙。「誰惹你生氣？」

「還有誰？」張曉武瞪著韓杰。「就那個起乩小毒蟲啊！」

「他怎麼惹你啦？」顏芯愛問。

「他吃糖吃不停啦！」

「人家吃糖你生什麼氣？」

「我生氣關妳屁事？」

「莫名其妙耶你！」

這部老舊的快速電梯載著活人和死人，載著牛頭和乩身，也載著相逢和離愁，緩緩地從地底登上陽世。

□

馬大岳駕著韓杰的小發財，停進戶政事務所地下停車場，探頭問騎著機車自後跟上的陳亞衣。「就是這個停車場？」

「應該是。」陳亞衣點點頭，指著前方。「應該就是那裡。」

她所指方向是地下停車場一處電梯。

她停妥機車，下車與馬大岳、老獼猴等七手八腳扛下韓杰肉身，往電梯走去。

一路上陳亞衣聽後座老獼猴嘰哩呱啦地講述這些天來的經過，大部分都是她已知的消息——這幾天韓杰有空便不時傳訊告訴她情勢變化。他施術下陰間救王書語前，早與陳亞衣通過電話，將自己位置和情況都告知。陳亞衣一下火車，立即與馬大岳租了輛機車飆去找韓杰那輛小發財。

韓杰事先在自己肉身上畫下傳聲符令，教導陳亞衣使用方法，因此他魂在陰間也能透過符令與陳亞衣聯絡。

苗姑嫌眾人架著韓杰走又慢又麻煩，試著要附體，剛觸著他後背，便被韓杰背上火尖槍裂紋燙得哇哇大叫：「哎呀，道友呀，我苗姑現在都是媽祖婆分靈啦，你還當我一般野鬼呀！」

「外婆，韓大哥身體是太子爺親賜的，妳對他抱怨也沒用呀……」陳亞衣這麼說，突然想到什麼，讓老獮猴等山魅幫忙架著韓杰，自個兒轉回車斗上翻找，找出一罐蓮子，奔回萊，開罐掏出幾顆蓮子塞入他口中。

「這就是他說的蓮子啊？」苗姑問。

「是呀。」陳亞衣轉述剛剛韓杰透過符令叮囑的內容。「韓大哥說他靠著尪仔標副作用下陰間，回魂前先餵他吃點蓮子，醒來才不會太難受。」

「他現在嘴巴不會嚼，怎麼吃？」馬大岳插口問。

「含著也行吧。」陳亞衣答。

「要不妳嚼爛了餵他。」苗姑說。

「那怎麼行！」陳亞衣愕然。

「妳害羞呀，那讓大岳來啊。」苗姑說。

「我才不要！」馬大岳露出作噁神情。「噁不噁心。」

「你噁心什麼，韓大哥才該覺得噁心。」陳亞衣哼哼說。

「奇怪耶，妳想餵就餵啊，明明都在暗爽了還硬推給我！」馬大岳嚷著反駁。

「誰暗爽啊！你亂講什麼啊？」陳亞衣怪叫想踢馬大岳，手中那罐蓮子卻讓老獮猴抓去，打開咬了兩顆。

「我來呀。」老獮猴嚼了幾口，又丟兩顆進嘴裡。「讓你們救個人都推來推去，還是讓我這六月山土地神來好了……」

貪吃的小傢伙也伸手進罐子裡摸了幾顆，嚼完卻直接吞進肚子裡。「哇，這蓮子好香啊！」

「喂，你幹嘛啊？」陳亞衣見老獼猴攀在韓杰身上還捏開他嘴巴，同時張開自己的嘴，用舌頭推出一堆爛蓮子肉要往韓杰嘴裡送，連忙伸手擋他。

叮的一聲，電梯門打開。

「呃？」馬大岳揉揉眼睛，覺得電梯和剛剛所見模樣大不相同。

變得陳舊老邁、滿布鏽斑，吹出一陣冷冽陰風。

張曉武扠著手站在電梯中央，林國彬和王書語怯怯地望著外頭，葉子則好奇地探頭探腦。

「呃？」陳亞衣咦了一聲，電梯裡除了張曉武那顆牛頭她還算熟悉，其餘一人二鬼對她而言都十分陌生——

她的視線停在葉子臉上。

葉子並沒那麼陌生，陳亞衣見過她。

韓杰曾傳過葉子的照片給她看。

「韓大哥呢？」陳亞衣望著電梯內，困惑地問。

「他……門一開他就……」葉子走出電梯，左顧右盼，望著韓杰肉身叫了起來：「阿杰！」

眾人望向韓杰，他正冷冷瞪著老獼猴，舉手擋住老獼猴湊向自己的猴嘴。「六月山土地神，你在幹嘛？」

「我……」老獼猴嚇得鬆手躍下。「他們不願餵你吃蓮子……我餵你呀……」

「你餵我？」韓杰感到嘴中也有蓮子，以為也是老獼猴用嘴巴餵給他的，連忙吐出。他見小傢伙還捧著那罐蓮子吃個不停，一把搶回，抓了幾顆扔進嘴裡嚼，發現罐中蓮子少去一大半，惱火地瞪著小傢伙。「媽的，這不是零食……」

小傢伙嘴裡塞滿蓮子，攀回老獼猴背上，不敢看韓杰，默默地嚼、默默地嚥。

「啊！」張曉武見王書語拉著林國彬走出電梯，突然想起什麼，大力敲敲電梯廂，嚷嚷地說：「等等，你們的陽世許可證拿出來！」

葉子和林國彬聽張曉武這麼說，取出陽世許可證。

張曉武拿出手機，先掃了證上的二維條碼，調出兩人資料，開通兩張陽世許可證。

「哇……」葉子和林國彬見自己的陽世許可證上，隱隱浮現起一串數字——

五十二時三十九分

「不對呀！」葉子嚷嚷抗議：「我買的是三天耶，三天不是七十二小時嗎？怎麼才五十二個小時多啊？」

「我靠，那是孟婆湯出爐時間……」張曉武哼哼地說：「時間一到，每個人都要乖乖回去喝孟婆湯，排隊準備上大輪迴盤——大輪迴盤上只有四百九十個座位，所以孟婆每次熬湯也是四百九十碗；每碗孟婆湯都是孟婆替大家量身訂作的，碗蓋打開一小時內沒喝完就沒效了，只能倒掉——你們要是沒趕上時間，兩張輪迴證就作廢了，底下不會為妳擠掉後面梯次的人，你們只能重新申請、重新排隊、等孟婆重新熬湯，知道嗎！」

「知道了……」葉子點點頭。

「等等！」韓杰見張曉武準備離去，走近電梯問：「你的城隍府和那陰間商人什麼關係？」

「你這話什麼意思？」張曉武站在門前，瞪大眼睛，一把揪住韓杰領子。

「應該還有其他活人在他手上。」韓杰任他揪著領子，冷聲說道：「我這兩天會下去找他，他在陰間生意幹這麼大，肯定有陰差撐腰。我按籤令辦事，誰的面子都不給，我想知道，會不會打到你；會的話，恭喜你，我會打大力點。」

「很好很好……」張曉武吸了口氣，勉強壓下怒火，鬆開韓杰領子，說：「俊毅已經在研究你們剛剛在底下的口供了，我一回去立刻就要找年長青麻煩。你皮癢想討打的話，手腳最好快點，幾路人馬打得亂七八糟，不小心打錯人也沒辦法，對吧。記得打輸了別哭著叫太子爺救你呀，小毒蟲。」

他說完，按下關門鍵。

「放心。」韓杰點點頭。「我會帶包糖下去，如果你們真的乾淨，我打錯人，會賞幾顆糖給你，不會白打。」

電梯門關上，外觀恢復正常。

貳拾

「吹得天花亂墜，碰上個小丫頭和隻老鬼，通通不管用了……」賴琨怒氣沖沖地瞪著羅壽福。「你們自作主張把王智漢女兒賣去陰間，又跟我說她跑了，然後那乩身下去救她，還有其他人去救乩身——也就是說，王仔女兒應該平安回來了。現在那些鬧事的山魅也沒解決，他們繼續鬧事，方董工地那批工人就不願開工，多拖一天，就要損失好多錢！你們忙了幾天，什麼事也沒幹成……」

「琨、琨哥……」羅壽福哭喪著臉，鞠躬哈腰。「因……因為我不知道那乩身竟然還有幫手呀，琨哥放心，等……等我老婆回來，我們會做好準備……下次一定幫你把他們一次解決！」

「下次？下次是多久？」賴琨惱火地說：「方董早上才問我這兩天進展如何，你要我怎麼跟他報告？」

「三天！」羅壽福急急地說：「琨哥你就跟方董說，三天之後，我絕對會替他把所有擋路石頭清得一乾二淨！」

「……」賴琨扠腰瞪著羅壽福，餘怒未消。他身旁手下個個鼻青臉腫，有些手腳上還打著石膏，都是被苗姑附身持棍亂打出的傷。

「三天後，事情沒處理好，我就找其他人來處理他們，順便處理你。」賴琨招了招手，領著手下轉身離去。

羅壽福站在路旁，呆望賴琨背影許久，才趕緊回到自己車上。

他的廂型車上擁擠雜亂，除了本來的雜物外，還多了早晨臨時從旅舍搬下的數箱道具。

他六神無主地駕車在鎮上走走停停，不時撥電話給李秋春，她一通也沒接聽。

此時已經入夜，車上雖仍有些泡過魍魎酒的草球，但秀萍和李秋春不在身邊，他不敢獨自接近六月山，他知道那些山魅一旦清醒再見到他，肯定要將他生吞活剝。

他將車停在一處靜僻巷子，買了點晚餐躲回車上吃，邊吃邊打電話，心中更加不安；吃完繼續等候，等著等著打起盹來，恍恍惚惚地睡著了。

「羅哥、羅哥……藥……藥……」

虛弱的女聲和敲窗聲驚醒了羅壽福。

秀萍站在車外，手歪腳折、姿勢歪斜，全身似乎斷了不少根骨頭，搖搖晃晃，臉色難看至極。

羅壽福連忙下車，左顧右盼，卻沒見到李秋春，急急地問：「我老婆呢？」

「藥……秋春姊……血……羅剎……藥……」秀萍神智恍惚，講話結巴含糊，動作也僵硬詭怪。

羅壽福拉著她上了廂型車後座，在成堆雜物裡翻找，取出一包符藥和半瓶古怪漿水讓她配著吞下。

秀萍吃了藥，心智稍稍恢復，喘息著說：「秋春姊被血羅剎上了身，跑下山了……」

「什麼？」羅壽福駭然尖叫。「她不是還帶著好幾隻山魅？妳沒幫忙？」

「他一露臉，山魅全都怕得退開……」秀萍說：「我也打不贏他……」

「那大枷鎖呢？」羅壽福激動問著，和秀萍雞同鴨講半天，終於勉強聽懂。原來囚魔洞裡另有厲害符籙，破壞了大枷鎖的效力，讓血羅剎一出石棺再無人能擋。

「那我老婆跑去哪了？」羅壽福茫然地問。

秀萍搖搖頭，表示不知道。

「那現在怎麼辦吶……」羅壽福頹喪抱頭哀號起來。

羅壽福只懂煉屍，他那些用來維持秀萍身體機能的藥材，大多也是李秋春向年長青買的，他連怎麼召喚年長青都不會，要是李秋春不在了，車裡的藥材僅能讓秀萍再活動一個月左右。

□

王書語辦理退房，步出金歡喜旅舍。

韓杰、馬大岳等人已將她行李搬上小發財車。

林國彬是王書語法律系學長，也是同間事務所裡的前輩。

是她的愛人，也是她的戰友。

他們一致認爲，在距離林國彬踏上大輪迴盤這最後不到三天的時間裡，最好的相處方式不是遠走調情，而是並肩作戰，共同守護六月山下居民。

韓杰說，如果要作戰，金歡喜旅舍肯定不是好據點，他們得找個更安全、更便利的地方窩身。

老獼猴提議上山紮營，但只有騎在他背上的小傢伙舉手贊成，活人全都反對——見月坡上僅有幾處荒廢小亭，連間廁所都沒有。

王書語聯絡上反拆遷自救會的成員，準備進駐街區一間被拆去一半的空屋。

那間空屋幾面牆都給拆了，前院堆滿破磚，露出客廳和兩間房，只剩後院一間房大致還保有四壁——

這房子的產權，其中一半持有人已將持分賣給方董，另一半的所有權人是個上了年紀的老奶奶，她賭氣不賣屋，也不願離家，因此這屋拆至一半；在老獼猴等鬧得工地停工前，挖土機每日轟轟隆隆駛來晃去，這頭多敲一點，那頭不小心撞垮一點，老奶奶每次抗議，方董律師只笑咪咪地請她提告，法官判該怎麼賠就怎麼賠。

老奶奶氣得病了，被送進醫院，每日嚷著要回家，聽自救會成員轉述王律師帶了幫手要幫她看家，一口答應。

韓杰將小發財車停進後院，帶著葉子巡視周圍；王書語則與林國彬在被拆去牆面的客廳掛上布簾，整理起老奶奶臥房，作爲未來幾日裡休息的房間。

陳亞衣和馬大岳走上二樓，大房間本是老奶奶兒子的房間，他十幾年前帶著老奶奶的積蓄出國唸書，畢業後還在美國找了份不錯的工作；幾個月前，他在方董律師知會下返回老家，遊說媽媽賣屋不成，便將自己從爸爸那兒繼承的六成持分賣了，招呼沒打一聲，一早就返回美國替老婆慶生去了。

隔日工人拆牆時，老奶奶正在午睡，睜開眼睛，客廳都給挖去一大半。

陳亞衣站在二樓空房，從被挖去一面牆的房間往外望，可以見到幾輛無人工程車，威嚇般地高舉怪手和破壞鎚朝著這屋子。

「大岳，你睡這間。」陳亞衣這麼說。

「什麼？」馬大岳攤手抱怨。「這間房沒牆呀！」

「沒牆有什麼關係！」苗姑說：「沒牆你能聽得更遠，小年來的時候也能更快看到你呀。」

「那妳睡哪？」馬大岳問陳亞衣。

「我睡後面那間房。」陳亞衣指門外那間被老奶奶當作儲物室的小房。「要是敵人從正面進來，你應該第一個發現；你一喊，我立刻就可以趕下樓。」

倉儲小房門外是通往一樓的樓梯，底下就是老奶奶臥房，也是此時王書語的房間；小房內有扇對外小窗，陳亞衣探頭出窗，後院裡停著韓杰的小發財，他似乎打算繼續將小發財車斗當成睡房。

陳亞衣見韓杰持著小文新叼出的籤紙扠腰踱步，正想喊他。

突然見葉子從副駕駛座飛出，撲上韓杰後背，攀在他背上跟他搶籤看，便不打擾他們。

「阿杰，原來鬼在人世那麼好玩，可以飛耶……你在看什麼？又有新任務？」

陳亞衣靜靜看著底下兩人互動，苗姑在她背後現身，呀啊啊地說：「啊？那女鬼怎麼不怕燙？抱在咱道友背上？」

「是韓大哥讓她抱的。」

「她是誰呀？是他愛人？」

「嗯啊。」陳亞衣點點頭。

韓杰像是聽見二樓動靜，抬起頭，見到陳亞衣，向她招了招手，示意她下樓，接著他又走到緊鄰後院主臥房窗邊，敲了敲窗，窗打開，是王書語。

「今天被抓走的鄉親都還好嗎？這幾天還有沒有其他人失蹤？」韓杰問。

「早上那批人全都沒事。」王書語說：「但有三位太太兩天前就沒有消息——王嬸、張媽、李太太，都是出門賣菜就沒有回家。」

「應該就是這三個……」韓杰呼了口氣，將手中籤紙向王書語展示。

王書語皺眉細看，只見籤紙上寫著——

六月山下被擄去陰間三名婦人皆已覓得買主，近日交貨。速速把人救回！

「什麼！」王書語讀完驚恐駭然，身子微微發抖，望向韓杰。「你之前說……陰間擄活人下去，是給魔王吃的？」

「可以吃、可以當寵物養……養膩了再吃也行……」韓杰嘆了口氣，見陳亞衣奔來，便對她說：「今晚我得再下去一趟，我這肉身得麻煩妳替我看著了……」

「沒問題，包在我身上！」陳亞衣握了握拳頭。

「還有，那個蓮子呢……」韓杰說：「放我嘴裡就行了，不用讓老猴咬碎餵我……」

「哈哈。」陳亞衣乾笑兩聲，正想說什麼，突然聽馬大岳啊呀一聲。

馬大岳瞪大眼睛，望向六月山，像是聽見了什麼。

「太子爺乩身吶！」老獼猴的吼聲遠遠響起。「不好啦，血羅剎出山啦——」

「什麼！」韓杰瞪大眼睛，不敢置信。

貳壹

「不要擔心，你媽媽很快就會回來。」王書語望著哭紅了眼的男孩，摸了摸他的頭。「乖乖上學吧。」

妻子失蹤幾日的李先生，愁眉苦臉地牽著兒子上學。

王書語望著父子二人的背影微微發愣。

「妳也不要擔心。」林國彬按了按王書語的肩。

王書語身子一顫，本能退開半步，尷尬地望著身旁熟悉又陌生的男人——

林國彬的魂魄，韓杰的肉身。

「不習慣？」林國彬苦笑。

「怎麼可能習慣……」王書語啼笑皆非。「這方法實在……好奇怪。」

這方法，是昨晚葉子提出的建議——

韓杰收到太子爺急令，得重返陰間去救前日被羅壽福等人拐去賣的活人，在此期間，他留在陽世的肉身形同待宰羔羊，雖然陳亞衣也在，但血羅剎已逃出囚魔洞，陳亞衣必須動身追查血羅剎下落，沒辦法二十四小時看管韓杰肉身。

韓杰囑咐老獼猴帶著山魅守他肉身，葉子卻提議讓林國彬上他身。

理由是會動的韓杰，好過一動也不動的韓杰。

碰到危險至少有腳可以跑。

韓杰覺得異想天開，王書語也莞爾。

但林國彬一口答應。

因為林國彬鬼身道行普通，到了白晝，即便用上遮陽道具也僅能飄在王書語背後，倘若她碰上賴琨手下，一點忙也幫不上；若有肉身可用，至少還可以幫忙捱幾拳。

韓杰本來雖覺得彆扭，思索一番，倒也覺得可行——老獼猴等山魅雖有道行，但腦袋不太靈光，碰上敵人使詐難以應變，遇上變故連跑都不能跑。肉身暫借林國彬，讓他和王書語共同行動，再讓老獼猴領山魅守護兩人似乎是最穩當的配置。

韓杰在自個兒肉身上畫符澆熄體內血火，指點林國彬附體，又另外留下一批尪仔標牌組——幾隻全副武裝的豹皮囊小豹，都加上了授權咒印，讓林國彬帶在身上，視情況發動。

「我知道這樣確實有點怪……」林國彬望著王書語，苦笑道：「但對我來說，這是最後一次用活人身體跟妳說話的機會了……」

王書語無奈苦笑，林國彬此時外表是韓杰，但眼神卻眞有當年神韻——

以前她最喜歡看林國彬憂鬱神情，拍他的肩，問他最近又因哪件事不開心了。

「我沒有不開心啊……」

「學長你看起來就一副不開心的樣子。」

「那……可能是這個世界有太多令人不開心的事情了吧。」

「那就讓這個世界變得好一點呀。」

「說得輕鬆……」

「學長你一天到晚只愁眉苦臉，什麼都不做，這個世界怎麼會變好？」

「妳又知道我沒做？」

「所以你到底做了什麼？」

大學時某一天，林國彬帶著王書語到他打工的律師事務所，介紹了幾件當時令他心煩的案子，王書語才知道那看來沉默寡言、彷彿永遠只會悲春傷秋的林國彬，確實爲這世界做了許多事情。

雖然每件事，都像拿杯水澆山林大火般徒勞無功。

但確確實實都是值得付出心力去做的事情。

然後王書語也進入了那間律師事務所。

開始做起和林國彬差不多的事情，有時衝得比他更急，也更加投入。

「阿彬，這個世界眞的會因爲我們這麼做而變好嗎？」

「可能不會吧……」

「那我們做這些事，眞的有意義嗎？」

「這個世界可能不會因我們而變好，但如果所有正在出力的人都放棄了……那這個世界，肯定會變得更糟……」

「說的也是，聽你這麼說……我想起我爸好像也說過類似的話……」
「他說什麼？」
「他說……這個世界，垃圾永遠也掃不完，但如果停下來不掃，垃圾一定會滿出來。」
「書語，我可以牽妳嗎？」林國彬伸出手，這麼問。
「你幹嘛這麼見外？」王書語低頭苦笑。「如果……那時你沒出意外，我們這時已經是夫妻了。」她這麼說，微微伸出手。
「是啊，小孩應該都上學了吧。」他握住她的手，發覺她有些顫抖，便只輕輕牽著。
「不習慣這個人的手……」王書語走了幾步，轉頭瞥了林國彬一眼，忍不住噗哧一笑。「真的好怪……」
「我反而好習慣。」林國彬說：「妳和以前一模一樣，好像又回到剛在一起的時候。」
「這附近有沒有眼鏡行？」王書語瞥見車窗倒影裡韓杰的樣子，就忍不住想笑。「你換套衣服，說不定好一點。」
一小時後，林國彬走出連鎖服飾店的更衣室，對著王書語傻笑。
王書語又忍不住噗哧笑了——她眼前的「韓杰」此時刮盡鬍碴，用髮蠟整了整頭髮，穿著件淡色襯衫，還戴著一副黑框無度數眼鏡。
「還是不像嗎？」林國彬苦笑，撥了撥眼鏡。

「當然不像。」王書語笑著說：「但是比之前那副流氓樣好多了……」
「啊，他是流氓？」林國彬問。
「不是啦，他是長得像流氓的乩身……」

□

「哈啾，哈——啾！」韓杰打了個大大的噴嚏。
「你感冒喔？」葉子問。
「鼻子有點癢。」韓杰摳了摳耳朵。
「鼻子癢你摳耳朵。」葉子哈哈笑。
「都癢。」
「該不會阿彬和書語在說你壞話吧。」
「我身體都借他們用了還說我壞話幹嘛？」
「你身上有刺青啊，阿彬看起來不像是喜歡刺青的人。」
「我刺青外面有衣服，不喜歡可以遮起來。」
「說不定已經脫衣服啦，你猜他們會不會親親？」葉子笑嘻嘻地說。
「沒那麼誇張吧……」韓杰無奈說。
「說不定眞這麼誇張喔，幹嘛，這樣你賺到耶。」葉子說：「書語是大美人。」

「我賺個屁，他們在爽我在拚命。」韓杰沒好氣地說，他站在高樓樓頂牆邊，盯著底下一處佔地寬闊的建築——

是年長青在陰間擁有的十餘間倉庫兼賣場之一。

「在陰間拚完命，上去還有更凶的傢伙等我……」韓杰轉頭，看向身旁的矮小老頭。

「喂，你打點好了沒？」

「再等等……」小老頭過去十餘年負責在韓杰下陰間時帶他閒晃，領他前往地獄火海裡某棟樓的606號房。韓杰與太子爺續約後，便不再去那裡，但如果有事下陰間，仍然會聯絡嚮導老頭替他安排帶路。

「讓我再打幾通電話疏通一下……有些長官不想給太子爺面子……」老頭無奈抹了抹臉。

「媽的……」韓杰咬牙捏拳。「我是要救人，怎麼說得好像我要特權撈好處一樣……」

底下，巨大倉儲賣場外頭聚著兩批人。

兩批人壁壘分明。

都是陰差。

韓杰看著正門兩批對峙陰差陣的中央，有個牛頭走路搖搖擺擺、滿嘴酸言粗語，他一眼就認出張曉武，冷笑幾聲說：「媽的，大話很會說，講大半天也不敢衝進去救人。」

他在頂樓看這鬧劇已有二、三十分鐘了，老頭說年長青事先找來何城隍幫忙，何城隍稱年長青的倉庫位在己方轄區內，將年長青請去了城隍府裡喝咖啡慢慢查，又表示爲了要保全證據，派己方陰差守著倉庫，不讓張曉武等陰差進入搜查，還催他們交出昨天替韓杰、王書語錄下的口供。

「沒辦法，年長青背後有其他城隍，甚至是閻王撐腰。」老頭又撥了通電話，嚷嚷地說：「閻羅殿林主任嗎？我是通天部副主任老徐啊，上頭有件急案，派了個凡人乩身下來查案，能不能立刻幫我們申請一張臨時執法證？」

「乩身？誰呀？該不會又是那個……」

「是呀。」老徐說：「就是太子爺乩身吶。」

「太子爺乩身呀。」電話那端聲音冷笑幾聲。「太子爺面子這麼大，臨時執法證怎麼配得上他乩身呀？我替他申請一張永久執法證好啦，讓他以後天上地下都可以橫著走，想打誰就打誰，好不好呀？」

「不管哪張都行，問題是要多久時間吶？」老徐問。

「嗯，我看看啊，快的話三、五天，慢的話三、五年，不快不慢，那大概是三、五個月到三、五年之間吧。」林主任答。

「林主任您別開玩笑了……」老徐說。「人命關天呀。」

「人命關天？」那頭哼哼地說：「人命在地上不是很賤嗎？凡人成天打打殺殺，拜個神不一樣拜法也要你殺我、我殺你的，早個百來年一把刀頂多殺十幾人，現在一顆炸彈可以炸死千百人，戰鬥機坦克車都是幹什麼用的啊？都是殺人用的啊！人命在陽世被當螞蟻踩也沒天上的事，怎掉到地底又突然關天啦？派個乩身下來耀武揚威、裝模作樣，昨天在馬路上放火龍的傢伙是不是他呀？昨天沒申請都敢放火……要是有了執法證豈不是連十殿閻王都不放在眼裡？對呀，我差點忘了他早沒把閻王放眼裡啦！」

韓杰隱約聽見電話那頭的冷嘲熱諷，早積一肚子氣，從老徐手中一把搶過手機，沉聲說：「閻羅殿林主任是吧？」

「是呀，你哪位呀？你就是那乩身呀，你想幹嘛？」

「沒想幹嘛，我只是跟你說，不用麻煩了，我不是下來執法的，我是下來作證的……」韓杰說道。

「作證？」林主任不解，「作什麼證……」

韓杰沒有答話，直接掛斷電話，扔還給老頭，從口袋掏出尪仔標往牆上一按，跟著撐牆翻上圍牆牆沿。

尪仔標金光閃現，出現兩只風火輪，一左一右附在腿上。

「阿杰，你要幹嘛？」葉子急忙問。

「去當證人。」韓杰說，回頭摸了摸葉子的頭，苦笑道：「虧妳弄了張輪迴證，結果還陪我下來工作……」

「有你在的陰間，比平常的陰間好玩吶。」葉子微笑說。

「是嗎？」韓杰哦了一聲，望望底下對峙場面，回頭牽起葉子的手。「那想不想再更好玩一點？」

「想。」葉子連連點頭。

韓杰將她拉上牆沿。

「喂喂……」嚮導老頭見韓杰動作，連忙說：「你這樣玩，不怕礙到她輪迴證資格？」

「她那張輪迴證有鑲金框的，是太子爺靠關係弄來的，也是我幹一輩子苦工換來的。」韓杰哼哼瞪著老頭說：「過兩天誰敢刁難，我會把整座輪迴殿都給拆了。」

說完，摟著葉子向前傾倒，兩人往下飛墜。

「哇——」葉子緊緊抱著韓杰歡呼起來。

「何爸請年長青去你們城隍府裡喝咖啡，喝好幾個小時了。」張曉武將左腕上手錶貼在一個比他矮了半個頭的牛頭眼前，指著錶面。「你們的人在裡面搜了半天，什麼都搜不到？」

矮牛頭懶洋洋地點點頭說：「是呀，我們搜了好久，裡頭眞沒你們講的藏著活人呀，你們要是等得不耐煩，可以回你們地盤等消息吧。」

「就怕我們一走，年長青就把活人送走了。」張曉武說。

「你怕就繼續耗囉。」矮牛頭哼哼地說：「年爺這倉庫過去幾年也沒什麼不良記錄，硬要找人家麻煩……大家和氣生財多好呢？」

「哼哼！」張曉武仰頭大笑，說：「不良的事情都不記錄，當然沒有不良記錄啦；就算眞有不良記錄，請何爸喝幾攤酒，壞記錄也變成好記錄了。」

「你的話我都錄下來了，就算是陰差，造謠生事、污辱公署，一樣有罪的。」矮牛頭早習慣張曉武的挑釁，揚著手機，顯示自己正在錄音。

「造謠？」張曉武翻了個白眼，大聲說：「讓我帶隊下去翻翻年長青的帳本就知道是不是造謠。何爸這幾年豐功偉業，還需要我造謠？你閉著眼睛在這附近隨便抓個人問，都可以講上三天三夜啊。」

「你閉著眼睛去抓來問啊。」矮牛頭打了個哈欠，「有證據，你可以去向閻王告發。」

「哼哼……閻王……」張曉武捏著領口搧風，鼻孔不停噴氣，一副想要揍人的模樣。

「曉武哥。」厚底靴短裙馬面顏芯愛自後遞來一杯咖啡。

「幹他老師咧，俊毅搜索令到底申請到沒？」張曉武接過咖啡，喝了一口。

「沒。」顏芯愛搖搖頭。「幾個閻王不停踢皮球，俊毅正想辦法往更高層通報，但每個部門都在刁難他。」

「……」張曉武回頭，城隍俊毅站在座車邊，雙手抱胸、臉色凝重。

身旁幾個陰差、雜役仍不停撥打電話給各部門。

矮牛頭瞅著張曉武噗哧一笑。

張曉武被這聲笑激怒，回頭對矮牛頭高舉起咖啡杯，想砸他臉。

顏芯愛連忙拉住他。「曉武哥，俊毅要你動動腦筋惹毛他，不是被他惹毛。」

矮牛頭不但一點也沒閃避的意思，反而睨著眼瞧張曉武手上那杯咖啡。「要惹毛我，不容易喲。」

「……」張曉武瞪著矮牛頭，咬牙切齒，正想擠出什麼話，突然啊了一聲，注意到遠處高樓墜下的韓杰和葉子。

韓杰在落地前便踩著風火輪變換姿勢煞了車，抱著葉子安然落地，牽著她快步往倉庫走來。

「你們又是什麼人？」矮牛頭瞪大眼睛望著韓杰。「這兒陰差在辦案，滾遠點……」他低頭見韓杰腿上附著風火輪，啊呀一聲。「你是太子爺乩身！」

何城隍一方陰差聽矮牛頭這麼喊，一口氣圍了上來。「幹嘛？」「太子爺乩身在陰間沒有執法權，你想亂來？」

「你又來幹嘛？」張曉武也瞪著韓杰。

「我們來作證的。」韓杰望望張曉武，又望望矮牛頭。「我可以證明這倉庫裡囚著活人，我可以帶你去找出活人。」

韓杰邊說邊轉頭望著幾面倉庫大門，鐵捲門都拉下一半，不少雜工蹲在門後往外張望。

矮牛頭有些遲疑，跟身旁夥伴交頭接耳幾句，說：「你要作證……不是不行，先撤了身上法寶讓我們搜身……確定身上沒帶武器，我就讓你進去。」

「撤法寶，作證還要撤法寶？」韓杰攤手說：「我這些東西是用來降妖伏魔的，你們不是妖魔，怕什麼？」

「怕你突然發狂動手打人啊！」矮牛頭哼哼說：「你小子對陰差幹過什麼，通通不記得啦。」

「記得……」韓杰乾笑兩聲，踢腿抖下風火輪，跟著伸手從口袋掏出厚厚一疊尪仔標，遞給矮牛頭，對他說：「這些太子爺親賜法寶，千萬別落地，一落地就發動囉。」

「什麼？」矮牛頭接過尪仔標，聽他這麼說，又見他眼神詭詐，不由得有些害怕，連忙轉頭對同事喊道：「喂！誰拿個證物箱子來裝啊。」

幾個陰差立時去找證物箱，一個陰差對韓杰搜身，啊呀一聲，在褲口袋裡也摸出一片尪仔標，愕然罵：「怎麼還有？你還藏了多少在身上，一次拿出來呀！」

「喔。」韓杰摸走陰差手上那片尪仔標，變魔術般翻了翻掌，藏起尪仔標。「這樣就沒啦。」

「喂，你玩什麼把戲？快交出來！」矮牛頭怒叱。

「喔。」韓杰再翻翻掌，變出那尪仔標拋給矮牛頭。

「啊！」矮牛頭連忙舉手接著。

「怎麼妳也有啊？」韓杰撥了撥葉子髮梢，咦了一聲，又摸出一片尪仔標。

「啊呀？」葉子被韓杰逗笑了，先前兩人四處旅行時，韓杰便時常變魔術逗她。

「你們到底想玩什麼把戲？」矮牛頭怒罵。

「你們不是要我交出法寶嗎？」韓杰一面說、一面像玩沙包一樣拋著手中的尪仔標，好幾次作勢要拋給矮牛頭，惹得矮牛頭左晃右晃要接，但最後仍夾在指尖沒有拋出。

「對了，我很好奇，既然這裡不是你們管區……」韓杰突然回頭，望向張曉武。「我等等進去裡面要是被栽贓埋伏圍毆什麼的，你們會進來救人嗎？」

「他們不讓我進去啊。」張曉武冷笑。「他們連太子爺都不給面子，俊毅一個小小城隍，他們哪放在眼裡。」

「反過來說。」韓杰也笑說：「那表示我等等打人放火襲擊陰差什麼的……你們也都不管？」

「看老子心情。」張曉武摳摳耳朵，伸手指了指後方俊毅。「我聽俊毅指揮，他要我動手我就動手。」

「等等……」矮牛頭愣然瞪著韓杰。「你這麼說什麼意思？」

「問問而已，你怕什麼？」韓杰哼笑，將那片尪仔標隨手一拋，當成毽子踢了幾下。

尪仔標微微發起光來。

「你想動手？」幾個何城隍一方陰差見尪仔標發光，隨即抽出甩棍指向韓杰。

韓杰連忙舉起雙手做投降狀，將尪仔標踢到葉子手中。「給他吧。」

「給你。」葉子將尪仔標放上矮牛頭手上那疊尪仔標上。

「喝——」矮牛頭見那片尪仔標已破了一角，還燒起火光，驚駭大叫：「怎麼回事？怎麼起火了！」

「別怕，等火燒完就沒事了。」韓杰抓抓頭。「你拿好，別弄掉了，掉在地上發動了不關我的事喔。」

那片尪仔標轉眼燒出大火，嚇得矮牛頭哇地甩手退開，將原本捧在手裡的十餘片尪仔標撒了個滿地。

每一片，都發出金光。

「這是你弄的，不關我們的事……」韓杰攤了攤手，牽著葉子往倉庫正門走去。「走，進去作證吧。」

鐵捲門後年長青那些雜工見韓杰走來，嚇得驚呼，有的想拉下鐵捲門，有的回頭抄傢伙拿棍棒。

「喂，你做什麼？回來——」矮牛頭朝韓杰大吼：「把地上東西給我處理好再說！」

「媽的。」韓杰牽著葉子的手大步走回，卻沒去撿地上的尪仔標，而是走到張曉武面前指著他鼻子吼：「你煩不煩吶！裡頭關著活人要被賣給黑道魔王燉藥吃，我來救人，你們刁難我幹嘛？捧個尪仔標都捧不好，掉滿地還要我來撿！你他媽幹什麼吃的？」

「幹你是眼睛脫窗喔！」張曉武指著一旁的矮牛頭。「把你尪仔標掉滿地的是這隻矮的！剛剛你跟他講話……」

磅——

張曉武還沒說完，韓杰已經一拳打在他牛鼻子上。

「每隻都長一樣，誰認得出來我操！」韓杰打完轉身就跑，拉著葉子直奔倉庫大門。

「喝！」「他到底想幹嘛？」幾個何城隍陰差舉起電擊槍想開槍，卻被兩只飛竄而來的風火輪逼退。

這對剛剛被卸下的風火輪又飛回韓杰腿上。

地上十餘片發光尪仔標一齊發動，蹦出五隻小豹和幾樣法寶。

五隻小豹分頭銜起身旁法寶，有的頭掛乾坤圈、有的腿附風火輪、有的口咬火尖槍、有的背掛混天綾、有的頭頂金磚，各個緊追韓杰。

雜工們急急想拉下鐵捲門。

韓杰抱起葉子，身子後仰跪倒，擺出凌波舞的姿勢，藉著風火輪衝勢，倏地從降下的鐵捲門縫隙衝入倉庫，將門後幾個雜工撞翻。

小豹們叼著法寶紛紛追入倉庫。

「我幹你老師咧——」張曉武摀著口鼻，暴怒大吼，抽出甩棍，拔腿和矮牛頭等何城隍的陰差一齊奔近倉庫，催促雜工升高鐵捲門要進去逮人。

「你一起進來幹嘛？」矮牛頭見張曉武混在他們之中也進了倉庫，喝道：「這裡不是俊毅管區，沒你們的事！」

「幹！你沒看見那小子打我嗎？怎麼會沒我的事？他襲擊陰差是現行犯，我不能抓他嗎？」張曉武揪著矮牛頭領子大吼：「你現在敢說不能，下次你路過我地盤，我保證你會爽到飛起來——」

「呃……」矮牛頭無話可說，他知道要是現在不讓張曉武一起進來逮韓杰，之後自己說不定真的會被拐進俊毅地盤，被來路不明的傢伙痛毆，而他的同伴則會被張曉武擋在外頭乾瞪眼，只好說：「你抓他可以，其他事情別插手……」

張曉武也不答話，推開矮牛頭，舉著甩棍大吼著去追韓杰。「幹你媽的小毒蟲，給我滾過來受死——」

「曉武哥！」顏芯愛奔到倉庫門口，有些遲疑，回頭看了遠處俊毅一眼。

俊毅遠遠朝她點點頭。

顏芯愛矮身鑽進倉庫呼喊：「曉武哥，俊毅派我幫你抓襲擊陰差的現行犯，他打我們的人，我們有權抓他。」

「抓呀，讓你們抓。」韓杰牽著葉子在貨架通道中奔竄，踹翻兩個攔路雜工，吹了聲口哨，一隻小豹奔到貨架另一側，嘎呀一聲將後腿上的風火輪從貨架縫隙踢給葉子。

「好不好玩？」韓杰和葉子各自踏著一對風火輪，手牽著手，像雙人滑冰般在倉庫裡溜來竄去；韓杰又呼喚一聲，接過一隻小豹甩來的混天綾，四面亂捲，拉倒一座座貨架。

「嗯。」葉子點頭幫腔：「豹皮囊一二三四五，到處聞一聞活人被藏在哪裡！」

五隻小豹立刻領命分散開，有的躍上貨架頂一爪爪將瓶瓶罐罐全往下撥；有的鑽入貨架底抬頭一頂，撐倒貨架；咬著火尖槍的小豹在貨架中橫衝直撞，將架上商品紛紛掃倒落地。

「好多東西啊，吃的用的都混在一起！」葉子見身旁貨架上箱子裡有些裝著糕餅，有些則是日常用品，忍不住問：「阿杰，這些商品好像沒什麼問題，都是一般雜貨店裡賣的東西耶，我們這樣糟蹋人家東西好嗎？」

「這表示老奸商把有問題的東西藏在其他地方。」韓杰答，瞧見矮牛頭舉著電擊槍擋在前方通道攔他。

「停下來，給我停下來——」矮牛頭怒喝：「你不是說來作證，要證明年爺倉庫裡藏著活人，活人在哪裡？」

「我正在找啊。」韓杰說，牽著葉子要硬闖。

矮牛頭朝韓杰開槍，韓杰摟著葉子側身閃避，順勢甩混天綾捲上電擊針，扯去扎在後頭追來的張曉武腿上。

矮牛頭反應不及，按下電擊扳機，電得張曉武哇哇大叫：「幹你老師！射中我還放電，你他媽公報私仇是吧！」

「我……」矮牛頭也非蓄意電擊張曉武，只是一瞬間的連續動作，還來不及解釋就被韓杰轟隆撞倒在地。

張曉武扯下腿上電擊針，操著髒話狂奔躍過矮牛頭，繼續去追韓杰，突然聽見一聲刺耳獸吼在遠處響起，一時不明白那是什麼聲音，見韓杰拉著葉子加速往那方向竄去，這才明白是小豹在呼叫韓杰，像是有了新發現。

「曉武哥——」顏芯愛追到張曉武身旁，兩人一同往前趕去。

韓杰拉著葉子打倒幾個攔路陰差、雜工，拐進一條狹窄通道；後頭幾個陰差吆喝追入，幾隻銜著法寶的小豹也追進窄道。

最後那隻橫咬火尖槍的小豹，被火尖槍卡在窄道外，聽見前方韓杰口哨，用力往前擠，還是被卡在牆外，急得瘋狂扒地，喉間咕嚕嚕響個不停。

「幹，白痴喔！」張曉武躍過火尖槍，追進窄道。

顏芯愛用甩棍將小豹卡在牆外的火尖槍一端挑高，讓小豹歪著頭將火尖槍斜斜咬著衝進窄道。

「嗯？」張曉武聽見後頭咕嚕聲，回頭見小豹歪頭咬著火尖槍衝來，奔得比他還快，還沒反應過來，就被火尖槍低的那端拐倒在地，眼睜睜看小豹奔過他身子往前直衝，氣得髒話連珠炮似地放個不停。

顏芯愛趕來一把拉起他繼續往前追去，一連奔過好幾扇門，不時見地上倒了些雜工搗頭抱腿地哀嚎著。

張曉武和顏芯愛奔長廊轉彎處，遠遠見咬火尖槍的小豹又被卡在另一扇更窄的門外，急得嘎呀呀地揮爪扒地。

「啊哈哈哈！這麼智障的法寶，給小毒蟲用剛剛好。」張曉武大笑到一半僵住，眼睜睜看著小豹身子緩緩騰空——是火尖槍自己挪移方向，將小豹拖進了門裡。

張曉武和顏芯愛好奇奔去，門後是條向下石梯，小豹被飛行的火尖槍拖著往下飛竄。

「啊！還有地下室？」張曉武和顏芯愛一路追下，地下室中也聳立著一座座貨架，架上擺著許多大箱。

「喝！」張曉武奔到貨架前，看了看每個大箱，大喊：「全是違禁品！我幹你老師這下賴不掉了吧！」

顏芯愛取出手機錄影蒐證，開啓視訊向外回報。「俊毅老大，倉庫地下有密室，密室裡藏了一堆……你自己看吧！」

「先別管那些東西。」俊毅的聲音從手機那端傳來。「倉庫可能有地道，我已經派人守著附近所有可能被當成出口的建築，你們繼續找，把活人找出來。」

「活人、活人……」顏芯愛左顧右盼，這地下密室隔間複雜，只能循著遠處打鬥叫罵聲找去。

磅、磅磅磅——

「槍聲？」顏芯愛呆了呆，知道那是裝了鬼牙槍的槍聲，轉頭見張曉武正翻箱倒櫃，從一口大箱裡摸出一堆違禁品往身上藏，還抄起一支大號電擊棒舉在手上——那電擊棒近一公尺長，前端有幾枚尖錐，按下電擊開關，尖錐閃閃發亮，說是防身電擊棒，實則更接近戰場凶器。

「幹嘛？」他見顏芯愛瞪他，哼哼地說：「人家都開槍了，我們得找點東西防身啊！」

顏芯愛不理他，繼續往前，前方槍聲、打鬥聲愈漸激烈，不時還傳出葉子的尖叫聲。

他們又繞過一處轉角，前方又有條向下石梯，石梯底下光影閃動，剛剛聽見的槍聲、打鬥聲全從底下發出。

「什麼，還有一層！」張曉武和顏芯愛急急往下，來到地下二層，眼前已燒成一片火海。

好幾個持刀舉槍的春花幫幫眾和何城隍一方陰差紛紛抱頭逃出火圈，持槍幫眾還不時朝火裡開槍；火中金光閃閃，聳立著一面面金符盾壁，盾壁之間還穿梭著一條條火龍，張牙舞爪地四面吐火。

滴滴答答幾聲，地下室下起了暴雨——是天花板上的消防灑水裝置受熱啓動。

「怎麼滅不了火啊！」「這是什麼火？」雜工、春花幫幫眾、何城隍陰差們，一面後退，一面急急叫著。「快通知年爺！這傢伙在我們倉庫裡放火，他想燒了我們的倉庫！」

張曉武和顏芯愛看傻了眼，正急著向俊毅通報底下情況，瞥見火中隱隱出現韓杰身影。

韓杰牽著葉子，身旁還有輛大板車，車上坐著三名昏厥婦人。

板車下四個輪子是韓杰和葉子卸下的風火輪，五隻小豹銜著混天綾拖車前進。

韓杰臂掛乾坤圈，倒拖火尖槍，牽著葉子，命令小豹將活人拖出，同時指揮火龍和金符盾壁擋下外頭不時開槍射來的流彈。

「俊毅，太子爺乩身真找出活人了！」顏芯愛興奮回報，還對著踏火而來的韓杰拍了幾張照傳給俊毅。

「掩護他上來。」俊毅說：「跟阿武說，不用再給何城隍的人面子了，誰敢攔阻就公事公辦。」

那頭，張曉武早在俊毅開口前便掄著手中巨大電擊棒，衝去痛扁那些開槍的幫眾。

韓杰與葉子在張曉武、顏芯愛等人掩護下，指揮小豹將三名婦人運上樓，來到地下一樓，經過一座座擺著大量違禁軍火的貨架；韓杰摸了摸葉子髮梢，又變出一片尪仔標遞給葉子。「這片讓妳用。」

「又有一片九龍神火罩！」葉子啊呀一聲，翻看那片尪仔標，說：「怎麼用？」

「這樣用。」韓杰抓著葉子的手，緩緩將九龍神火罩，按上身邊一座貨架上的巨大皮箱，這櫃的皮箱裡裝的全是頂級大枷鎖。

「哇——」葉子見金紅火焰從自己掌心下溢出，她掌心、胳臂上同時也閃現起金色符光——三昧眞火不燒陽世凡物，但會傷鬼，因此韓杰早在葉子身上寫下金符避火。

「呃！」顏芯愛和張曉武本來還忙著向俊毅通報這些違禁品數量，見韓杰竟開始放火，驚得嚷道：「俊毅，那太子爺乩身到處放火，我們還要蒐證嗎？」

「……」俊毅想了想，答：「那別蒐證了，妳告訴他要燒就燒乾淨點，別留下髒東西讓年長青回收賣錢，還有……妳要阿武節制點……」

「曉武哥！」顏芯愛立刻轉身，果然見到張曉武不停在幾座貨架間穿來走去，挑揀東西往身上藏。「俊毅要你節制一點！」

「節……節啥小制？我在蒐證啦。」張曉武衣服口袋裡藏了不少電擊指虎、古怪匕首和閃光手榴彈。他見後方火勢轉大，連忙對韓杰大吼。「哇靠！小毒蟲你太誇張了……你眞要和年長青正面槓上啦？」

「跟他槓上又怎樣？」韓杰哼哼地說：「他會咬人嗎？」

「太子爺乩身，你眞有種！」顏芯愛也說：「年長青是出了名有仇必報，有人想從他口袋摸走一毛錢，他都要百倍討回來。你燒掉他的倉庫，他不只要咬人，根本要吃人啦！」

「讓他吃啊。」韓杰冷笑兩聲，指揮小豹繼續將活人運上一樓。

一樓倉庫，城隍俊毅已帶隊攻入，押下大批雜工和春花幫幫眾，何城隍一方陰差見罪證被搜出，也無法多說什麼，只能在一旁酸言酸語，說俊毅這下梁子結大了。

韓杰又摸出一片九龍神火罩，捏在手上作勢要彈上天，俊毅揚手示意他等等，同時催促大夥加快動作，便停下動作——等大批陰差全撤出倉庫，這才抛出尪仔標，在一樓也放出火龍。

九條火龍四面衝開，捲上一座座貨架，張牙舞爪地暴吼三昧眞火。

小豹們繼續拖著活人往外衝，葉子撥著頭髮問還有沒有尪仔標，韓杰說沒有。

張曉武見俊毅在外盯著他，忍痛將口袋裡塞滿的違禁品扔回火海，只留下兩、三樣藏著，抬頭見俊毅仍冷冷瞪他，抓了抓頭，想轉移注意力，繞到韓杰身旁拍拍他的肩，打了他一拳。

「一件歸一件，現在輪到你襲擊陰差這件案子了。」張曉武哼哼揪著韓杰衣領。

「曉武哥！」顏芯愛隨即推開張曉武，說：「俊毅說那案子晚點再辦，讓他先把活人送回陽世……」

張曉武轉頭望了俊毅幾眼，鬆手退開，對著韓杰說：「這次算你走運。」

「……」韓杰揉了揉臉，冷笑幾聲。

葉子從口袋抓出幾顆雪心糖，拋給張曉武和顏芯愛。「辛苦你們了，牛頭大哥、馬面姊姊。」

俊毅走到韓杰面前，望著他：「你回到陽世也要提高警覺，年長青不會善罷甘休，他能從陽世拐活人下來，就能上陽世對付仇人。」

「我仇家太多，多一個也沒差。」韓杰說話的同時，見遠處幾輛豪華轎車駛來。

是何城隍車隊，何城隍瞠目結舌地下車，呆呆望著燒成火海的倉庫。

跟著何城隍一同下車的年長青面容扭曲、左右張望，和幾個奔去向他報告的傢伙講了一陣話後，遠遠地盯著韓杰。

眼神如同攝魂死神。

韓杰口裡也含著一顆雪心糖，向年長青挑了挑眉，帶著活人去與嚮導老頭會合準備返回陽世。

「阿杰……那老頭還在看我們耶……」葉子覺得年長青目光嚇人，躲在韓杰身後不時探頭看他；不論他們走多遠，年長青都一直盯著他們，像是恨不得將他們生吞活剝。

「讓他看個夠本囉。」韓杰哈哈笑著說。

貳貳

廂型車裡的氣味古怪到了極點——淡淡的屍臭氣味、濃厚的香水氣味、千奇百怪的藥材氣味，加上一個中年男人沒洗澡又喝了整夜酒，對著一具美麗活屍發洩性慾後的氣味。

秀萍像具損壞的人偶，赤裸著身子靜靜倚窩在雜物堆裡，從車窗小簾縫隙望著窗外太陽從橙黃漸漸轉紅，然後轉暗，最後逐漸隱沒在山的那一頭。

羅壽福光著屁股，枕著秀萍的大腿呼嚕大睡，昨晚他焦急苦思一整晚，也想不出怎麼救李秋春，他根本不知道血羅剎附著李秋春會跑去哪兒，就算知道了也打不贏。

反正我還有秀萍——

這是羅壽福想破頭後得到的結論，整車藥材能維持秀萍身體活動一個月，他有足夠的時間繼續完成方董交付的任務，至少先賺上這一票，以後再說。

清晨時分，他窩在駕駛座望著泛白天空得出這個結論後，彷彿放下心中大石，當他心中大石一放下，又從後照鏡與後座秀萍對望幾眼後，腦袋裡的獸慾就如大開鐵柙，一發不可收拾了。

先前有李秋春管著，他只能偶爾在替秀萍身體泡藥時，東摸一把、西揉一把，吃點零零星星的碎豆腐過過乾癮。

李秋春不在了。

他可以享用全餐了。

他對秀萍說自己以後會努力研發新藥養她，讓她好好回報他。秀萍對此沒有太大意見，她只要求羅壽福盡快完成工作，帶她回去陪孩子。

羅壽福特地打了個電話給張嬸，叫她讓兩個正要出門上學的孩子與秀萍視訊對話。

秀萍興奮地與孩子短暫對了話，在那幾分鐘裡，她的眼睛露出平時難見的光采。

她催促孩子上學，結束了視訊通話，靜靜地一動也不動，羅壽福在車裡又噴了點香水後，嘻嘻嘿嘿地爬上她的身。

叩叩——

叩叩——

清晰的敲窗聲從車外傳出。

「怎麼了？怎麼了？」羅壽福從睡夢中驚醒，嚇得冒出一身冷汗。「誰……是誰？」

在短暫驚慌瞬間，好幾種不同的情況閃過他混亂的腦中——有可能是警察臨檢，那他該怎麼跟警察解釋車裡頭的情形和秀萍的身分？

也有可能是賴琨，那還好一點，他只要說準備開工就好了。至於爲什麼他光著屁股、秀萍也光著屁股？呵呵，他知道賴琨才懶得管他是不是光著屁股。

也有可能是李秋春回來了，那他得趕緊把衣服穿妥，但秀萍不是說她被血羅剎附著身嗎？

他慌亂套上四角褲、穿回上衣，掀開車簾一角，見外頭站著兩個人。壯碩大漢咧嘴朝他笑了笑，滿嘴金牙；另一個瘦高男人稍稍拉開墨鏡，露出兩個空空如也的眼眶。

「啊！」羅壽福愕然驚叫：「你……你們是誰？」

金牙抓著一支手機在窗外揚了揚，將臉貼近車窗

甚至是透進車窗，咧嘴露金牙笑著說：「年老闆有事找你。」

「年老闆……」羅壽福呆了呆，愕然說：「舅舅？是舅舅？」

「年老闆是你舅舅？」金牙聳聳肩，探手入車，搖下車窗，將手機遞給羅壽福。

「是……是我老婆的舅舅……」羅壽福顫抖地接過手機，手機外觀與陽世手機沒有太大分別，但正反面鏡頭隱隱閃動青光。

手機螢幕跳出視訊通話訊息。

羅壽福點開，裡面正是年長青。

年長青神色冷峻，盯得羅壽福毛骨悚然。

「舅舅……對不起！是我沒顧好秋春……但……但那時我們兵分兩路，她……她……」

羅壽福哆嗦地想解釋。

「別說廢話。」年長青冷冷喝道：「秋春出事的過程我比你清楚，當時我用視訊看著呢……」

「是、是……所以現在……」羅壽福怯怯地問。

「現在我請了批朋友上去幫你，你乖乖照著我的話做。」年長青雙眼壓抑著滿腔怒火。

「你……你想我做什麼？」羅壽福問。

「三件事。」年長青說：「一、救回秋春；二、逮那隻大山魅下來給我；三、替我宰掉那個叫作『韓杰』的人……」

「啊？」羅壽福愣了愣，前兩件事他當然明白，「韓杰」這名字他卻有些陌生，但聽年長青說韓杰就是下陰間搶王書語的傢伙時，立時嚷嚷呼喊：「啊，這韓杰就是昨天那乩身呀！」

「是啊。」年長青恨恨地說：「本來他搶了我要賣的活人，我已經打算對付他了；剛剛他燒掉我整座倉庫，這仇……算不清了。等他下來再說吧。」

「那我……我該怎麼做呢？那乩身一身法寶好厲害呀……」羅壽福問。

「當然是先找回秋春，控制大山魅，讓大山魅去殺他……」年長青說：「我讓幫手朋友帶上去的大枷鎖，是我個人的收藏，是非賣品，再厲害的山魅，被那東西咬住也乖得像鵪鶉一樣……」

年長青說到這，車外金牙轉頭向空眼挑挑眉，空眼舉起手中深褐色木箱打開，裡頭是一套樣式古舊的青銅戰甲，頭盔造型奇特，盔裡還塞了副面具，是張笑臉。

羅壽福遠遠瞧著那古樸卻隱隱透著深沉凶氣的大枷鎖，忍不住微微抱怨，「要是……」

「要是什麼？」年長青聲音冰冷。

「沒有……」羅壽福搖搖頭。

「你想說，要是我一開始就借這東西給你們，你們也不會失敗了？」

「我沒有這麼說……」

「你這廢物，如果不是看在秋春的份上，我早一把掐碎你了……總之你聽好，我派上去那些朋友會帶著你找出大山魅，助你救回秋春、收了山魅、宰掉韓杰。你乖乖幫忙，我不會爲難你，要是救不回秋春……那我也不用當你是自家人了。」

「不當我是自家人……那是……」羅壽福顫抖地問。

「當什麼都行，當飼料也行！」年長青不耐地說，結束通話。

「飼……料？」羅壽福啊呀一聲，害怕地望著車外的金牙和空眼。

空眼將臉貼在窗邊咧嘴瞅著他笑，嘴巴還一張一闔作勢要吃東西，羅壽福似乎明白「飼料」兩個字的意思。

□

馬大岳和陳亞衣站在戶政事務所地下停車場的電梯前。

電梯外觀緩緩變化，門板變得斑剝古舊，喀啦啦地緩緩敞開。

一陣帶著焦味的陰風颯颯吹出，三個被擄下陰間的婦人被兩名陰差用拖板車推出電梯，隨便抖在地上。

韓杰和葉子跟著步出電梯。

馬大岳和陳亞衣連忙上前將三名婦人抬上小發財車安置。

「他們人呢？」韓杰在小發財前扠腰皺眉等了好半晌，漸漸不耐。

一陣腳步聲傳來，王書語拉著林國彬急急奔來——

兩人臉上都帶著興奮之情，王書語遠遠見在等他們的眾人，舉手高喊：「喂，告訴你們一個好消息！」

「喝！」車旁的人見到林國彬——韓杰的肉身此時戴著粗框眼鏡、穿著襯衫，一副文青樣跟王書語身後，儼然青春愛情片男主角模樣，不免傻眼。

「你們怎把我弄成這副鳥蛋樣！」韓杰愣然。

一旁的馬大岳哇了一聲，像隻猴般拍手蹦跳大笑起來：「幹變成娘砲了！」

葉子和陳亞衣也忍不住噗哧笑出。

「猜猜我們今天見到了誰？」王書語拉著林國彬，奔到眾人面前開心笑著。

「我管你們見到誰，我又沒近視，給我戴眼鏡幹啥？」韓杰猛地往自己身體一貼，附回自己身子裡，將林國彬推出體外。

王書語本來牽著林國彬——忽然感到他手勁有些改變，連忙放開，呆愣愣地望著他。

韓杰摘下眼鏡，撥弄頭上髮蠟，抱怨著：「我頭上這是什麼？怎麼黏黏的？」

「……」王書語默然幾秒，將一袋衣服遞給韓杰。「你的衣服在裡面，還有兩件新衣服，你喜歡可以穿。」

「我沒說你們可以替我換衣服，當我洋娃娃呀？」韓杰翻了翻那袋衣服，又要埋怨，被葉子制止。

葉子拉著韓杰的手，說：「阿杰，你現在這樣也很好看啊。」

「是嗎？」韓杰呆了呆。

「嗯。」葉子點點頭，望著其他人：「是不是，阿杰這樣也不錯呀。」

「呃，還好啦……」陳亞衣不置可否。苗姑倒是連連點頭：「道友，你這樣斯斯文文的，比之前好看多啦。」

「屁啦，有夠娘砲！」馬大岳笑得眼淚都流了出來，還想多笑兩句，被陳亞衣反手拐了一肘，只得閉口。

眾人上車，將三名婦人分送返家，途中王書語得意洋洋地向眾人展示手機裡一段影片。短短數分鐘的影片，是一位老男人的自白。

老男人是名教授，是前一批六月山環評委員，因爲做出不符合方董心意的評估被拔除了身分；影片裡他除了口述當時被方董手下收買不成便開始威脅的始末外，也聲稱願意提供當時的幾段錄音。幾日後便會從海外寄給王書語所屬的律師事務所。

「當初周教授不願意配合方董造假資料，方董派人透過學校施壓，他不想牽連學校，提前退休，帶著老婆離開台灣，我一直想找他找不到。」王書語越說越興奮。「但今天阿彬用事務所前輩的名義打了上百通電話，最後自己家族長輩先找著和周教授有聯繫的朋友，進而聯絡上周教授——他願意提供當時相關資料，讓我們當作證據。」

「有這位教授提供的資料……就能擋下方董的開發案？」韓杰等人遲疑地問。

「不一定，但肯定可以成爲我們後續談判的籌碼。」王書語得意說：「他山下的開發案地基都還沒打就開放預售了，要是在這節骨眼上環評出了問題，看他接下來怎麼賣，怎麼對已經預購房子的客戶交代，之後怎麼交屋！他爲了這件案子，資金卡得很死，像骨牌一樣，一塊都不能出錯——而周教授的證據，就是往骨牌上踹一腳——我已經把影片傳給方董律師了，我猜方董今天晚餐應該吃得非常不是滋味。」

「嗯……我可以明白妳爸爸爲什麼這麼擔心妳的安全了……」韓杰苦笑。

「你這麼說什麼意思？」王書語問。

「人家是身家百億的大老闆，妳這樣弄他……不怕他狗急跳牆？」韓杰說。

「你剛剛在陰間才燒光一個大奸商的倉庫。」王書語反問：「你不怕嗎？」

「我還眞不怕。」韓杰聳肩冷笑。「我打不死，而且在世上無親無故，妳不一樣，妳還有家人，妳不知道妳爸爸多擔心……」

「他沒資格用這理由阻止我做事。」王書語不服氣地說：「他一直到這兩年快退休，還一天到晚讓我媽提心吊膽，擔心他在外出事。」

「所以妳媽不但要擔心王仔，還要擔心妳。」韓杰說。

「放心。」王書語哈哈一笑。「不久之後，她擔心的人就會變成我弟了，到時候，她會成天嘮叨我多看照我弟安全。」

「……」韓杰攤攤手，無言以對。

「韓杰兄，聽書語說，你是一個……不會死的人？」林國彬突然插口問。

「我會不會死，要看上頭的意思。」韓杰舉手指了指帆布棚頂。「在我還有力氣替他做事的時候，他不會這麼輕易讓我死。」

林國彬點點頭，若有所思。

眾人找了小吃攤買晚餐，跟帶著山魅巡街守衛的老獼猴打過招呼，這才回到破屋後院。

「什麼？你還沒抄完！」陳亞衣邊講手機邊開門下車，追問廖小年下落。

「亞衣姊，公文好大一疊耶……千里眼自己不寫要我寫……」廖小年哀怨聲自手機傳出。「我手都快寫斷了……什麼？沒……沒有，大哥我不是說你壞話……我……喔，好……」廖小年求饒一陣，才又繼續對陳亞衣說：「亞衣姊，千里眼大哥要你們在那邊也幫忙畫幾扇『門』。」

「畫幾扇……門？」陳亞衣愕然問：「什麼門？」

「我把圖傳給妳，大岳會接手跟妳講……」廖小年說完，結束通話。

「啊？」馬大岳將手豎在耳旁，噫噫啊啊平空與人通話起來。

陳亞衣點開最新一則訊息，廖小年傳來一張符籙圖樣，她翻轉手機，見符籙複雜難辨，搖搖奏板問：「外婆，妳看看這是什麼符？」

苗姑從奏板探身出來，捧著陳亞衣手機瞧了半天，搖搖頭說：「我從沒見過這種符呀，這是……像是……」她要陳亞衣放大畫面，細看符文細節，喃喃地說：「像是天庭號令，我沒寫過這種符呀。」

「對對對！」馬大岳在旁招耳聽著天音，插口說：「那是天庭號令，須要配合專屬符令才會生效，小年會帶符令過來和我們會合。」

「所以那號令到底是幹啥用的？」苗姑問。

「啊？什麼！」馬大岳招耳又傾聽一陣，露出驚訝神情。

「順風耳說……那些號令是用來——」

貳參

嘎啦、喀啦——

李秋春抓著一個人掌，啃雞腳般啃著。

她身旁癱著一具破破爛爛、開腸剖肚的女屍。

那女人年紀尚輕，一人獨居，不久前遭血羅剎附身的李秋春破窗闖入，可憐無辜的女人成了血羅剎下山後的第一餐。

李秋春肚腹誇張鼓脹，臉上擠著僵凝笑容，卻掛著滿臉鼻涕眼淚——

畢竟她再怎麼冷血自私勢利，也沒生吃人肉的癖好，血羅剎一餐吞下的血肉內臟分量，遠遠超過她平日食量，她覺得自己的胃說不定已被撐裂了。

血羅剎用李秋春的口舌齒食人飲血，邊跟她天南地北地閒聊——

不聊都不行。

李秋春左手皮開肉綻，只剩食指和拇指，就是因爲她在與血羅剎聊天過程中，偶爾表現出興趣缺缺的結果。

她覺得生不如死。

「呀？什麼？妳說……妳地底舅舅向陽世買活人？轉賣給地底魔王？」血羅剎沒下過

陰間，過去只偶爾從遇上的亡魂口中零星片段得知一些陰間瑣事，聽李秋春提及自己舅舅在底下威風，便像個纏著大人講故事的孩童，要她多說點陰間的趣事。「地底魔王買活人幹啥？」

「燉藥……熬湯……」李秋春僵笑著說：「可以補身、煉魂……或是單純打打牙祭也好……」

「燉藥？熬湯？」血羅剎好奇問：「有比生吃好吃？」

血羅剎過去也曾因好奇熟食滋味胡亂生火烤人腿吃，但料理技術不佳，烤了幾次覺得不如生吃。

「地底魔王……養了許多御用廚師……」李秋春說：「那些廚師熬出來的湯很香……燉出來的肉，滋味美極了……就連、就連……骨頭……」

李秋春說到這裡，見自己的手又伸進女人腹腔破口中挑撿內臟，忍不住驚哭兩聲，又馬上擠出笑臉，急急說：「骨頭都燉得軟爛好吃……」

「骨頭能燉得軟爛？」血羅剎咦了一聲，用李秋春的手撿起地上幾節啃去皮肉的斷骨，抓著捏玩幾下，還吸吮著骨髓。

「能呀！」李秋春見血羅剎像是感興趣，便繼續說：「也能用炸的，炸過的人骨像油條一樣酥酥脆脆。」

「油條？我沒吃過油條。」

「大王……要是您感興趣……我可以拜託我舅舅請你吃頓大餐，今晚……就到此爲止了好嗎？」李秋春顫抖地說。

「妳舅舅要請我吃燉得軟爛的人骨和炸得酥酥脆脆的人骨？」

「可以、可以……只要我開口，我舅舅什麼都答應……」

「那心肝脾肺腎腦也能炸嗎？」

「能，什麼都能！蒸煮炒炸燉，各有各的滋味，大王……你一定要嚐嚐看……」

「聽起來不錯呀……」血羅剎被李秋春的話勾起了興趣，拋下手中殘臟，站起身來拍拍肚子。「帶我去見妳舅舅。」

「好……嗯……」李秋春因爲姿勢變換而感到肚腹痛苦不堪，她煎熬地說：「要找我舅舅……得準備一面喚魂鏡，我施個法，就能見到我舅舅了……」

「喚魂鏡？那又是什麼？」血羅剎聽她說喚魂鏡得在一面鏡子上畫咒施法，便搖搖晃晃走到廁所。

他走到廁所鏡前，卻沒望著鏡子，而是撇頭望著一旁牆上的對外小氣窗。

氣窗極小，因此剛剛李秋春破窗硬鑽進來時，身子被窗框碎玻璃刮出一道道裂口。

「好香吶……」

血羅剎像聞到了令他著迷的氣味，便沒讓李秋春畫鏡，而是自顧自攀上氣窗，將腦袋往窗外探，閉目聞嗅。

香味更濃了。

「嘩——」血羅剎不顧李秋春痛苦哭號，硬挺著鼓脹肚腹擠出氣窗，循牆攀上加蓋屋頂，仰頭聞風。

風中飄著濃濃的神祕香氣。

讓血羅剎淌了滿嘴口水的香氣。

他轉頭望定一個方向，又深深嗅了嗅，然後拔腿奔去。

他像頭瘋狼般手腳併用，在矮公寓加蓋的屋簷上瘋衝亂蹦一陣，轟隆躍進漆黑巷弄中繼續往前；十來分鐘後，他高高躍過一面矮牆，落進一處小學校園。

那裡香氣更濃，還隱隱傳來陣陣嬉笑談話聲。

李秋春雙手殘指在血羅剎全力奔竄時都撞彎了，一雙腳踝也在無數次高躍再落地後拐得扭腫歪曲，血羅剎一點也不理睬她沿途哭號求饒。

她在血羅剎眼裡，不過就是個玩物。

她在血羅剎眼中，和過去被她賣下陰間的那些活人，受她指示而遭秀萍宰殺的對象，是差不多的地位。

此時她連求饒的力氣都沒有了，只能任由血羅剎附著她繼續尋找香味來源。

她用慘烈的雙手，飛快攀上校舍牆壁，翻牆躍入校舍頂樓。

見到頂樓空地那端生著火堆，周圍聚著一群「人」，個個舉肉敬酒，像在營火烤肉。

與正常營火烤肉不同之處，是那呈青色的烤肉篝火，參與成員全是鬼。

「好香呀……眞香呀……你們在……吃什麼呀？」血羅剎瞪大眼睛，一步步走向熱鬧的營火宴會。

那些傢伙見血羅剎附著李秋春緩緩走來，沒露出驚訝神態，還紛紛舉杯吆喝起來。

「啊呀，客人來啦——」「怎這麼慢，等你大半天啦。」「魔跳牆快燉過頭囉，烤大羊也熟透啦！」

「魔跳牆……烤大羊？」血羅剎好奇走近，一處青火堆上方架著隻烤羊，羊四肢朝上綁在橫棍上、背部受火，向上腹部有道裂口。

隱約可見其中埋了張墨青色嬰孩臉蛋。

一旁有個壯碩大漢坐在方箱上，捧著一個小罐，從中抓出香料往烤羊腹中塞，血羅剎沿途嗅得的香味，其中便有來自這烤羊——應該說是藏在烤羊肚子裡的主菜。

壯漢見血羅剎走近，咧嘴朝他笑笑——露出上下兩排金牙。

金牙身後坐著身披大衣的空眼，他低頭持布擦拭懷中那把狙擊槍。

血羅剎轉頭望向另一處香味來源，是火堆角落一個大罈裡的「魔跳牆」，陰間魔跳牆和陽世佛跳牆一般，有數十種食料——但都是活人身上的部分。

「羅剎大哥，你想先吃烤大羊還是魔跳牆？」金牙咧嘴笑著，從腳邊十數罐香料裡撿起幾罐，撈出香料往魔跳牆大罈裡撒。「兩樣都是特地爲你煮的。」

金牙一面撒、一面拾起一把扇子，搧了搧罈口。

「特地爲我煮的？嘩……」血羅剎被金牙搧來的香風熏得搖搖晃晃。「你們是……什麼人呀？」

「陰間，春花幫。」金牙這麼說。「底下有個老闆雇我們上來對付一個神明乩身。」

「神明乩身？厲不厲害呀？」血羅剎冷笑，探手往大罈抓，撈了一手羹湯就往嘴裡送。

李秋春喉間響起咕嚕嚕的淒楚低吟。

這罈魔跳牆的溫度比陽世滾湯燙上許多。

「咦？」血羅剎舔了舔李秋春那隻被燙熟幾分的手，又撈出一塊內臟咬下。「怎聞起來香，吃起來味道這麼淡呀？」

「羅剎大哥……」金牙笑著說：「這魔跳牆和烤大羊是陰間名菜，用的全是陰間高級食材，你附在人身上，當然吃不出滋味啦……」

「你懂個屁，用活人舌頭嚐生肉鮮血好吃極了。」血羅剎來到烤大羊前，扯開裂口，被撲面濃香熏得神魂顛倒，摳了摳埋在裂口裡的軟爛臉蛋，放入口中吸吮，仍然無滋無味。

「羅剎大哥呀，用這鬼火煮的羹湯比陽世熱湯燙多了，你附著的那破身體舌頭都熟了，能嚐到什麼味呀？」金牙這麼說。

「這倒是……」血羅剎舔了舔李秋春的手，看著歪折慘烈的雙手和扭腫雙腳，嘻嘻笑著說。「這身體……不夠好……」

說完，眞身倏地竄站在李秋春身前。

李秋春癱軟倒地，虛弱抽搐著。

血羅剎眞身將近兩公尺高，有張半人半獸的臉，後背微微弓起，軀體同樣半人半獸，頂著一頭如同雄獅鬃毛般的紅髮。

「大哥現身，來！坐坐坐！」金牙笑著起身，將原本坐的方箱推至血羅剎腳邊，還隨手遞去一柄湯勺。

血羅剎不坐椅，撥開金牙遞過來的湯勺，直接伸手進罈裡撈了口湯往嘴裡送，突地瞪大眼睛瞅著金牙嚷嚷喊著：「原來……煮熟了的肉，這麼好吃呀！」

「是呀！」金牙抽出大腿刀袋上的刀，從羊腿上切下一塊肉給血羅剎，卻被一巴掌搧得滾出老遠。

「誰要你餵呀？雞婆！」血羅剎瞅著金牙厲笑兩聲，一手探進烤大羊腹部裂口，掏出蒸燉許久的墨青色嬰孩，狼吞虎嚥地啃了起來。

美味得令他忍不住翻起白眼，猶如身陷天堂夢境。

幾個幫眾悄悄到血羅剎身後，將李秋春拖遠急救。

羅壽福混在幫眾裡，見李秋春這副慘烈模樣，嚇得臉色發白、六神無主。

「羅剎大哥真懂吃，知道烤大羊是前菜，埋在羊肚裡的『綠孩兒』才是主菜。綠孩兒配點酒更棒。」金牙笑呵呵地隨手拿起罈酒打開，這次他不再恭敬招待，而是粗魯地將酒拋向血羅剎。

血羅剎接了就往嘴邊湊，一口喝去半罈，大大呼出口氣。「酒也是極品！」

「是呀，這些都是底下大老闆要我們帶上來招呼大哥的好東西。」金牙嘻嘻笑地說。

他一面笑，還取出三管針往頸上一插，將藥液打進頸中。

「你拿什麼東西扎脖子？」血羅剎邊啃青嬰邊大口喝酒，還撈魔跳牆吃，見金牙注射三管藥液後臉上青筋浮凸，笑眼裡殺氣滿溢，便問：「幹嘛？你這麼凶想打架呀？好呀！我好久沒打架了！」

血羅剎說到這裡，一腳踩碎剛剛金牙推給他坐的方箱。

方箱炸出一團毒蛇，纏捲上血羅剎小腿，張口就咬。

血羅剎只是低頭瞧瞧，繼續吃肉喝酒，任由毒蛇爬滿他全身。

有隻毒蛇繞上血羅剎頸子，要咬他鼻子，被血羅剎一口咬下蛇頭，配酒吞下。

「沒酒了！」血羅剎丟下空罈，對金牙吆喝：「我喝夠了才跟你打！」

金牙厲笑著緩緩彎腰，又撿起一罈酒拋給他。「拿去。」

血羅剎接著，才咬開罈口，整罈酒便磅硠一聲炸開。

酒水灑了他滿身。

「……」血羅剎低頭望著被酒沾濕的身子，目光射向遠處端著狙擊槍對準自己的空眼。

下一刻，血羅剎怒吼，抓著半截綠孩兒高高躍過火堆，揚手就要掐向空眼腦袋。

空眼棄槍挺身抬手，朝血羅剎比了個指印。

本來竄到空眼面前的血羅剎，被一股怪力扯住，使他一爪扒過空眼面前，抓了個空。

「呃？」血羅剎噫呀一聲，覺得怪異莫名，張頭四顧，不知究竟是什麼東西擋住了他。

空眼捲起袖子，大衣飛揚，他一雙前臂戴著一雙青銅護臂，一雙小腿上也綁著一對青銅護腿。

青銅護臂護腿上的紋路閃閃發光。

血羅剎手上那半截「綠孩兒」也閃閃發光。

血羅剎肚腹、嘴巴、咽喉都閃閃發光。

「呀!這什麼東西?」有股力量在他胃裡突竄，跟著見到手上抓著的半截綠孩兒，剩下半邊臉，竟睁開了眼睛，單手抱住他的大爪，咧嘴笑了起來，還發出鬼怪笑聲。

「不是說了嗎?是綠孩兒呀。」金牙嘿嘿笑著，從一個大袋取出一具古代青銅頭盔。「是年老闆珍藏的大枷鎖的名字。」

「綠孩兒?」血羅剎呆了呆，盯著手中半節綠孩兒，喃喃道:「你說我在吃大枷鎖?」

「是呀!」金牙朝空眼使了個眼色，舉著頭盔衝往血羅剎。

「我聽不懂你說什麼!」血羅剎發怒咆哮，準備大戰，肚中卻有股奇異力量牽制著他，同時身後火堆陡然竄來一股青火，裡頭藏著片片青銅甲片。

青銅甲片飛鏢般片片扎在血羅剎身軀上，青火滾滾燒上血羅剎全身。

血羅剎不覺得燙也不覺得疼，但這些青銅甲片吸光了他力氣，令他反應動作都變得遲鈍緩慢，連金牙抱著頭盔衝到他面前，照著他鼻子胸口打了幾拳，他都難以回擊。

更多青銅甲片扎上血羅剎身軀，一股股青火凝聚成青色細線，穿過青銅甲片，將甲片串成甲冑。

有些青線甚至直接從血羅剎腹部或咽喉穿出，一齊縫拼青銅甲冑。

空眼抖下護臂、護腿，轉而替血羅剎戴上，見金牙還一拳拳打著血羅剎鼻子，皺眉低叱一聲，金牙這才停下拳頭，笑嘻嘻地將頭盔戴上血羅剎腦袋。

「噫、噫……」血羅剎感到天旋地轉，眼前青光閃爍，終於鬆開了手上半截綠孩兒。

綠孩兒呀呀笑地在血羅剎身上亂爬，伸手去抓血羅剎身上青火，本來被啃去的半邊身子又漸漸長了回來。

最後，綠孩兒爬到血羅剎臉面，身子倏地化成一張青銅面具，遮住了血羅剎的臉。

青銅面具上是張瞇著眼睛的笑臉——綠孩兒。

「哼，這樣就結束啦？」金牙雙眼閃動異光，反手一拳打落烤羊支架，三管藥液令他焦怒難耐，亟欲發洩。「我根本還沒動手呀。」

「是年老闆這套綠孩兒實在太好。」空眼像個維修人員，對著一動也不動的血羅剎身上整副青銅甲冑摸摸按按，檢查每一片甲片有無拼錯或缺漏。

「這樣就算……抓到他啦？」羅壽福臉色慘白地蹲在李秋春身旁，手上抓著金牙給他的陰間手機，與視訊那頭的年長青一起盯著被藥布裹成木乃伊般、尚存一口氣的李秋春。

「秋春變成這樣，你要我怎麼跟她媽交代呀？她媽肯定要怪我壓榨她啦……」年長青焦躁罵著：「喂！小羅，你有沒有聽我說話呀？你以為這樣就完事了嗎？那大山魅我替你拿下了，接下來你把那韓杰給我找出來——」

「是是……」羅壽福連連點頭，唯唯諾諾地說：「我明天一早就帶秀萍去找韓杰……」

「明天一早？」年長青大罵：「你現在就給我去找！」

「什麼？現在？」羅壽福無奈地說：「舅舅……你總得給我點時間弄清楚那傢伙在哪兒吧，我……」他說到一半，自己手機也鈴鈴響起。

是賴琨的視訊通話要求。

「啊！舅舅！不好意思，我接一下琨哥電話……」羅壽福按下通話鍵，正想跟賴琨解釋自己工作進度。

但他很快發現這是通三方通話的視訊通話，方董也在線上。

方董臉色難看至極，沉聲道：「你忙了這麼多天，那律師每天還是活蹦亂跳，現在抓到把柄來威脅我了……」

「小羅，一句話，你到底行不行？」賴琨也冷冷地說。

另一隻手機上的年長青怒吼起來：「小王八蛋，你先把我的事情辦好！聽到沒有？金牙、金牙──」

「方董、舅舅我……我……」羅壽福左顧右盼，一會兒望望左手陽世手機，一會兒瞧右手陰間手機。「你們……我……我實在……」

「我不管你這陽世老闆什麼來頭。」金牙也來到羅壽福身旁，按上他的肩，將臉湊來一同瞧賴琨與方董那視訊畫面。「先專心聽年老闆的電話。」

羅壽福被金牙一捏，痛得慘叫起來。「金牙大哥、金牙大哥……啊！等等！有了！我想到了──方董、琨哥、舅舅、金牙大哥，我想到了！」

「你想到什麼？」方董、賴琨、年長青、金牙同時問道。

「我、我……」羅壽福顫抖地望著金牙，說：「金牙大哥，你有沒有辦法，讓方董、琨哥和舅舅的手機一起對話呀？」

「啊？」金牙皺了皺眉，一時還聽不明白，但空眼已經走來，一把搶過羅壽福自己的手機，裝上一顆古怪外掛鏡頭。

「喝，你是誰啊？」賴琨和方董瞧見空眼，一齊驚呼起來。

「琨哥、方董，你們聽我說！他們是我老婆陰間的舅舅請上來幫忙的朋友，他們的目標也是乩身韓杰，韓杰就是……就是幫著那律師和方董你們作對的臭小子！」羅壽福應答。

「你老婆舅舅？」方董哦了一聲，問：「是你說過那個在底下勢力很大的陰間商人？」

「是是是！」羅壽福急急地說：「舅舅他這批幫手很厲害，絕對能收拾那些傢伙，但是我一時不知道上哪兒找他們，我想說方董你手上有律師的聯絡方式，對吧！」他說到這裡，又低頭對陰間手機螢幕上的年長青說：「舅舅，方董和琨哥能幫我們找到韓杰啊！」

話還沒說完，陰間手機便被空眼拿去；空眼舉著加裝上外掛鏡頭的陽世手機，和陰間手機，讓兩個螢幕上的自拍鏡頭相對互拍。

「這什麼？」「看不清楚啊……那是個人？」方董和賴琨都湊近視訊畫面，從中見到陰間手機螢幕上年長青的身影。

「怎兩個人？」年長青瞪大眼睛，哼哼地說：「哪個是你說的陽世大老闆呀？」

「我是。」方董嘿嘿一笑，說：「你就是小羅說的那個，什麼都買、什麼都賣，連閻王都要給你幾分面子的陰間富商。」

「不敢當。」年長青說：「你也要對付韓杰？他也燒了你房子？」

「燒房子？」方董呆了呆，一時聽不明白年長青這話意思。

「方董要對付王律師，我老婆把王律師賣下去給舅舅，但乩身韓杰下去救走了她，還放火燒了舅舅倉庫！所以舅舅要對付韓杰。」羅壽福連珠炮似地向兩方解釋事情始末，還補充說：「韓杰和王律師，是我們共同的敵人！」

「這故事聽起來很複雜呀……」方董苦笑了笑，說：「不過似乎挺有意思。」

「手機對著手機說話，聽不清楚也看不清楚，陽世大老闆，你人在哪？我叫小羅身邊那批陰間朋友上門找你聊聊，我們做個買賣。」年長青這麼說。

「這個嘛……好吧……」方董有些猶豫，但還是報上了個地址——

那是一棟中古商辦大樓，位在六月山造鎮計畫縣市裡一處山郊旁，半年前被方董買下，準備當六月山新市鎮開發案的指揮總部，近日剛裝潢完成，讓方董隨時都能入駐坐鎮指揮。

雙方結束通話，半小時後，羅壽福一行人抵達大樓，在祕書帶領下，搭乘電梯前往最高樓層。

方董辦公室門打開，裡頭賴琨領著二十來名手下紛紛起身，對羅壽福露出戒備神情。

「方董、琨哥……我來了……」羅壽福朝賴琨和方董深深鞠躬。

方董點點頭，搖手示意祕書離開。

他身前大片落地窗，正好對著遠方六月山。

羅壽福苦笑走過賴琨等人，身後金牙、空眼紛紛現身，將賴琨一批小弟嚇得退開好遠。

「我要你們準備一面鏡子，準備好了嗎？」空眼這麼問。

「嗯——」賴琨招了招手，兩名小弟畏畏縮縮地推來一面大鏡。

「忘了跟你們說，鏡子不用這麼大。」金牙呵呵一笑，空眼默默上前，從口袋取出紅筆在鏡上畫咒寫符，又捻出一張符搖出青火，往鏡上一拋。

年長青在鏡裡現身。

方董回到座位，喝了口茶，試圖壓抑心中恐懼。

「年老闆，久仰。」

「方老闆，別那麼客氣。」

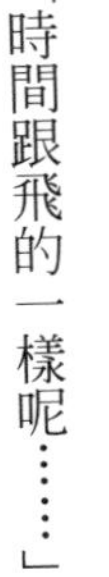

貳肆

「時間跟飛的一樣呢……」

葉子窩在小發財裡，望著手上陽世許可證上的倒數時間——

八時五十七分。

距離他們回陰間報到集合，不到九小時了。

車外是日落時分，韓杰站在破屋窗外，拎著一件女用外套，對王書語和林國彬解說外套內側金符以及口袋幾片授權尪仔標的作用。

葉子從車斗探頭出來，望著韓杰背影和窗後的王書語，見林國彬似乎注意到她，便微笑地對他眨了眨眼，搖了搖手上一朵花——

心花。

昨晚她將乾燥心花扔進韓杰那罐養蓮礦泉水瓶裡，跟他說那是她在大輪迴殿裡買來的祈福小物，泡進水裡就會活起來，還將買來的招吉符、避厄符、健康符、喜樂符，一口氣往韓杰頭上掛。

韓杰不屑地說，這些東西全是陰間狗官和奸商聯手用來騙錢斂財的假東西，一點屁用也沒有。

他說歸說，卻沒將那堆符包取下，一直掛在胸前。

葉子捧著恢復生氣的心花，繼續望著韓杰和王書語。

然後在心花上輕輕一吻。

「準備走了。」韓杰走回車斗，摸了摸葉子的頭。

王書語隨後也走過來，她套上韓杰替她準備的外套，下身是牛仔褲和運動鞋，側包裡藏著兩罐防狼噴霧器，已準備萬全。

「好。」葉子點點頭，往韓杰胸口撞去。

韓杰擋住她，捻了把香灰往她額上一抹，拎著她往王書語後背一拍，拍進王書語身中。

「哇！」葉子驚呼一聲，跟著發現王書語身中不只有她，還擠著林國彬。「阿彬是你呀！」

「妳躲在我身子裡沒用處。」韓杰這麼說：「在她身體裡，跟林兄幫忙看著王仔女兒，穩當點。」

「好。」葉子覺得這安排也挺有趣，伸出手來，將心花插在王書語包包上。「這是祈福花，別拿下來喔。」

王書語挑挑眉，雖也不大相信這陰間飾品真有祈福功能，卻覺得小花也挺可愛的。

昨晚深夜，王書語接到方董親自打來的電話，約她今晚上六月山開發案總部大樓聊聊。

方董客氣地請她先別將周教授自白影片交給媒體，稱縮減六月山開發範圍也不是不行，提高剩餘住戶賣屋價碼也不是不行，只要她願意來聊聊，一切都有得談。

王書語一口答應，本來以爲方董願意退讓，但小文隨即抓出兩卷熱燙籤紙丟給韓杰——

年長青派打手上來找你算帳，與不肖地產商、驅屍術士聯手對付你。

食人大山魅已被年長青所雇打手馴服，用來宰你。

韓杰與王書語往街上走，招了計程車前往總部大樓。

韓杰沒開小發財，將那輛固若金湯的小發財留給陳亞衣等人。

陳亞衣昨晚忙了一夜，寫了大疊符籙，今兒大清早便踢醒馬大岳載著她四處巡街。

韓杰遠遠見到馬大岳載著陳亞衣騎來，搖手喊住他們。

「韓大哥，你要出發了？」陳亞衣問。

「嗯。」韓杰說：「你們準備得怎麼樣？」

「還剩幾條街沒貼完。」陳亞衣拍了拍包包裡一疊反拆遷宣傳單——

宣傳單背面是驅鬼符籙。

「小發財我停在院子裡，必要時躲進車裡。」韓杰這麼說：「這是妳第一次獨當一面的大案，晚上會很熱鬧，可能會受傷、會流血、會很痛，妳要做好心理準備。」

「痛？有比扒肚皮、鐵鎚打爛頭、火烤脖子還痛嗎？」陳亞衣哈哈一笑，對韓杰豎了拇指。「韓大哥你放心去打爛那些壞蛋吧，這裡有我在，誰也踏不進來。」

「交給妳了。」韓杰回了個拇指，與王書語並肩往大街走去。

「接下來去哪？喂、喂喂，妳在看什麼？」馬大岳也催油駛遠，陳亞衣沒有答話，而是回頭偷望韓杰和王書語遠去的背影，聽馬大岳喊她才回神。

「沒有啊……我只是覺得，他們身上很香……」陳亞衣說。

「很香？哪種香？」馬大岳問。

「不曉得。」陳亞衣說：「好啦，回小張家門前看看……」

「喔。」馬大岳轉向，來到先前被賴琨押逼簽字賣地，卻讓韓杰、老獼猴先後阻擾的小張家前巷弄。

小張家周圍數排老公寓，算是整個開發案中，尚未拆遷的樓房裡最密集的地帶，也是反拆遷自救會的主要據點。

這一帶區域外圍大都是些拆至一半的廢樓，或是堆滿廢土石、建材的工地。今天一早，王書語便帶著數十名自救會成員，從附近廢土中翻出面積較大的門板、木板，甚至拆來幾處工地的圍籬，將外圍廢樓巷口、空地全封死，再讓陳亞衣、馬大岳貼滿寫下驅鬼符籙的傳單，圍出一道城牆。

若從空中鳥瞰，這圍著幾排老公寓的城牆形狀略呈瓶狀，瓶身處即老公寓，瓶頸則是小張家前那條街道，街道兩側廢樓、矮牆也都貼上符籙傳單。

這意即倘若有「敵軍」要攻老公寓，只有兩種方法，一是翻牆，二是走小張家門前那條巷弄。

小張家周圍幾間公寓一樓車庫鐵捲門，與前方廢樓幾面鐵捲門上都寫著巨大符籙，是陳亞衣向韓杰討了金粉，照著廖小年傳來的照片寫上的。

自救會成員們聽王書語和陳亞衣說，方董不知透過什麼管道請來了髒東西要對付大家，入夜之後，有事發生。

據點外圍圍牆和這幾面鐵捲門上的巨大符籙，就是用來擋那些髒東西。

陳亞衣和馬大岳巡視整圈圍牆，見哪兒還有空隙，便貼上符籙傳單。

□

老獼猴領著三十六隻六月山山魅，分成幾小隊，在外圍空地幾處拆到一半的廢樓底下待命。

「我告訴你們，今晚根本沒什麼，很久很久以前有場大戰，規模比這裡大上幾百倍，滿天神魔飛來飛去呀！」老獼猴瞪大眼睛張大手，頂著一嘴假鬍子，抓著一截樹枝，口沫橫飛對著山魅們講故事。

陳阿財混在其中，頸子上還圈著香灰繩子，被一隻山魅牽著看管——他稱自己無辜，但老獼猴不信，說要是放了他肯定會向羅壽福通風報信，因此鎖著，打贏了才放他走。

陳阿財其實更怕被李秋春找麻煩，因此不反對和大夥兒窩在一塊兒，受神明乩身保護。他只是不喜歡被鎖著脖子，更不想聽老獼猴說故事。

事實上，大多數山魅也懶得聽老獼猴說故事，只有小傢伙和柳丁，一左一右豎著耳朵仔細聽。

「那時候，有隻虎爺好厲害，生得比水牛還大，一張口就能吐出大火，一爪子就扒裂一隻魔！」老獼猴指著柳丁。「還有隻小的也厲害，快如閃電，小爪子比刀還利呀，對、對對對，就是這樣！」

柳丁齜牙咧嘴嘎呀叫著，不停空揮出爪，迫不及待要上戰場。

他最喜歡聽老獼猴講虎爺的故事，他覺得自己總有一天會長到水牛那麼大，能吞魔吐火。

老獼猴說到這裡，又指著小傢伙說：「還有個傢伙像你，眼睛綠綠的，一臉狐狸樣，能使幻術，機伶又聰明。」

「是嗎？」小傢伙格格笑了。「我像狐狸嗎？」

「狐狸扒了毛，就和你一樣。」老獼猴又指向另一隻山魅。「你，長得像那隻蛤蟆！」

那山魅打了個哈欠，懶洋洋地數著手指。

陳阿財見老獼猴指向他，說他像是故事裡的誰誰誰時，忍不住回嘴。「老猴，你這些故事到底從哪本小說看來的呀？亂七八糟的……」

「什麼小說，我講的都是真實故事！」老獼猴聽陳阿財批評他故事，暴跳如雷大罵：「我是六月山土地神，你叫我老猴？」

「好好好，土地神。」陳阿財問：「你的土地杖呢？」

「這不是嗎？」老獼猴揚揚手中樹枝。

「那是普通的樹枝。」陳阿財打了個哈欠。「土地神身邊有下壇將軍，你有嗎？」

「有啊！」老獼猴指向柳丁。

「他哪是下壇將軍，他明明就是——」陳阿財乾笑揮手，見柳丁回頭瞪著自己，像是想撲來咬死他，只好改口。「好，他是下壇將軍、你是土地神，你們開心就好，行了吧……」

「不行！」老獼猴哼哼地抱起柳丁，躍到陳阿財面前，惱火地說：「你覺得我拿著根樹枝、隨便抱了隻小老虎就想當土地公，是不是？」

「我沒這麼說呀……」陳阿財又打了個哈欠，見柳丁窩在老獼猴懷裡，模樣認眞，忍不住噗哧一笑。「土地神，你眞的知道老虎長什麼樣子嗎？」

「老虎就長很大隻呀！」老獼猴吹假鬍子瞪眼睛說：「柳丁只是還沒長大就死了，要是他長大了，比牛還大……」他還想說什麼，遠遠見馬大岳載著陳亞衣騎來，呀呀奔去攔下他們，一副要告狀的模樣。

「我說媽祖婆乩身呀，你們能不能替我催催……」老獼猴哀怨地說。

「催個小喔……」馬大岳摳著耳朵，下車拿著一疊符籙傳單看還有哪沒貼。

「你想要催什麼？」陳亞衣問。

「我的……那張土地神就職證書和土地杖呀……還有我這下壇將軍也還沒有虎爺袍穿……」老獼猴抱著柳丁，指著那批懶洋洋的山魅和陳阿財，忿忿抱怨：「我那證書拖了好多年沒發給我，沒有土地杖，大家都不聽話。」

「你這老猴……」馬大岳嘿嘿笑著說：「拿著根破樹枝、隨便抱隻小貓成天說自己是土地神啊！」

「喝！」老獼猴沒想到馬大岳說話這麼直接，一時愕然無語，他懷中柳丁則暴怒地向馬大岳揮爪。

「幹嘛幹嘛！」馬大岳舉著傳單擋柳丁攻擊，哈哈大笑。

「嗯……」陳亞衣無奈說：「這種事情……自己說了不算數呀，要經過上頭許可才行……」她說到這裡，轉念想起苗姑受封媽祖婆分靈前，也總覺得自己是神仙，在行善事，便說：「我有機會替你催催，過去很多神仙本來也是凡人，因爲在人世做了許多好事，受天庭冊封……」

「對呀！」馬大岳哼哼地說：「你是不是土地神，要經過上頭同意，又不是你說是就是。」

「我不是自己說呀！」老獼猴氣得鬍子都歪了。「是當年老土地公要我接他的位子！」

「老土地公？」陳亞衣只知道血羅剎被苦師公封印入山的大略始末，倒沒聽老獼猴說當年故事。

老獼猴見她似乎有些興趣，便將先前對韓杰說過的往事又說了一遍。

這次他沿路跟著陳亞衣巡牆貼傳單，說得更加仔細、更加激動。

「我發誓我沒說謊！」老獼猴說：「那晚，我站在大石上，老土地神說以後六月山就交給我了，他要我守著山，別讓壞人接近囚魔洞……」

「然後呢？」馬大岳隨口問。

「然後、然後……他就再也沒出來了……」老獼猴低下頭，有些失落，連自己也不滿意這個答案。

但是他很快又打起精神，繼續講其他事——畢竟喜歡說故事的人，最喜歡聽的一個詞，就是「然後呢？」。

他開始講柳丁的故事。

「柳丁眞的不是貓。」老獼猴不平地說：「他是還沒長大的老虎。」

「屁啦……」馬大岳笑得合不攏嘴，拿出手機上網找了老虎的照片。「這才是老虎，你眼睛有問題嗎！」

「所以才說是還沒長大啊——」老獼猴嚷嚷。

「他……」陳亞衣伸指摸了摸柳丁下巴，說：「是石虎吧……」

「石虎？」馬大岳抓了抓頭。

「石虎兩隻眼睛靠比較近。」陳亞衣解釋。

「眞的耶……」馬大岳又找了石虎圖片，和老獼猴懷中的柳丁比對。

「看吧、看吧！」老獼猴樂得抱著柳丁蹦蹦跳跳。「我就說柳丁是虎不是貓！」

「有個『虎』字就是老虎，那壁虎也算是老虎啦！」馬大岳捧著肚子笑彎了腰。「哇哈哈哈哈！」

「你幹嘛這樣啦！」陳亞衣拐了馬大岳一肘，阻止他繼續嘲笑柳丁和老獼猴。

「不是虎是什麼？」老獼猴抗議：「獅子老虎也是大貓呀！」

柳丁瞧見馬大岳舉著的石虎圖片反倒安靜下來，也不曉得看不看得懂。

「你看得懂字嗎？你自己看……」馬大岳將手機舉到柳丁面前，滑動手機上的石虎資料和照片給他看，說：「你自己看，石虎，貓科，石虎屬，俗稱山貓，體型和家貓差不多——石虎一輩子也不會長得跟老虎一樣大，知道嗎？小貓咪。」

柳丁盯著手機上那張成年石虎照片，伸出小爪，觸了觸螢幕。

「你怎麼啦？」老獼猴晃了晃柳丁，伸手摸柳丁小臉。「想起媽媽了？」

「嘎！」柳丁咬了老獼猴一口，一躍下地，頭也不回地跑遠了。

「柳丁，你怎麼咬侯老呀！」小傢伙呀呀叫著。

老獼猴目瞪口呆，頹喪坐下，望著自己手掌上那圈小小的齒痕。

「都怪你啦！」陳亞衣踢了馬大岳一腳。「你幹嘛這樣？」

馬大岳見自己闖了禍，吐著舌頭也跑遠。

「該怪我才對……」老獼猴低著頭，喃喃地說：「我拿樹枝當土地杖，覺得不夠威風，也想找隻下壇將軍當跟班……柳丁剛出生不久，讓媽媽叼著走，被一輛凡人汽車撞死，他媽媽帶著其他小傢伙逃遠了，留下他的魂在路上發呆，我撿走他的魂帶上六月山，教他當虎爺……我也不知道什麼是石虎、什麼是豹貓……我只覺得他不像一般的貓……我講了好多老虎故事給他聽，他喜歡聽我講老虎的故事……我跟他說，他現在雖然是小虎，但總有一天，他會長成一隻大老虎……」

老獼猴說到這裡，頓了頓，抬頭望著陳亞衣，哀傷地說：「我替老土地神守著六月山這麼多年，偶爾碰到壞傢伙上山騙山魅，都被我趕下山，柳丁也有出力呀……衝著這點，不能給我們個正式的名分嗎？」

「如果……」陳亞衣苦笑。「我有權決定的話，我會讓你當土地神、讓柳丁作下壇將軍，但我沒有權呀……」

老獼猴聽陳亞衣這麼說，莫可奈何，嘆了口氣，轉頭望著六月山。

似乎也有些累了。

貳伍

叮咚——

電梯停在十八樓，門打開，方董祕書帶著韓杰和王書語步出電梯，穿過彎折長廊，經過一間間無人辦公室，進入會議室。

長桌十公尺長、三公尺寬，方董與幾位祕書、律師，已經坐在會議室長桌一端，貌似等待已久。

方董祕書將兩人領到了長桌這端邊角入坐。

韓杰見方董幾人坐那麼遠，不禁啞然失笑；王書語皺了皺眉，說：「就我們幾個開會，離那麼遠，說話聽得清楚嗎？」

方董乾笑兩聲，沒有回答，祕書伸手在王書語身前桌板下按了按，她面前桌板一處孔洞立時斜斜豎來一支麥克風。

「我不用……」韓杰見祕書也替自己按出一支麥克風，連忙搖手表示不需要，祕書沒理他，自顧自地替兩人倒了茶水。

王書語將茶水推遠，自個兒從包包取出水瓶。

「咳咳——」方董也按出麥克風，清了清喉嚨，說：「兩位，時間還早，要不要先吃點東西？我替二位準備了幾道菜，」

「不用。」王書語搖搖頭。「我們吃過才來的，現在不餓。」

「但是我還沒吃。」方董又乾笑兩聲，吩咐祕書上菜。「王律師，妳太拘謹了，我只是想和妳聯絡一下感情。」

「對不起，我一點也不想和你聯絡感情。」

「呵呵……聽說妳想考檢察官？該不會是爲了對付我吧。」

「不光是爲了對付你，是爲了對付每一個和你一樣的人。」

「哇呵呵，眞是雄心壯志，妳爸爸也是個人物，虎父果眞無犬女。」方董說到這裡，幾名祕書推入餐車，將一盤盤菜端到方董面前。

其中一名祕書，將餐車推至兩人身旁，依舊不理王書語的拒絕，仍端菜上桌。

「吃過了也可以嚐嚐味道。」方董笑呵呵地說，「都是好菜，當點心也不錯。」

「點心……」王書語等祕書上完幾盤菜，便伸手將菜推遠，從包包取出兩包蜜餞和巧克力。「我自己也有準備。」

「啊？」方董見狀，先愣幾秒，跟著哈哈大笑。「不會吧，你們以爲我會在菜裡動手腳？來來來——」

他先從面前盤中挾幾道菜塞進口裡，跟著嚷嚷祕書換盤，將自己吃過的菜，與王書語、韓杰沒動過的交換，當著兩人的面每盤吃了幾口，哈哈笑道：「看，沒問題吧。」

王書語打開蜜餞包裝，塞了顆梅子入口，對方董一連串舉動感到十分不耐煩。

跟著又等了十分鐘，見方董邊吃邊與隨從閒聊，似乎沒有停下筷子的意思，王書語忍無可忍，起身重重拍了桌子，從包包中取出幾份文件，大聲說：「我的要求很簡單——一、開出讓所有住戶滿意的價碼，或是修改社區設計和範圍，繞過那些不想搬的住戶；二、主動提案重做環評，配合環評結果縮限開發範圍。這一次，我會從頭盯到尾——這是我勉強給你的台階。」

方董瞥了王書語一眼，拿餐巾抹抹嘴，說：「王律師，有理想是很好，但也要顧及現實呀，這個世界可不會因爲妳一個人的理想而改變；況且六月山這案子要是成了，對大家都有好處。」

「對你最有好處。」王書語說：「所以你推得最積極，你如果願意分出更多好處給所有人，大家又何必擋你？」

「一塊餅就這麼大，嘴巴大吃大口，嘴巴小吃小口，這叫各憑本事。」方董說：「這案子是我推的、錢是我花的、人是我請的，我拿多點，天經地義不是？」

「六月山不是你的，山下的房子和土地也不是你的，之後的大眾運輸更是每個人的稅金！你走合法程序拿到開發權才叫本事、你砸錢砸到讓人心甘情願搬家才叫本事。」王書語冷冷說：「收買官員、假造環評、要黑道逼住戶搬家、逼媒體噤聲，這些都不叫本事，叫霸道！」

「我要是沒本事，霸道得起來嗎？」方董哈哈笑著，「這個世界呀，就像個巨大的叢林，有牙用牙、有爪用爪，沒牙沒爪就跑快點，跑不夠快，被生吞活剝怎能怨人呢？適者生存、成王敗寇，這個世界的規則就是如此，我是這個規則下的贏家。」

「所以你可以強拆，人家不能抗議？你可以開價，人家不能不賣？你有爪和牙，我們也有抵抗你的武器，這些反對你的聲音和力量，也是你口中叢林規則的一部分，你還沒有解決所有問題。」王書語當即反駁。「你還沒有成功。」

「怎麼沒成功？就剩下十幾戶人，就剩你們這一小撮傢伙整天在鬧！」方董瞪大眼睛。

韓杰忍不住插嘴嚷嚷：「大老闆，既然只剩十幾戶，你每戶加倍買下來，大家都開心不行嗎？你口袋裡還差那點錢嗎？」

「不是十幾戶的問題。」王書語冷笑說：「他怕這個案子破了例，以後所有案子人人都開兩、三倍價。」

「妳知道就好！」方董翻了翻白眼。

「那好……」韓杰抓抓頭，瞪著方董，「你想便宜買地，拆了蓋新房子賣翻倍價；那你蓋好的房子，怎麼不便宜賣我呀？」

「我蓋的房子打對折你也買不起呀！」方董冷笑。

「……」韓杰聽他這麼說，無奈苦笑攤手。「你對，我無話可說，我買不起你蓋的新房子，所以只能住鬼屋……」

「小老百姓買不起你蓋的房子，只能乾瞪眼、被你嘲諷。」王書語順著韓杰的話繼續說：「你大老闆不想花大錢讓人心甘情願賣房子，就搞一堆手段逼人賣屋？」

「我用心良苦嘛，只不過想把這裡弄漂亮一點啊，本來那鬼樣子能看嗎？」方董朝一旁能遠望六月山的大落地窗揚了揚手。「看看——山明水秀的，不好好利用多可惜呀？案子眞成功了，這一帶不管白天晚上，肯定比現在美十倍，整個地方都會繁榮起來。許多年後，大家會稱讚我，沒人會說我霸道。」

「我看看。」韓杰站起身，扠著手走到窗邊看了看，哼哼笑著說：「把窮人全趕走了，山上山下住的全是有錢人，說多美有多美……你要是來東風市場逛逛，說不定眼睛都被我們醜瞎了……」

「你環評造假違法開山，颱風多颳幾次，土石流沖下山，再美也沒用！」王書語將幾份裝著文件的牛皮紙袋往方董方向大力一推。「你以為買通地方政府、執法單位，再拿錢堵各大媒體的嘴後，就什麼事都可以做了嗎？」

祕書上前將牛皮紙袋拿到方董面前。

方董身旁律師接過取出看了看，低聲對方董耳語報告。

幾份文件除了六月山開發案環評報告造假的資料，還有其他好幾處縣市開發案弊端的瑣碎資料。

「其實都不是不能擺平的東西。」方董哼哼地說：「都是些舊資料。」

「你當然有本事每件都擺平。」王書語說：「今天沒談出結果，我會開記者會公布我這兩年蒐集的所有資料，向你全面開戰！」

「……」方董望著王書語，笑了笑，又吃兩口菜，淡淡地說：「年輕人吶，不懂有些事一旦踩過頭，是要付出代價的……」

「大老闆，別裝模作樣啦……」站在窗邊的韓杰雙手環胸，聽膩這無聊對話，大聲說：「快叫天花板那些東西下來吧。」

「呃！」方董一臉祕密被揭發的神情，乾笑兩聲。「不愧是當乩童的，你看見那些東西啦？」

「何止看得見，聞都聞得出來！」韓杰皺皺鼻子，說：「你這棟樓不但有銅臭，還有濃濃的陰間焦臭——你見過年長青了？他買了多少打手上來？不想讓我們回去了？」

「你燒了我倉庫，以爲可以拍拍屁股一走了之？」年長青的聲音從擴音裝置傳出。

室內燈光閃爍幾下，然後全滅。

幾面大螢幕閃現出年長青的臉。

方董身後壁面走出幾十人，帶頭兩個正是金牙和空眼。

「年長青在底下有幫派撐腰，他請了一百多人上來對付你……」方董緩緩起身，笑說：

「我另外加碼一百人。」

「你怕只一百人對付不了我？」韓杰笑問。

「不。」方董搖頭。「他請的一百人要用來對付你，我請的人有其他事要忙。」

「我知道。」韓杰笑了笑，轉頭望向六月山。「早收到消息了……」

「方董，你要我們來談判，說什麼都好談，原來眞是鴻門宴。」王書語憤慨起身，拍桌指著方董。「狗改不了吃屎，你做事情，永遠只會這一招！」

「什麼招呀？」方董與己方律師、隨從紛紛站起。「我是想談判呀，但剛吃飽想休息一下。王律師要是想繼續談，上我辦公室——如果妳上得來的話。不想談，也可以離開——只要妳走得了。」方董說完，帶著自己人從會議室另一出口離去。

金牙扳著手指，領著數十名打手朝韓杰、王書語走來；他頸子上有幾處淡淡針孔，針孔旁浮現著符籙光環，臉上爬著奇異紋路，雙眼異光閃爍，已注射過藥液。

空眼則是揹著狙擊槍，雙手捏出幾張符，搖出青火，喃唸有詞。

王書語從桌上拎了包包，奔過韓杰身後，退到會議室另一端牆邊。

韓杰一動也不動，注意到除了金牙、空眼等春花幫眾，還有股強橫戾氣正緩緩逼近。

金牙走到韓杰面前，掄起拳頭就往他臉上打。

韓杰幾乎與金牙同時出拳，且側頭避過對方拳頭，一拳打在他臉上。

這是拳擊裡的交叉反擊拳。

金牙不痛不癢，咧嘴一笑，再朝著韓杰腹部勾了一拳。

韓杰摀著側腹咬牙後退，從口袋捻出金粉，快速畫咒往拳頭拍了拍，跨步對金牙腹部還了一拳——這拳在金牙側腹上轟出一圈金光，使得他笑容有些僵硬，但似乎沒讓他受到重創。

「呀！」後頭王書語感到腳踝一涼，有幾隻手從地板伸出抓她的腳。

另有幾隻春花幫惡鬼自她身後壁面衝出、她面前天花板落下，前後撲夾。

下一刻，握著王書語小腿的手猛地著火縮回地板——

原來王書語衣褲裡也纏著混天綾

同時，自後撲抱住王書語的惡鬼，被她身上乍現金光震飛；躍下天花板的則被王書語包包裡撲出的兩隻小豹咬斷頸子。

韓杰既然早收到籤紙，自然做足準備，不但替王書語外套內側寫滿金符，剛剛還沒踏進大樓，便拆了幾片尪仔標，讓她藏在衣服和包包裡以防萬一。

韓杰與金牙對了幾拳，這幫派惡鬼皮堅肉厚更兼力大無窮，他被一雙大拳頭逼得連連後退。

「小子，大力點，沒吃飯吶！」金牙臉上又捱韓杰一拳，咧嘴大笑，拍了拍自個兒臉。

「剛剛請他吃，他不吃。」方董的聲音嘻嘻笑地從擴音器響起——他用手機透過會議室監視設備，觀看即時戰況。

韓杰探手摸了摸口袋，摸出兩顆蓮子吃下，見金牙又一拳轟來，立即出拳，又是一記一模一樣的交叉反擊拳，結結實實轟在金牙臉上。

金牙仍不動如山，韓杰則後退幾步，還甩了甩手。

方董又想說些什麼取笑韓杰，卻聽見金牙哎呀一聲，彎腰掐著臉來——

他臉上貼著一片閃閃發亮的尪仔標。

韓杰第二記反擊拳是爲了把尪仔標打在他臉上。

尪仔標竄出一道混天綾，飛快裹住金牙腦袋，燃燒起火。

韓杰上前往金牙腹部猛勾一拳，又一拳，再一拳——這幾拳威力比剛剛大上數倍，每拳都將金牙轟得離地彈起——韓杰左手抓著乾坤圈，如同戴著指虎打人。

「這樣子、夠不夠、大力啊？回答啊！」韓杰右手扯住裹著金牙腦袋的混天綾，左手揮擊乾坤圈，不停揮擊金牙身體和頭，突然感到腳下戾氣逼近，瞬間躍遠閃避。

一道巨大身影自韓杰剛剛佇身地板竄出——是血羅剎。

血羅剎身高將近兩公尺，穿著一身青銅甲冑，甲冑外的肢體赤紅一片，臉上綠孩兒面具口鼻孔洞溢出陣陣血腥殺氣。

「小子，在底下燒掉的貨和倉庫，我絕對連本帶利討回來。」幾面螢幕上的年長青冷冷地說：「不管你願不願意，都得下來和我聊聊了。」

「不管是第六天魔王還是他四個姘頭，都沒辦法拉我下去聊天。」韓杰掏出一片尪仔標，重重往眼前地板一擲。「你要和我聊，你算老幾？」

尪仔標泛開一圈光，豎起一柄火尖槍。

貳陸

「陳小姐、陳小姐！」兩個自救會青年騎著機車趕到老奶奶破屋前方空地，對陳亞衣說：「連家裡電話都打不通了！」「他們應該把聯外線路都切斷了……」

「太陽下山後，手機也不能用……」陳亞衣看著失去訊號的手機，說：「附近的基地台大概也被他們弄壞了……」

「那……那現在怎麼辦？」兩個青年問。

「就照之前說的做，等韓大哥和王律師語與方董談出結果，應該就沒問題了……」陳亞衣說。

「那如果……」有個青年問：「談不出結果呢？」

「放心，有韓大哥幫忙『談判』，一定談得出結果。」陳亞衣笑答，突然聽苗姑啊呀一聲喊她：「亞衣，來了——」

「喔！」陳亞衣立時警戒東張西望，斜前方一處廢棄工地上空飄起的一陣光點。

那是陳亞衣放出的紙摺螢火蟲，一感應到動靜便發光飛上空盤旋。

代表有東西踏入苗姑和陳亞衣劃設的警戒線了。

「髒東西來了，你們快回去。」陳亞衣連忙要兩人撤回今日封死的「牆」內。

「那妳呢？」「妳不跟我們一起退回去？」兩個青年擔心地問。「我們叫點人出來幫忙好了。」

「不行！快回去！」陳亞衣大聲催促：「你們得守好牆，不然那些東西翻牆進去，咬裡頭老人小孩怎麼辦？」

「什麼……」兩名青年聽她這麼說，只好騎車回去。

陳亞衣正要放紙蝶知會老獮猴等山魅，便聽見遠處老獮猴的吆喝聲。

「看見沒、看見沒！螢火蟲飛起來了，敵人來了！看看——啊呀，好多呀！」老獮猴在一處廢樓上蹦跳嚷嚷。

陳亞衣取出奏板，往飄起螢火蟲光點處奔去，一面跑、一面將奏板抵上額頭，低聲祝禱：「稟告媽祖婆，惡鬼來襲，求黑面神力——」

她見大隊人馬踩著風朝她飄來。

那隊傢伙胳臂上都纏著花布，臉上戴著奇異面具、腰際插著刀，走起路時腳未著地，彷彿飄在空中。

「哇，請這麼多人上陽世搞人，要花多少錢買通多少關卡啊？」苗姑愕然，自陳亞衣身上探身出來飄在空中，對來人大喊：「喂！你們今晚幹這活兒，一人能拿多少呀？」

「外婆，妳問他們這個幹嘛啦！」

「我好奇底下行情呀……」

那隊戴著面具的春花幫幫眾聽苗姑喊話，低聲交頭接耳起來。

「那老太婆問我們話？」「她哪條道上的？」「不知道，老闆只要我們找著那些自救會成員，附在他們身上蓋手印簽同意書。」「那擋路小妹身上有正神符味，她是陽世法師？」「老闆有沒有說碰上陽世法師阻撓怎麼辦？」「怎麼辦？這什麼蠢問題，你以為我們帶刀來幹嘛？」

一個傢伙抽出腰間刀械朝身旁廢棄建材隨手斬了幾下，斬破幾個瓦楞紙箱——寫上異符的陰間刀械能斬著陽世實物。

大批戴著面具的惡鬼加快腳步往陳亞衣走去，紛紛舉刀威嚇她：「讓路——」

「不讓。」陳亞衣放下奏板，整張臉和雙手都變得墨黑一片，緩緩地說：「該滾的是你們，聽到沒有？」

百來名惡鬼高高舉起刀械，朝她奔去。「宰了她！」「宰了她！」

陳亞衣吸了口氣，往前重踏一腳，踏出一片墨黑。

墨黑迅速擴大，猶如震波、猶如巨浪，將衝進圈中的惡鬼嚇得如聽見貓叫的老鼠，止住腳步。有些膽子小的，甚至連手上的刀械都握不穩。

但還是有兩、三個膽子大的，推開夥伴衝來斬陳亞衣。

「呀——」苗姑抖開肩上紅袍子，撲出陳亞衣身外，兩巴掌搧倒兩個惡鬼；陳亞衣揪住第三隻惡鬼領子，賞了他一記過肩摔，重重砸在漆黑地面上，跟著回頭再一喝：「這裡有媽祖婆乩身鎮守，通通給我滾回底下，聽見沒有——」

「嘩——」後頭大批惡鬼被她吼出的震波驚得手足無措，左右退開，奔遠後又覺得好像也沒那麼可怕，三五成群四散開來，成了游擊隊形，往自救會圍牆據點攻去。

跟著，一陣陣金光銀光紅光此起彼落閃爍亮起。

四散開來的幫眾連聲哀叫。

紛紛中了陷阱——那是陳亞衣與老獼猴等山魅們，花了一夜一天，貼在各處的反拆遷傳單，傳單後寫著驅鬼符，惡鬼一靠近就生效發動。

牆角、路上、廢棄雜物、建材裡，甚至藏著摺成紙鳥的符籙傳單，一感應到惡鬼來襲，就自動起飛亂撞。

「大膽惡鬼，見到六月山土地神還不退下！」老獼猴一聲令下，埋伏在幾處廢樓裡的山魅們一齊衝出，與惡鬼纏鬥起來。

這些山魅身手未必好過地底幫派，但他們戴著苗姑特許符令，不怕驅鬼符；在符光掩護下，揪著落單惡鬼圍毆亂打、搶他們刀械，還拿著符往惡鬼身上貼——

「哇！怎沒說這裡有神明乩身和山魅鎮守呀？」春花幫惡鬼疑惑喊道。「凡人呢？今晚不是說另外有隊凡人跟我們一起過來？」

□

「你人現在在哪？什麼！還在火車上？有人跳軌火車誤點？哇哈哈哈……幹我笑屁啊？」馬大岳在距離拆遷街區數公里外一條巷弄裡撥打手機——數十分鐘前，拆遷街區一帶手機訊號突然降低，連家用市內電話也被切斷線路，陳亞衣久等不著廖小年，只好派他騎車找人。

「什麼？你講什麼……我這邊收訊很差……好像是那批壞蛋把附近的基地台給拆了，他們準備要硬幹了！」馬大岳喊道：「你到站之後直接坐計程車過來啦……什麼！錢包被扒？啊哈哈哈哈……那現在怎麼辦？你口袋裡有零錢嗎？會搭公車嗎？靠……好啦我去接你！」

馬大岳結束通話，催油門加速騎遠，巷弄駛來十幾輛廂型車與他錯身而過，他雖然覺得古怪，卻沒時間回頭，只能急急趕往火車站接廖小年。

賴琨坐在廂型車隊的第一輛上，三分鐘後，抵達拆遷街區外圍，遠遠觀戰，見街區各處廢樓空地符光此起彼落，那些春花幫惡鬼被僅有己方數量三分之一的山魅擋在外圍，四處亂繞找路也無法靠近更後方的反拆遷據點。

「陰間那些幫派傢伙們這麼沒用？」賴琨皺眉抱怨。

「琨哥……」羅壽福在一旁解釋：「那些亮亮的是符光，我猜是那些乩身畫的些驅鬼符，貼得到處都是，鬼被擋著進不去。」

「那怎麼辦吶？」賴琨問：「把符撕了行不行？」

「應該行。」羅壽福點頭。

「聽到沒有？」賴琨立時對身邊手下這麼說：「輪到你們了，把路上那些符全撕了。」

跟著他又指著陳亞衣。「還有，去把那女人給我抓來。」

十餘輛廂型車，下來幾十人，人人手持裹著符布的鐵管、棍棒，往拆遷街區奔去。

「啊呀！是那些傢伙，他們又來啦——」老獼猴見到賴琨人馬分成幾隊遠遠走來，沿路撕毀符籙傳單，馬上領了幾隻山魅去攔阻。

「小心，山魅來了，別讓他們上身。」賴琨這隊人馬除了手上棍棒纏著符布外，胸前都掛著一串奇異銅錢，見老獼猴領著山魅衝來，有人便從口袋取出奇異小罐往身上噴了噴，紛紛乾嘔起來。「嗎呀！這東西好臭，別噴太多……」

噴霧小罐的作用是驅趕山魅，銅錢防止山魅附身，棍棒上的符籙能傷害到山魅——這些道具全是方董額外向年長青買的。

年長青也大方地只收成本價，還另外與方董談了幾項合作。

例如開發六月山後，他想取得囚魔洞的使用權，請方董在洞內另造設施——例如可以作爲黃泉門之用的專屬水池和大鏡，好讓年長青人馬自由進出。

「嘔——這什麼味道！」老獼猴領著山魅往賴琨人馬身上撲，聽見他們胸口發出的銅錢叮噹碰撞聲，兩耳嗡嗡刺痛、頭暈腦脹；又聞到他們身上的刺鼻臭味，趕忙退遠，捧腹大吐起來。

「看，山魅眞的會怕這味道！」「幹，臭死了，我是人也很怕。」賴琨人馬舉著符籙棍棒上前一陣亂打，打得老獼猴等山魅渾身冒煙，連滾帶爬地撤走。

「混蛋、混蛋，敢打土地神！下壇將軍，快來給我咬他們腳——下壇將軍？啊……」老獼猴氣憤舉著樹枝還擊，小傢伙摟著他頸子嘔個不停。

老獼猴揹著小傢伙且戰且走，喊了老半天也不見柳丁，想起他在黃昏時負氣跑走了。

柳丁看了馬大岳查給他的網路資料，終於認清石虎並不是虎的事實。

他認清自己的身體永遠也不會長成虎那麼大，覺得上當了、生氣了，不想理老獼猴，也不想當下壇將軍了。

下壇將軍是給虎當的，不是給貓當的。

「哼！壞蛋！」老獼猴揮動樹枝和追來的賴琨手下搏鬥，儘管這些傢伙身上惡臭難當，但山魅身手終究好些，老獼猴不時轉身，打倒好幾個傢伙——但他漸漸發現，這些活人打手裡有部分特別難纏。

是幾個被春花幫惡鬼附身的賴琨打手。

最初是因爲有些春花幫幫眾被符光刺得睜不開眼，見賴琨人馬趕到，躲進他們身中，意外發現附進活人身中後，四周符光便沒那麼刺眼了。

更多幫眾遁入賴琨人馬身子裡，指揮活人沿路撕符。

賴琨打手們一路撕符推進，碰到山魅攻來，身子裡的春花幫幫眾也會殺出幫忙。

這些傢伙漸漸察覺，原來陰陽兩界的幫派聯手起來還頗厲害的。

「不要硬打，跑給他們追，盡量拖延時間——」陳亞衣見山魅受制於賴琨人馬的臭氣噴霧，節節敗退，急得四處支援。「大岳死哪去啦！」

「這些惡鬼膽敢小看我阿苗——」苗姑時而附身陳亞衣飛簷走壁放倒打手，時而穿身出來踢春花幫惡鬼屁股。她先前當鬼時道行便高，現在成了媽祖婆分靈，受神力加持，更不將這些惡鬼放在眼裡，但死幫眾、活幫眾加起來一百多人，祖孫倆分身乏術，無法顧及所有戰局，只能眼睜睜瞧那些幫眾持續撕符推進，逼近圍牆據點。

「後退、快退回去——」陳亞衣高聲指揮，突然聽苗姑高叫一聲，從她身子衝出，撂倒幾名惡鬼後，與一個女人放單纏鬥起來。

女人是秀萍。

秀萍身上寫著奇異符紋、胸口同樣掛著銅錢，兩隻眼睛閃閃發光。

她的肉身令她不怕四周驅鬼符，胸口銅錢令她不怕山魅附體搶身，身上密密麻麻的符籙令她凶性大增，雙手兩把寫上異符的西瓜刀能斬人也能斬鬼。

苗姑捱了一刀，哎呀呀叫嚷起來，訝異這活屍女人又凶又惡，她一時竟戰不倒。

另一頭，陳亞衣吼飛幾隻惡鬼，卻被一個活人打手持棍打在胳臂上，痛得哀號，急得苗姑竄回她身中奔逃撤退。

春花幫惡鬼和賴琨打手咆哮緊追在後。

小張家前的廢樓長巷口陡然一亮，一個自救會大叔開著韓杰的小發財衝出接應，大叔駕駛技術頗佳，開到距離陳亞衣十餘公尺處瞬間一百八十度掉頭，讓車尾朝向陳亞衣。

「嘰——」小文在車斗內飛旋啼叫，要陳亞衣跑快點。

陳亞衣飛奔去一躍上車，沿路偶爾減速，接下跑得慢的山魅。

惡鬼一擁而上想攔車，但車裡寫滿金粉符籙，鬼群接近，立時耀起刺眼金光，逼退鬼群。

活人打手接力衝來要搶車，小發財急急駛回長巷。打手、惡鬼們追入長巷，撕符前進；陳亞衣和山魅們則以車當作移動堡壘，不時倒車衝撞，阻攔敵方推進。

「大岳到底死去哪啦？兩個臭小子拖拖拉拉！」陳亞衣見秀萍也舉刀殺進長巷，只得持著奏板上前擋她。

苗姑離身飛出與秀萍扭打，揪著秀萍頭髮將她撞進側面尚未拆盡的廢樓窗中繼續纏鬥，陳亞衣也急急翻窗追進裡頭。

站在巷口觀戰的賴琨，見長巷狹窄，小發財車在裡頭時進時退，不停逼退撕符活人，加上有金符護車，惡鬼也難以逼近，己方攻略速度變慢，漸感不耐，喝道：「幹嘛全擠在這巷子裡？不會繞路嗎？笨蛋！」他轉頭推了羅壽福一把。「你也上啊！你帶幾個人從旁邊找路打進去！」

「是……」羅壽福也抓著根符籙棍棒，不甘不願地與幾個打手一同繞過長巷，從側面找路。他見一條小巷口擋著工地圍籬，圍籬上貼著符籙傳單，便想上去撕符，才剛接近，圍籬上方便拋來一串點燃鞭炮，伴著一陣碎磚石頭，將羅壽福和打手們炸得哇哇大叫，退出小巷。

自救會成員們可沒閒著，在各條小巷都準備了備用碎磚，這附近什麼沒有，碎磚水泥塊最多。

這些碎磚和水泥塊在不久前，曾是這些人左鄰右舍長年居住的「家」。

這些碎碎散散的「家」，此時正發揮最後用處。

「這邊不行！」「找找看其他路！」活人們摀著捱了碎磚的額頭，四處尋找其他進攻路線。有人見處小巷圍籬較矮，衝去要翻牆，翻到一半卻見公寓頂樓飛下幾支沖天炮，劈里啪啦被炸得摔回巷弄。

圍籬底下縫隙也飛出沖天炮，將跟入巷子裡的打手又炸出去。

「分散開來繼續找路，他們人少，我們人多，分散點，他們不可能每條巷子都守得滴水不漏！」賴琨上車指揮手下開車，敞著車門沿著自救會據點圍牆行駛，像是督軍一般，高聲下令。「還有這些鬼朋友呀，拜託你們動動腦筋，從天上飛過牆呀！」

「裡面到處是符，活人不進來撕符，我們飛進去，被符一照，眼睛都睜不開，不是剛好被山魅揪著打嗎！」有些惡鬼氣憤回罵。

「守好每一條路呀！」自救會大叔舉著棍棒在牆內巡守，指揮年輕人守街。他們有些經陳亞衣開眼，看得見敵方惡鬼和己方山魅，也有些並未開眼，只知道這陣子山上有土地神領著一票傢伙上工地鬧事，和他們站在同一陣線。

「六巷沒炮也沒石頭啦！」「四巷石頭快用完了，須要支援！」「哇，他們用我們扔過去的石頭來砸我們……」求援聲紛紛響起——

老幼住戶躲在家中，自願在外頭守街的自救會成員不過二、三十人，敵方人鬼加起來可有快兩百人，分散成十幾路八面攻巷，牆內守軍顧此失彼。

鞭炮、砸石的手段很快沒用了，賴琨打手也撿了石頭，用數倍人力扔過圍籬，將不少年輕人砸得頭破血流。

「接力、接力！」老獼猴舉著樹枝，領著山魅接力防守，他們不受符籙傳單影響，能在圍籬前後自由穿梭，將一波波逼近的惡鬼和活人打退。

「侯老，擋不住啦，他們人太多了！」有山魅這麼叫。

「爲什麼我們要幫活人守房子？那些人挖我們山時，他們有吭聲過嗎？」也有山魅捱了惡鬼刀子，痛得質疑起來。

老獼猴氣呼呼地說：「笨蛋！六月山下被挖光，那些機器當然就開上山啦！開上山，囚魔洞就守不住啦！」

「可是食人山魅都不在洞裡了，我們還守著洞幹嘛？」

「是老土地神要我守的，他要我守著六月山一帶！」老獼猴氣罵：「六月山有仙氣，要是我們離開了，其他妖魔鬼怪上山修煉成害人妖怪，那怎麼成！」

「妖怪害人關我什麼事？」「對呀！凡人害動物、害山魅時，其他凡人有仗義過嗎？」

「還是有的……」「但是很少，光這山下居民自私自利的就不少！」

山魅們開始起內鬨。

「別囉嗦！大家聽我六月山土地神號令就對啦！」老獼猴攀在高處暴跳如雷，隨手撿石頭往巷外扔。

「你根本不是土地神——」有隻山魅突然這麼說。

山魅們一下靜了下來，都望向出聲山魅，那山魅見老獼猴回頭瞪他，也低下頭，似乎後悔說了不該說的話。

「……」老獼猴靜默半晌，又扔了幾塊石頭，躍下跑遠，去守另一條街。

「侯老……」小傢伙攀在老獼猴背上。「你在哭嗎？」

「沒有呀！」老獼猴吸吸鼻子、抹抹臉，沿路撿了幾塊碎磚，聽哪條巷外有動靜，就扔石頭砸人。

「你不要介意那傢伙的話，他就是嘴巴大……」小傢伙安慰他。

「我才不介意……我沒聽見誰說話啊……」老獼猴這麼答：「我只記得……老土地神進洞時，對我說的話……」

「小獼猴呀，我不放心阿苦一人囚血羅剎，我得幫忙守著石棺，用神力壓著血羅剎。」

「那你什麼時候出來？」

「不一定呀……也許很快，也許很久，也許……總之，如果很久很久之後，你不見我出來，那麼這座山，就交給你啦……」

「交給我？」

「是呀，交給你……記住，除非是天上神仙派來幫忙的使者，否則別讓任何人接近囚魔洞。」

「可是……我又不是土地神。」

「你守護了這座山、守護了山下百姓，當然算是土地神。」

「可是……你進洞裡，那以後誰說故事給我聽？」

「以後呀，就換你說故事給大家聽啦。」

那晚，小獮猴在囚魔洞外大石頭上等了很久才離開。

當時他覺得老土地神應該過兩天就能出來了。

兩天過去了，老土地神還是沒出來，

兩、三個月過去了，兩、三年也過去了。

老土地神還是沒出來。

小獮猴每晚上見月坡看星星月亮的時間，漸漸多過哭的時間。

他開始自己講故事給自己聽，然後講給其他山魅聽。

「從前從前，有一隻猴子……」他眞的不會講故事，他只是爲了一個誓言。

「壞蛋——」老獮猴見有處巷弄裡兩個自救會成員被石頭砸退，圍籬被推歪，惡鬼附著打手往裡頭擠，即刻舉起樹枝衝去支援。「這裡是我的地盤，敢來鬧事！哎呀、哎呀——」圍籬前的符籙傳單被撕去了，惡鬼伸手進來，揪落老獮猴的假鬍子，扯他的嘴、拉他的手，也揮拳毆打他背上的小傢伙。

老獮猴被激怒了，張口狠咬一隻隻鬼手。小傢伙哭著嚷嚷求救：「這邊要被攻破了，快來幫忙呀！」

其他山魅聞聲趕來，幫忙擋著圍籬。

「哇！」「哎呀！」「什麼東西？」圍籬另一邊，打手和惡鬼紛紛吆喝跳腳。有個小影在他們腳邊穿梭亂咬。

「啊！是柳丁！」小傢伙見柳丁在圍籬另一邊衝刺怒吼，東咬一口、西咬一口。

「柳丁你別生我氣，我也不是土地神呀，我只是隻老猴子……我不是爲了當土地神才守山的，我是爲了守山才當土地神呀……六月山是我的家，我們守著自己家，不讓邪魔歪道上山……」老獼猴穿過圍籬，與惡鬼、打手們扭打起來。

「來呀、來呀！」老獼猴越戰越野，不時揪著打手或是惡鬼亂咬，露出凶狠猴樣，揚著兩隻猴爪對著巷外擁來支援的惡鬼、打手咆哮。「不當土地神也沒關係，當隻猴子也沒關係，猴子本來就住在山上，鬼敢來搶山，猴子就和你們拚命！」

「嘎——」柳丁站在老獼猴身前，與老獼猴一齊咆哮，像在附和著老獼猴這幾句話。

貳柒

韓杰拔出火尖槍左右亂刺，刺倒好幾個春花幫惡鬼，見血羅剎大步走來，金牙也領著惡鬼殺來，又扔出兩片尪仔標，蹦出兩隻小豹。

一隻攔阻金牙，一隻直衝空眼。

空眼急急捏符變咒，讓血羅剎轉向攔阻小豹。

韓杰趁這空檔拉著王書語走出會議室。

「現在要去哪裡？」王書語及身中葉子、林國彬，都這麼問。

「談判啊。」韓杰邊走邊從口袋摸出一片尪仔標，揉裂翻出塊金磚，咬破食指在金磚一面畫上血符，唸咒一拍，金磚上的血符迅即透至底部。

跟著，韓杰揉了揉磚，竟像手拉糖一樣，將盒裝豆腐大小的金磚揉成長形棒狀，再折成六截，對王書語說：「兩隻手伸出來。」

王書語伸出手。

「兩隻手。」

王書語伸出另一手。

「裡頭兩個也把手伸出來。」

林國彬和葉子也伸出雙手。

韓杰以透血那指，在自己掌上寫下道符，飛快在林國彬和葉子四手上拍了四下，跟著將六截寫上血符、印章大小的金磚交至三人六手。

「阿杰，這是什麼？」葉子問。

「印章。」韓杰說，見前方廊道遠處、天花板紛紛落下惡鬼衝來，單手提著火尖槍，拉著王書語大步走去。「讀書人沒打過架，當成簽合約蓋章就是了。」

「什麼蓋章？怎麼蓋？」王書語愕然。韓杰一槍劈倒一隻惡鬼，跟著甩混天綾將另一隻捲到眼前。

韓杰掐著惡鬼頸子，湊到王書語面前，催促道：「蓋章還能怎麼蓋？」

王書語、林國彬、葉子三人六手，捏著六顆金磚血咒印章，一齊往惡鬼臉上蓋去。

「呀——」惡鬼臉上被蓋上六枚十元銅板大的焦印，耀出金光。

「知道用法了吧。」韓杰扔下那滿臉印的惡鬼，挺起火尖槍刺倒幾個從牆鑽出的惡鬼，感到身後濃厚凶氣，回頭見血羅剎扯裂一隻小豹後凶猛竄來，便挺槍往那刺。

血羅剎一把抓住火尖槍，雙手立刻被火尖槍紅纓繞上燒灼。

綠孩兒面具底下的血羅剎發出痛楚呻吟。

卻不鬆手。

因爲綠孩兒不讓他鬆手。

血羅剎頭盔底下的面具上，兩條彎彎的瞇瞇眼陡然睜開，咧嘴尖笑，緊抓韓杰火尖槍不放。

韓杰見金牙領著惡鬼左右殺來，正想放開火尖槍，剛放開右手，左手就被幾條青絲捲上——

青絲是血羅剎那身青銅甲冑上的縫線，是大枷鎖綠孩兒的一部分。

「唔！」韓杰瞪大眼睛，他的左手像被烙鐵捲著，登時燙得焦紅。

「哈哈，你完啦！」金牙舉著獵刀，大步衝來朝著韓杰亂斬。

韓杰左手抓著火尖槍，右手舉起乾坤圈格擋。

「年爺這綠孩兒是陰間最好的幾副大枷鎖之一，不但能抓山魅，還能抓人，甚至連神仙都能抓。」金牙哈哈大笑，格開乾坤圈，朝著韓杰身上捅了幾刀。

他的刀子插在韓杰外套上，卻是捅開一陣陣光圈，竟刺不透韓杰外套——韓杰外套內的金符發揮了效用。

「大老闆忘了準備幾把陽世刀子嗎？」韓杰哈哈一笑，抓著乾坤圈一拳擊在金牙嘴上。擊歪他好幾顆金牙。

「呀——」綠孩兒咆哮，血羅剎身上的甲片竟一片片飛脫，拖著青線沾上韓杰身子。

猶如一塊塊烙鐵。

燙出一團團青火。

「你死定了……」金牙摀著嘴巴站起，嘻嘻笑著說：「綠孩兒其實是團鬼火，能把你活活烤熟。」他說到這裡，見韓杰又摸出一片尪仔標，正想上前補刀，被一個東西飛來砸在臉上，哎呀退開，感到臉上炙熱燒灼，還發出金光。

他低頭見顆東西滾到腳邊，是黃金印章。葉子見韓杰陷入苦戰，扔來相助，不偏不倚在金牙臉上蓋了個印。

「哎呀……」韓杰皺眉苦笑，將尪仔標擲在地上，回頭對葉子等人說：「別幫倒忙，保護好自己，等我幾分鐘。」

更多青銅甲片沾上韓杰身子，燙出青森鬼火。

但零零星星的青森鬼火，隨即被韓杰擲在腳下的尪仔標揚起的火海吞沒。

「就憑這點火……」韓杰哼哼冷笑。「也想烤熟我？」

九條火龍爬上韓杰全身，啃咬起一片片甲片，三昧眞火四面燒開，將他連同血羅刹一同淹沒。

金牙捣著被蓋了印的臉，讓三昧眞火逼得退回空眼身前，嚇出一身冷汗，知道剛剛要不是葉子擲印章燙退他，他便要與韓杰、血羅刹一同身陷火海了。

兩隻先前蹦出的小豹，一隻護衛王書語退到牆邊，一隻替葉子撿回金磚印章。葉子見王書語身後壁面有鬼鑽出，立時對著牆上蓋章，蓋出一圈光咒，將鑽牆惡鬼卡在牆裡燒灼。

王書語和林國彬見這印章還能蓋牆擋鬼，便七手八腳到處蓋印。

「呀——呀——」血羅刹面具上的綠孩兒臉面從微笑轉變成驚恐，被三昧眞火燒得再也受不了，終於讓血羅刹鬆手放開火尖槍後退，雙腳卻不知何時被混天綾纏上動彈不得。

九條火龍咬落韓杰身上甲片、扒斷手上青絲，一條條轉去捲上血羅刹身子。

「欲妃的地獄火都燙多了。」韓杰上前一把抓住血羅刹臉上的面具想強摘下來。

「呀——呀——」綠孩兒開始哭了。

「拿我的狙擊槍打他！」空眼大吼。

「嘖！」金牙摘下他背上狙擊槍，對著韓杰擊發；韓杰挪移身子，將兩公尺高大的血羅刹當成掩體躲在後頭。

金牙舉槍往前，捲著血羅刹身子的九條火龍頭紛紛轉向他們張牙舞爪。

韓杰手抓綠孩兒面具，令混天綾循他胳臂鑽進面具內側，將火尖槍往地上一插，又摸出尪仔標往腳下一擲，替雙腿上裝上風火輪，抄回槍往後疾退。

「阻止他——」空眼怪吼。

金牙只好咬牙衝過火海，阻止韓杰摘面具。

但韓杰腳下風火輪催足全力，縱身一蹦，雙腳踏上血羅刹胸口，身子一撐，啪嚓一聲硬生生扯下面具，整個人往後飛射好遠。

綠孩兒面具被韓杰用混天綾綑著拖在空中，像個溜溜球亂彈卻掙脫不了混天綾束縛。

韓杰在空中刺出一槍，一擊粉碎面具。

然後落在王書語身旁。

九條火龍拖著血羅刹撞上空眼。

「燒光這些鳥蛋！」韓杰彈了記手指，火龍紛紛爆炸，三昧眞火轉眼滾遍整條廊道、壁面、天花板和周圍房間，將血羅剎、空眼、金牙及春花幫惡鬼全捲入火海。

「那傢伙法寶好厲害呀……」金牙遁入地板，落下下方樓層，哀嚎撲拍身上的三昧眞火，轉頭見到其他夥伴也和他一樣，身上滾著火慘叫亂竄。

但那些夥伴一個個被摘落腦袋、扒裂身體。

空眼雙手還提著符，只有上半身——被血羅剎倒提著，血羅剎身上也燃著火，但很便快熄了。

金牙發現血羅剎轉頭看他，毛骨悚然，立刻再往下飛遁，接連穿過好幾層樓。但他發現不管自己下幾層樓，血羅剎都在他前方，且愈加接近他。

血羅剎揪在手上的空眼也越來越「少」。

最後，血羅剎大手一把抓住金牙胳臂，賊兮兮地盯著他。「你身上……還有沒有藏著那……厲害的……怪衣服呀？大……枷鎖？」

「有！」金牙猛然一喝，又掏出兩管針筒要往頸上插，同時急叫：「你快放手，不然大枷鎖就要——」

血羅剎抓住金牙持針筒那手，好奇問：「你又拿這東西插自己？這到底是什麼？你那大枷鎖，藏在哪裡？你身邊沒東西呀……」

「大枷鎖在我身中……」金牙說：「我這針筒是……是……」

「又想騙我！」血羅剎一巴掌拍在他臉上，拍扁他鼻子，將他三魂七魄都拍飛大半。

「你當我笨蛋啊……」

「我……」金牙捱了一巴掌，自知逃不了了，咧嘴苦笑，笑出一口歪歪斜斜、七零八落的金牙。

然後被血羅剎咬斷脖子。

「好身體……」血羅剎抹抹嘴、抓抓臉，仰頭往上看，嘻嘻笑了起來。「從來沒見過……這麼厲害的身體……」

□

「大老闆在樓上辦公室是吧？」韓杰用混天綾捲著王書語直奔最高樓，見到方董和幾名祕書、律師驚恐擠在電梯前等電梯，哈哈一笑，倏地竄去拍了拍方董肩膀。「不是要我們上來繼續談？怎麼要走啦？」

方董還沒答話，就被韓杰拉回他那豪華辦公室裡。

幾個祕書、律師追來想救人，被韓杰一個個揍倒在地。

韓杰望了辦公室裡幾面螢幕，上頭是大會議室和周邊廊道景象，知道他們都瞧見了底下經過，冷笑說：「你們也看到啦，吃人妖怪在你們公司亂跑，不想死就快逃，逃得掉算你們命大，逃不掉——」韓杰說到這裡，拍了拍方董的臉，說：「怪你們老闆。」

幾個祕書、律師互望了望，莫可奈何，急急跑遠。

韓杰提著方董往辦公室裡走，將火尖槍插在地上，回頭對王書語說：「四處蓋些章，別讓鬼進來妨礙我跟大老闆談判。」

「對！」王書語立刻關門蓋章，林國彬和葉子也飛出來幫忙，在牆上、地板上蓋出一圈圈光圈，連天花板也不放過。

「王律師！」方董嚇得朝王書語大叫：「你們想幹嘛？」

「……」王書語一時不知如何答話。

「你別誤會。」韓杰揪著方董，「我只是陪她來，我另外有自己的任務要找你，跟她無關。」

「你找我？你……你到底是誰？」方董問。

「你不是知道嗎？我做乩童的，替神明做事啊……」韓杰說：「你跟陰間奸商勾結，買一堆鬼上來欺負活人，我是奉命來揍爛你的，只是那大律師堅持要先跟你談，她是讀書人，她相信可以跟你講道理，結果你讓她失望了。所以不好意思，現在輪到野蠻人跟你談了。」

「你……你想怎麼談？」方董驚恐說。

「剛剛有人說，這個世界像個叢林，只要有用的手段就是好手段對吧。」韓杰望著方董，笑了笑，一拳勾上他側腹。「我這手段如何？」

這拳不輕不重，剛好將方董兩條肋骨微微打裂。

「哇——」方董慘叫起來，「咳咳、咳咳咳！你不是……要談？幹嘛打人呀？咳咳咳！」

「你有爪有牙，我有拳頭，你的爪牙是你本事，那我的拳頭呢？回答啊。」韓杰問。

韓杰又往方董側肋打了一拳，一模一樣的位置。

「哇啊——咳咳、咳咳咳！」方董痛得乾嘔起來，痛苦望著王書語說：「你……你們想用暴力逼我放棄這案子？」

「韓杰——」王書語來到韓杰身邊，想阻止他打人。「夠了！」

「夠了？」韓杰瞪著她。「妳談妳的、我談我的。妳跟他談完了，換我跟他談啊。」他轉頭又對方董說：「我直接一點好了，我沒讀什麼書，你買地蓋房子對這世界好不好我不知道，你開山蓋別墅環不環保我也不知道，但我知道你買黑道整活人不對，買鬼上來殺人不對……」

韓杰說到這，望了王書語一眼，莞爾說：「大律師，他動用這麼多凶神惡煞殺妳殺我，我只打他兩拳而已，怎麼變成我是壞人一樣？」

「……」王書語一時無語。

「韓兄。」林國彬突然開口。「是他不好，但這就是你和他不一樣的地方。」

葉子也開口：「阿杰……我們回六月山看看老猴子和小柳丁好不好……我希望在最後一刻，你是開開心心的……」

「好。」韓杰點點頭，拍拍方董的臉，對他說：「算你走運，我女朋友替你求情，所以我文明點跟你談好了。」他說到這裡，望了王書語一眼，問：「妳剛剛開哪兩個條件？」

「一、提出讓剩餘住戶滿意的價格，或是更改建案設計……」王書語立時說：「二、重做六月山環評。」

「妳……妳想獅子大開口，那我……我大可擱置這案子！」方董不甘心地說：「現在拆得跟廢墟一樣，我不造新市鎮，這地方只有死路一條，大家來比氣長！」

「方董，你當我三歲小孩？」王書語冷冷地說：「你那些還沒蓋成的房子，預售出一半以上了，這案子你要擱置，到時候你拿什麼交屋？沒收到後續款項，你其他案子怎麼周轉？比氣長是吧？行，要比就來比！你儘管擱置！最後十幾戶人家如果你沒本事花錢買下來，我也絕對不會讓你用其他手段得手。」

「你……你們……」方董氣得臉色一陣青、一陣白。

「聽到沒？大老闆，你嫌貴就他媽別買！接下來王律師會跟你談價錢，住戶滿意她就滿意，她滿意我就滿意，她不滿意我會再找你談，談到我滿意爲止。」韓杰又拍了拍方董的臉。「再來，六月山也別環評了，你別動六月山，最多——我讓你把那條登山步道修好，讓你蓋間廁所，讓山下老人家早上沒事做可以上山蹓躂散步。」

「什麼！那怎麼行！」方董還在爲第一個條件咬牙切齒，聽韓杰說不准他開發六月山，氣得又要抗議，激動之餘牽動肋骨傷勢，哀鳴幾聲。「整……整個六月山開發案是一體的，你不讓我開發六月山，少了觀光纜車、度假山莊、遊樂區，那我山下大飯店、高級住宅要賣給鬼啊？」

「行啊！你高興賣給鬼就賣啊，關我屁事？」韓杰冷笑，「總之我告訴你，六月山上有個仙洞，躲著不少山魅，他們奉命守著山和洞，你要開山，他們就會下來找你麻煩，他們找你麻煩，你又要請鬼打回去。你請鬼，等於找我麻煩，你找我麻煩，我應該怎麼回報你呢？」韓杰邊說邊用拳頭輕敲方董的臉。

「你……你們這樣，還說不是用暴力威脅我？」方董怒急攻心。

「威脅你又怎樣！」韓杰瞪大眼睛，揪著方董領子將他按在辦公桌上，用拳頭抵著他的臉，說：「你不是說這世界像叢林一樣，成王敗寇？你請黑道威脅人就行，我威脅你就不行？你的威脅有特權嗎？對你有利的招才能用，對你不利的招都不能用？規則你說了算嗎？你贏的時候得意洋洋笑別人輸家，那你現在輸了，又哭哭啼啼怪我欺負你？開口閉口叢林法則、適者生存……大老闆，你眞的待過叢林嗎？」

韓杰用拳頭推了推方董肋傷處。「我懶得再跟你囉嗦，先把你派去六月山下那些王八蛋叫回來吧……」

「咳……咳咳……」方董被韓杰壓在電話前，強忍著斷肋劇痛拿起電話，顫抖地撥了號碼，聽了半晌，無奈說：「打不通……」

「打不通？」韓杰瞪大眼睛。

王書語拿出手機撥號，果眞撥不通，急急地問：「怎麼回事？怎麼每一家電話都撥不通，你做了什麼？」

「啊——」方董見韓杰又要搥他裂肋，嚇得慘叫：「我……我……是賴琨！賴琨他找人弄倒附近基地台、挖斷電話線……現在電話打不進去啊！」

「什麼？」王書語驚駭怒叱：「斷他們通訊？你想幹嘛？」

「我只是……」方董感到按著自己脖子的力道越來越大，慘叫哀求。「只是想派鬼附身讓住戶簽下同意書就好，我也不想把事情鬧大，我也怕有人死在我的建案裡呀……」

「不想死在你建案裡，死在其他地方就行？昨天我才救了三個活人上來，就是被你的人賣下去的！少裝無辜！」韓杰在方董骨裂的地方又敲一拳，翻過大辦公桌拔起火尖槍，催動腳下風火輪，盯著六月山那頭，思索對策。

「我們現在回去幫忙？」王書語奔到韓杰身邊。

「不行。」韓杰搖搖頭。

「不行？爲什麼？」

「我得解決那傢伙。」

「你說方董？剩下來的條件細節，我之後再跟他慢慢談呀，現在先得……」王書語焦急望向辦公桌，發現方董急急忙忙想往外逃。

方董剛奔到門邊，身子陡然一僵，轉過身來，神情像換了個人，抓抓頭又摸摸臉，瞅著韓杰笑了起來。「這個身體不好……太老……還是你的身體比較好……你是修行之人……」他說完，又望向王書語。「妳的身體……看起來好吃……」

是血羅剎附上方董身子。

「嘻嘻……我要用你的身體……」血羅剎望著韓杰，指指王書語。「吃她。」

「嗯。」韓杰揚起火尖槍，對血羅剎張開胳臂。「你來啊。」

「……」方董歪頭歪腦往前走了兩步，又退回來，有些猶豫。「可是……我曾經碰過一個……騙我上身，然後關了我好多年的傢伙。」

「幹嘛？你怕我跟他一樣？怕就算啦。」韓杰冷笑指著方董說：「你用這傢伙吃人也不錯，反正他吃人不吐骨頭。」

「啊？這老頭也會吃人？」血羅剎張嘴，摸了摸方董口中牙齒，說：「我不要這老頭……他的身體糟……你身體好……你是我見過……身體最好的修行之人……我要你的身體……」

「是呀，我的身體眞的不錯，是太子爺用蓮藕……」韓杰用拳頭搥搥胸口，像是叫賣東西般。

但他還沒講上幾句，血羅剎突然掀起門邊一張茶几，往他砸來。

韓杰沒料到血羅剎說打就打，狼狽閃過茶几，又見血羅剎附著方董，尖笑朝他撲來，緊急一拳將方董擊倒在地。

茶几砸碎了落地窗，伴著漫天碎玻璃暴雨般墜落下樓。

韓杰拳頭正中方董鼻子時，瞬間察覺血羅剎已離開方董身子，他回頭，見血羅剎眞身攔腰摟住了王書語，抱著她一躍飛出窗。

「啊——」王書語連同身中葉子、林國彬，本來注意力都放在韓杰和方董身上，下一秒被血羅剎拉到高空中，嚇得全然無法反應。

「哇！好燙手，妳也是修行之人？」血羅剎嚷嚷，感到自己像抱了團火——王書語外套底下的金粉符籙和裹在身上的混天綾同時發威。

血羅剎正自愕然，火尖槍迎面射來，他本能鬆手拋開燙手的王書語俯身避開。

他竄在空中，見韓杰飛身撲出窗外要接王書語，也轉向搶人。他在空中速度比韓杰更快，大爪一揮就要撈中王書語身子。

但韓杰遠遠甩來混天綾，早一步捲上到王書語袖口竄出的混天綾，兩條相連纏捲，瞬間緊縮，硬是將王書語身子拉離血羅剎這記抓扒範圍。

血羅剎只撈到一個小符包，是林國彬買給王書語的避厄符。

時間彷彿瞬間凍結——

葉子盡量將王書語的手伸長，希望能更早觸著遠遠撲來的韓杰的手。

她透過王書語的眼睛，盯著兩條火紅相連的混天綾，捲著韓杰和王書語的胳臂。

她瞧見王書語提包飛騰在空中，那朵心花在失重中飄出，在擺盪的火紅混天綾間閃閃發亮，令她想起再見商店裡，店員說的——

「剛好這心花的花語，就叫作『紅線』。」

血羅剎再次往前撲抓，他飛撲速度與王書語被混天綾拉飛的速度相近，赤紅大爪筋脈浮凸再度逼近王書語——

被林國彬在大爪上蓋下一枚滾燙金印。

胸口又重重捱上韓杰擲來的乾坤圈。

同時，血羅剎還抓在手上的避厄符發出光，葉子藏在符包裡的豹皮囊尪仔標炸開，小豹在空中翻成大皮袋子，一口罩住血羅剎上半身。

韓杰終於拉到王書語的手，抱住她的身子，令兩條混天綾筆直往下打，先打著地面緩衝減速，最後踏著風火輪安然落地。

火尖槍倏地飛回插在他面前的柏油路上，乾坤圈也隨即套上火尖槍尾端叮噹旋動。將一輛計程車嚇得遠遠便踩了煞車。

「帥呆了！阿杰——」葉子尖叫，操縱著王書語的雙手緊摟著韓杰脖子要親，卻被王書語搶回控制權抗拒。「喂！」

「你們先回去……」韓杰放下王書語，拔出火尖槍，盯著落在對街路燈上的血羅剎。血羅剎扯爛了豹皮囊，舔舐著手背上發光金印，雙眼殺氣騰騰。

「這傢伙有點棘手……」韓杰手舉著火尖槍，拉著王書語，來到計程車邊，開門將王書語推上車，還從口袋掏出兩片豹皮囊尪仔標扔進窗。

「小……小姐你們拍電影啊？」計程車司機嚇傻。

「對……拍電影。」王書語不知如何解釋，只好隨口胡扯。「司機先生，麻煩你去六月山下。」

「那……我入鏡了嗎？」司機呆傻傻地問。

「快開車啊！」韓杰繞到駕駛座旁，焦怒拍了拍車門，司機驚得連忙開車。

「阿杰，你要小心——」葉子回頭對韓杰大叫。

血羅剎見計程車開動，立刻在街燈、路樹上飛躍追車。

韓杰也催動風火輪，快馬加鞭竄去攔阻。

「大山魅，你不是要我的身體？追她幹嘛？」韓杰怒罵。

「她看起來好吃啊！」血羅剎嘿嘿笑，回頭就見韓杰挺著火尖槍刺來，驚慌轉向，竄過一條暗巷，遁入一處公寓中。

韓杰追到公寓旁，捏出尪仔標化成金磚，踩著風火輪在公寓側面畫上一片大咒。

不一會兒，就聽血羅剎呀呀抱怨符光刺眼、符音惱人，倏地從公寓頂樓竄出，往山野方向飛竄。

「你到底要不要我的身體？」韓杰一面追、一面問。

「要呀……」血羅剎不時回頭。「但我以前……碰上個……狡猾的傢伙……騙我……」

「那你到底想怎樣？」韓杰赫然停下不追了。

血羅剎也停下，笑嘻嘻地伏在遠處。「再厲害的身體……也還是凡人肉身……」

「你想等我累了，再來附我身？」韓杰哈哈笑。

「對呀……」血羅剎嘻嘻一笑。「還有那些奇怪的小紙牌……」

「別怕，快用完了。」韓杰拍拍口袋，思索著怎麼逮血羅剎，想沒多久，又繼續疾催風火輪再追。

血羅剎呀哈一聲，拔腿狂逃。

貳捌

「包圍、包圍，別讓他們再躲回去呀——」賴琨坐在車上督軍，遠遠盯著老獮猴等翻牆出來游擊的山魅，被惡鬼和打手團團包圍。「繞回正面看看……啊？來的是誰？」

他見遠遠有輛機車駛來，車上兩人大叫大嚷。是馬大岳和廖小年。

「大哥，剛剛好像看過那傢伙！」手下司機說。「剛剛見他是一個人，現在載了個人回來。」

「啊？那傢伙是自救會的人？載了個人回來？」賴琨一臉困惑。「是去搬救兵？」

「可能吧。」司機說。

「就搬到一個救兵啊？」賴琨和幾個手下一齊哈哈大笑。

「要不要去攔他？」司機問。

「當然要！」賴琨大笑。「我倒想知道那是啥救兵這麼厲害。」

廂型車陡然轉向，往馬大岳機車衝去。

□

小張家前長巷中，開著小發財車的大叔被打手擲來的磚砸破了頭，逃到後方。少了小發財衝撞，打手和惡鬼持續撕符推進。

幾個自救會成員用光沖天炮，只能與山魅扔著零星磚頭拖延時間，掩護惡鬼推進。左側廢樓裡，不時傳出追逐打鬥聲。

陳亞衣胳臂多了道口子，鮮血淋漓，是被秀萍用西瓜刀劃出來的。

陳亞衣又閃兩刀，終於抓住秀萍一雙手腕，和她僵持起來。

苗姑飛竄到秀萍背後，摘下自己的小紅袍，蒙住她腦袋，猛地往後拉，想將秀萍的魂硬扯出身。「出來——」

「不——」秀萍發出尖嚎，力氣愈漸加大。

「妳不知道自己已經死了嗎？」陳亞衣鼓足黑面神力朝著秀萍怒吼。「為什麼甘願替壞蛋害人？」

秀萍讓陳亞衣怒吼震波一震，全身發顫，仍死命抵抗。「我沒死！我活著！我兩個孩子還在家等我回去！」

「兩個孩子……」苗姑呆了呆，隱約明白她的魂魄死撐著不離體的原因。

「就算是為了孩子，也不能害人呀！」陳亞衣又怒吼幾聲，吼得嗓子都啞了，仍吼不出秀萍魂魄。

「亞衣。」苗姑突然說：「過去我碰到不怕黑面的鬼，有時會試試換張臉。」

「換張臉？」陳亞衣似懂非懂，抓著秀萍雙腕，側頭用額抵著綁在胳臂上的奏板，說：

「稟告媽祖婆，這兒有隻不怕罵的惡鬼，她的心病了，請賜我白面神力——救她的心。」

陳亞衣說完，抬起頭，整張臉泛起白光，周身散出一圈圈雪白波瀾。

秀萍被陣陣雪風吹過身子，稍稍平靜下來。

雪光拂過秀萍身子，令她身軀、胳臂上那密密麻麻的奇異符籙也閃爍起詭譎紫光。

「不是她不怕黑面神力。」苗姑啊呀說：「是這些毒咒束縛著她。」

「好。」陳亞衣深深吸了口氣，往秀萍左胳臂一吹。

左臂上閃耀著紫光的奇異符籙，被雪白冰風一吹，登時黯淡許多，最終消散褪盡。

陳亞衣感到秀萍左手的力氣漸漸小了，便加足力氣鼓動白光吹散她全身毒咒。

「妳有幾個孩子？」苗問。

「兩個……」秀萍答。

「男孩還是女孩？」

「一男一女。」

「多大呀？」

「哥哥八歲、妹妹七歲……」

「乖不乖呀？」

「他們……很乖……我想要……看著他們平安長大……」

「妳盼孩子平安長大，就別幫壞人害人呀，妳的孩子會希望他們媽媽是個殺人屍嗎？」

「我……我沒辦法……」秀萍哀淒哭泣，雙手一鬆，西瓜刀落地。

苗姑鬆開蓋著秀萍腦袋的小紅袍，將紅袍披上她的肩，雙手按著她肩，在她耳邊說：「我們會想辦法替妳安頓孩子，妳下去後，循正常管道買著許可證還是能上來看他們。」

「別讓……」秀萍閉上眼睛魂魄跪了下來，悲淒哭泣。「張嬸罵他們呀……」

陳亞衣捧著秀萍臉龐，鼓嘴往她臉上吹風，秀萍雙眼迷濛，猶如身陷夢境，全身漸漸放鬆，終於被苗姑拉出肉身。

「睡吧。」苗姑捂住秀萍雙眼，伸手在她後腦勺上施了道咒，令她沉沉睡著，將秀萍收進紅袍子口袋裡，重新穿上紅袍。

「外婆——」陳亞衣奔回巷弄中，惡鬼與打手們已推進到小張家前方不遠處，和幾個自救會成員互擲起磚頭。

她喊了幾聲，不見苗姑回應，轉頭一看，秀萍竟持一雙西瓜刀尖叫衝到她背後，嚇得她撲倒滾開，卻聽秀萍尖笑幾聲，沒有斬她，而是高高躍起，翻出廢樓破窗，殺進廢樓長巷——是苗姑附上了秀萍肉身。

「呀哈哈哈！」苗姑附著秀萍，持著雙刀亂斬起來。

「哇！」「她不是羅壽福的活屍嗎？怎麼轉向打我們？」「這活屍造反啦？快叫羅壽福過來啊！」賴琨打手驚駭叫喊，被苗姑一人殺退好遠。

「外婆！」陳亞衣急急追出，就怕苗姑出手過重砍死人。「妳幹嘛，別胡鬧！」

「我用刀背呀，刀背又斬不死人！」苗姑呀呀笑著，持刀用刀背亂劈——西瓜刀上寫有符籙，本來是要用來斬山魅的，此時被苗姑用來一併打惡鬼。

□

「啊！」廖小年揹著個大箱，坐在馬大岳機車後座，見兩輛廂型車急駛而來。「大岳，小心，車上是那些黑道！」

廖小年有時能夠從很遠的地方看見想看的東西。

「我知道，早聽見他們說話了！」馬大岳則能聽見一般人聽不見的聲音。他突然問：「那你怎麼沒看見火車上扒走你錢包的傢伙？」

「我看見啦！」廖小年無奈說：「可是火車上人多，他一到站就跑下車了，我追不上他……我急著趕來，難道要報警去做筆錄嗎？」

「抓穩啦——」馬大岳一個甩尾，轉進拆遷工地裡，在廢棄建材中亂繞。

賴琨那兩輛廂型車被擋在建材外，一群小弟只好下車包圍，還吆喝著鄰近惡鬼一齊包夾逮人。

「哇，鬼飛好快！」馬大岳東張西望怪叫起來：「小年，你身上有帶符嗎？」

「有喔！」廖小年嘿嘿一笑，神祕地拍了拍背後大箱。「而且我還帶了……呀！」一拍才發現背後大箱掀蓋開了，箱裡空空如也。「怎麼不見了？」

「這邊圍籬倒了，快叫人來幫忙，一口氣衝進去！」

打手見老獮猴和柳丁凶猛擋著小巷死不讓路，喊來鄰近惡鬼打手，舉著棍棒往巷裡衝。

「嘎、嘎嘎——」柳丁發怒見人就狂咬。

「當野猴子比當土地公過癮多啦！我想起來了，老土地神曾經講過一個故事，是隻好凶好狂的猴子……也是山魅，起初闖了大禍，最後迷途知返，受封成神……他……他叫什麼來著呀……」老獮猴搶下一根棍棒亂打，想起古今猴子界裡一位英雄人物。

磅的一聲，老獮猴腦袋捱了打手一棒，搖搖晃晃又被惡鬼砍了兩刀。

小傢伙撲到打手身上，勒著他頸子對他耳語，催眠指揮他反打同伴。小傢伙這迷惑幻術頗有造詣，但本身不擅打架、動作也不快，被惡鬼繞到背後斬了兩刀，嗚嗚大哭。

老獮猴吼叫撲來，揪回小傢伙，揹著他且戰且退、亂咬亂打。

後頭幾隻山魅都被惡鬼撲倒，防線漸漸崩潰。

老獮猴滿臉鮮血，提著小傢伙狼狽往後逃，慌亂喊著：「柳丁、柳丁？」

「嘎——」柳丁還擋在巷裡不退。

「回來！」老獮猴大喊：「別逞強硬拚，撤退！」

「嘎！」柳丁怒吼拒絕聽令，對著來敵拚命揮爪。

老獮猴過去講過各種虎爺的故事，讓他對虎爺作戰的英姿懷抱無限憧憬，心想有朝一日，自己也能像故事裡大大小小的虎爺一樣，一爪揮出就扒倒一片惡鬼，一口咬下就能啃裂邪魔。

直到今日黃昏前，他都不知道，原來自己的小爪子永遠也長不了那麼大，自己的小嘴巴永遠沒辦法一口塞進一顆眞正的柳丁。

自己的叫聲，永遠和虎不一樣。

但是長不大的小爪子還是能扒鬼，一爪扒不死，就多扒幾爪。

他被惡鬼一腳踢飛，在空中打了個轉，踩著牆蹦到另一隻惡鬼頸子上，狠狠一咬——

一口咬不死，就多咬幾口。

他咬了好幾口，對著惡鬼耳朵猛一吼——

吼叫不夠大聲，就貼著耳朵吼。

「哇！」惡鬼被柳丁在耳旁一哮，當眞感到頭暈腦脹。

「這小貓好兇啊！」「踩死他！」惡鬼、打手們紛紛舉起手上棍棒，衝向柳丁。

一個打手持著符籙棍棒，打高爾夫球般，一棒掄在柳丁臉上，將柳丁打飛好遠，滾到老獼猴腳邊。

柳丁立時掙扎站起，朝著來敵厲聲咆哮——

哮出一聲氣勢萬千的貓哮。

將飛竄來的打手和惡鬼都嚇得停下了腳步。

「嘎、嘎嘎嘎——」柳丁覺得自己威風極了，不顧老獼猴攔阻，搖搖晃晃再次出戰揮爪。

開。

或許是錯覺，柳丁覺得自己爪子變厲害了，每記小爪揮出，都會將眼前惡鬼嚇得驚呼跳

一隻惡鬼斜斜衝來，舉刀要斬他，他飛蹦起來，在惡鬼身上拍了好幾爪——

惡鬼身子裂開幾道巨大深長的裂口。

「嘎！」柳丁猛地一驚，有些回神，困惑盯著自己的小爪，不明白怎麼會有這種威力。

下一秒，他見到一旁牆上，自己的影子稍稍大上一號。

又下一秒，他發現，那不是他的影子。山魅沒有影子。

那是隻橘色大貓的影子。

大橘貓優雅走過柳丁身邊，望了他一眼，繼續往前走。

「嘎——」柳丁瞪大眼睛，不可思議地望著大橘貓的背影，彷彿看見大橘貓身子裡的傢伙——

還有幾面自頸際垂下的金牌，和背後揚開的虎皮大袍，都是柳丁夢寐以求的東西。

橘貓將軍吸了口氣，朝惡鬼和打手猛地一喝，吼出一聲尖銳貓哮。

「哇——」巷弄裡的惡鬼們彷彿被颱風迎面掃過，貓哮颳到了面前便轉變成虎吼，震得惡鬼們齒顫膽裂。將軍凶猛衝進惡鬼群中，四面揮爪，小小的貓爪外不時閃現巨大虎爪光影，所及之處響起陣陣惡鬼慘叫。

活人打手揮棒想打將軍，也被將軍撲在身上亂咬。

「嘎！」柳丁見到偶像般，亂叫追著將軍屁股，幫忙啃咬東倒西歪的惡鬼敗軍。

「啊，快回來……」老獼猴領著小傢伙等山魅追出幫忙。

□

「亞衣姊──劉媽家的貓跑不見了，怎麼辦？」」

「小年坐了半天火車，揹了個空箱子來！哇哈哈哈……」

一輛機車蛇形衝入廢樓長巷，後座廖小年撒光最後幾張符，被隻惡鬼飛來掐著頸子，嚇得怪叫掙扎起來。

機車擦撞過幾個活人打手，馬大岳再也穩不住車身，緊急煞車翻倒，和廖小年滾出老遠，倒在陳亞衣面前哀號。

苗姑附著秀萍，躍在馬廖二人前方砍人斬鬼，擋下追兵。

「混蛋，你們有夠慢耶！」陳亞衣此時已恢復成黑臉，和苗姑協力鎮守長巷，見馬大岳終於接回廖小年，忍不住抱怨。「東西帶來沒？」

「帶了、帶了……」廖小年掙扎起身，放下背上的大箱子，從籠蓋內側取出一個牛皮紙袋和兩個紅包交給陳亞衣。

「這就是媽祖婆那道急令？」陳亞衣從牛皮紙袋裡翻出一張大符，又盯著兩個紅包。

「這又是啥？」

「亞衣姊，貓、貓不見了……」廖小年哭喪著臉，他倆剛剛被惡鬼追車，廖小年本來想放將軍出戰，結果將軍搶先一步自己開箱子溜出。

「什麼貓呀？你說將軍？」陳亞衣抓著大符和紅包吼退惡鬼，托起摔傷的馬、廖兩人往小張家方向退。

賴琨領著更多追兵攻進長巷，見陳亞衣退遠了，但「秀萍」還攔在長巷中段擋著己方人鬼，氣得轉頭大罵。「羅壽福呢？他那活屍怎麼在打我們的人？」

羅壽福被打手找著押來，見秀萍動靜，驚恐施咒，大叫大嚷：「秀萍、秀萍，妳怎麼啦？」

「呀！」秀萍搖頭晃腦地朝羅壽福奔來，一連搧倒好幾隻惡鬼，衝到羅壽福面前，揪著他就是一陣暴打。「你猜猜呀！」

山魅和自救會成員見敵方內鬨，陳亞衣則退了回來，都不明白發生什麼事，紛紛上前問。「他們怎麼回事？」

「別管他們，有沒有打火機？」陳亞衣抖開那張大符，抓著紅包問廖小年。「這紅包到底是什麼？快說啊？」

「亞衣姊！劉媽的貓……」廖小年弄丟將軍慌亂得不知所措，突然尖叫一聲，遠遠將軍繞來，後頭還跟著柳丁。「將軍，你什麼時候跑來啦？」

一名自救會大叔拿了打火機過來。

陳亞衣令他點火，燃了大符高高揚開。

「這是什麼符？」大叔問。

「這是媽祖婆的急令。」陳亞衣答，跟著將符高高一拋，轉頭對長巷那方喊道：「外婆，別打啦！符已經燒了，接下來，就換人接手啦——」

「哼！」苗姑瞪著鼻青臉腫的羅壽福，倏地離身，高高飛起，往陳亞衣那兒退去。

秀萍屍身登時癱軟倒下，重重壓在羅壽福身上。

「發生什麼事？」賴琨還不明白此時情況，見陳亞衣不再死守長巷，只當她負傷怯戰，吆喝一聲領著活人惡鬼一舉往前攻去。

燃火大符飛空飄揚，直至燒盡。

陳亞衣吩咐眾人後退，抓著紅包質問廖小年：「快說這紅包到底是什麼啦！」

「紅包？啊！對……」廖小年連忙回答：「千里眼大哥說，這兩個紅包是媽祖婆要我帶來給這裡的土地神和下壇將軍的……」

「這裡的土地神和下壇將軍？」陳亞衣啊了一聲，和山魅們一齊盯向滿身是傷的老獼猴和柳丁。

賴琨大軍推進到小張家門前十餘公尺處，兩側廢樓鐵捲門上大符突然發出閃閃金光。本已破舊的鐵捲門，隨著金光閃耀竟變得更破、更舊。

轟隆隆一齊向上炸開，門後颳出陣陣焦風。

「啊！」賴琨人馬紛紛停下腳步，逐漸揭開的鐵捲門後，佇著大隊牛頭馬面，和一輛輛黑頭大車。

這幾日千里眼盯著廖小年在劉媽家抄公文，讓劉媽燒下陰間，知會各路城隍府集結人力，又通知陳亞衣在幾面鐵捲門畫上專屬號令，最後讓廖小年帶著急令趕來「開門」。

這幾路城隍中，自然不乏與年長青有點交情的。

但陳亞衣事先抵達六月山蒐證，加上年長青擄活人事跡敗露，幾個過去與年長青有勾結的城隍，見媽祖婆公文下來，也只好撇清關係，撥足人力支援。

俊毅那路城隍府的牛頭馬面最先帶頭衝進長巷。

張曉武甩開甩棍，大步走向前方目瞪口呆的賴琨。

「癩皮狗，又見面啦。」張曉武嘿嘿笑地說。

「你……你是……」張曉武戴著牛頭，但賴琨聽對方說話語氣，還叫他「癩皮狗」，立時知道眼前這牛頭就是他十年前死對頭。「張曉武……」

「喲！」張曉武大步上前，一棍劈倒一個擋路惡鬼。「你老了，但記性還不錯。」

「曉武哥，你在幹嘛？快幫忙呀！」顏芯愛領著大隊陰差衝去惡鬼陣中，踢倒一個個惡鬼，對他們上銬。「怎麼這麼多鬼？骨銬不夠用，其他城隍府快來支援呀！」

「你……你……」賴琨顫抖起來，緩緩後退，見張曉武步步進逼，東甩一棍、西鞭一棍，突然笑了，說：「你……你眞在底下當了牛頭！」

「是呀。」張曉武點點頭。

「所以你不能對我怎樣。」賴琨哈哈大笑，鬆了口氣：「眞可惜，對不對。」

「對。」張曉武點點頭，拍拍賴琨的肩，盯著他胸口銅錢，說：「可是你戴著這東西，是底下老奸商的貨耶，這是證物，沒收！」

他說完，不等賴琨反應，啪嚓拔下那串銅錢。

「那破東西……你要就給你啊……」賴琨乾笑兩聲，本來不以爲意，但見張曉武拋玩著銅錢側身讓開，才驚覺不妙，撲向張曉武想搶回銅錢。

他的身子穿過張曉武身子，撲倒在地上。

張曉武是陰差，是鬼，不讓賴琨碰，賴琨便摸不著他。

幾隻山魅圍住了賴琨，搶著附上他身。

「大家聽好，陰差對付惡鬼，我們趕流氓！」苗姑飄在長巷半空，指揮山魅附上那些被陰差沒收了銅錢的活人，持棒痛打起那些尚未被附身的傢伙。

前方張曉武、顏芯愛領著陰差將一個個惡鬼揪出人身上銬、沒收活人身上銅錢，後頭山魅隨即跟上附體，打倒一個就轉去附下一個。

「這隻太臭啦，附不上去——」有些打手身上噴了防山魅噴霧，雖然一時間免於被附身，但山魅往他們身上砸來的棒子，也砸得特別大力。

「大家聽好，雖然那些都是壞蛋，但下手還是別太重，免得犯了天條。」苗姑嚷嚷喊著：「打斷腿扔遠就差不多啦！」

被山魅附著身的賴琨聽苗姑這麼說，舉起棍棒，一棍棍往自己的膝蓋敲了起來。

「外婆，妳不要一直教他們打人啦！」陳亞衣喊來苗姑，對苗姑揚著紅包，說：「我不會這個，這要怎麼用？」

「這啥？」苗姑接過，取出兩張小符，細看幾眼，又望著陳亞衣身前的老獮猴和柳丁，將一張符交給老獮猴，一張符擺在柳丁腦袋上。

「這……」老獮猴顫抖地，盯著那張符——

土地神就職令

他還沒反應過來，那符令發起彩光，化成了土地杖。

柳丁腦袋上那張下壇將軍就職令同樣彩光奪目，在他頸上結成一件最小號的虎爺袍子，和一只小小的金鈴；最小號的虎爺袍披在柳丁身上仍嫌太大，小金鈴叮叮噹噹地在柳丁頸下搖晃起來。

「嘎嘎！」柳丁激動扭頭原地轉起圈圈，想瞧清楚背上的虎爺小袍。

「哇——」老獮猴高舉土地杖歡呼蹦跳。

「這邊怎麼了？」

王書語的聲音在長巷那端響起，眾人見王書語遠遠奔來，還不知道發生了什麼事。

「王律師！」陳亞衣立時問。「怎麼只有妳回來？韓大哥呢？」

葉子搶著答：「他去追血羅剎了！你們能不能去幫他！」

「什麼？」陳亞衣呆了呆，連忙喊來馬大岳和廖小年，問了方董大樓方位，要他倆幫忙找出韓杰人在哪兒。

兩人一個瞪大眼睛、一個舉手招耳，找了好半晌，卻一無所獲。

貳玖

深夜山風極大。四周巨樹參天。

韓杰坐著石椅歇息，惱火瞪著遠遠攀在樹上瞅著他笑的血羅剎，又瞪了身旁一棵神木上的簡介牌子。「你眞能跑啊，竟然跑上阿里山，我操……」

「修行之人……你也不簡單，竟然一路追來……」血羅剎順手抓了隻松鼠吃。「不好吃……肉少……還是人肉好吃……」

「人肉好吃，你怎不來吃我？」韓杰沒好氣地說。

血羅剎全速飛竄速度可不輸風火輪，一入山林，更猶如魚入大海，任韓杰怎麼追也追不著；韓杰甚至相信倘若血羅剎有心想逃，或許早已逃遠。

血羅剎雖跑給他追，卻並非要逃，而是想耗盡他體力，再來撿他身體。

血羅剎以前被苦師公騙進身體裡，不久前又被金牙擺了一道，對人和鬼都抱著戒心，就怕又上當。

「是不是我扔了火尖槍和乾坤圈，你就來附我身啦？」韓杰問：「我沒吃過人肉，剛好現在肚子也餓了，不如我們別打了，一起合作下山吃人肉吧。」

「你是……神明乩身……怎麼會吃人？你又想騙我！」血羅剎將吃殘的松鼠屍骸擲向韓

杰，想起先前受騙上當的經驗，氣得從樹上躍下，撿石怒砸韓杰。「爲什麼你們人……這麼喜歡騙人？」

「他媽的……」韓杰閃開松鼠屍骸，挺著火尖槍擋下血羅剎後續擲來的石頭——血羅剎砸來的飛石力道重得能夠斷骨，他不躲也不行。

韓杰挺槍再追，血羅剎轉身就跑，見韓杰停下喘氣休息，便回頭笑他、罵他、拿石頭扔他。

韓杰取出手機想看時間，還沒按開螢幕，手機便讓擲來的石頭砸落。

「你拿那小東西是什麼？」血羅剎指著手機唾罵：「你把小紙牌藏在裡面，對吧！」

「……」韓杰撿起手機，按了按，螢幕漆黑一片、全無反應，無奈舉著手機對血羅剎說：「你要不要拿去檢查看看裡頭有沒有藏東西。」

「我才不要！」血羅剎又躍回樹上，朝底下尖笑，「你休想騙我！你當我笨蛋呀！」

韓杰仰頭望著血羅剎，一時束手無策。

此時已入深夜，他即便下一秒出手擊殺血羅剎，催動風火輪全速趕回六月山下，起碼也要一、兩個小時。

快沒時間和葉子道別了。

雖然他先前一度瀟灑認爲不須要道別，但現在卻又不一樣——

葉子正在等他。

他希望她踏上大輪迴盤時是充滿希望，而非懷抱著無奈與失望。

他想親口替她加油打氣，逗她笑著重生。

「老兄，你乾脆一點，下來決鬥呀，還有人在等我。」韓杰嘆了口氣。

「誰在等你？」血羅剎問。

「我女朋友。」韓杰說：「她準備要輪迴，只剩最後點時間，我想回去和她道別……」

「那關我屁事！」血羅剎又扔石頭。

韓杰一槍打落飛石，說：「你要打架就好好打呀，你怕打不過我？」

「我怕你說謊騙人！」血羅剎怒叱：「十個凡人，十個都會說謊，我最喜歡吃你們這些說謊的人，嘻嘻！」

韓杰靜默片刻，吸了口氣，咬破手指在額上畫了道咒——他的香灰和金磚在沿途追擊時皆已耗盡，此時只能以血畫咒。

「你在頭上畫了什麼符？」血羅剎問。

「護身符。」韓杰說：「畫上這符比較耐打。」

「有多耐打呀？」血羅剎又扔來石頭。

「你下來打打看就知道了。」韓杰閃開石頭，將火尖槍往上高高一拋，一聲令下——火尖槍在空中炸成點點金光，隨風飄散。

「你把槍藏去哪啦？你想幹嘛？你什麼意思？」血羅剎想不到韓杰竟撤了火尖槍，一時摸不著頭緒。

「你怕我槍厲害，我就扔了啊。」韓杰冷笑，舉起混天綾和乾坤圈。「要不要把這兩個也撤了？」

「好呀。」血羅剎眼睛瞇成一條線，想瞧穿韓杰伎倆。

韓杰一抖混天綾，再扔下乾坤圈，炸開一金一紅小小煙花。

「你身上還藏著很多小紙牌！」血羅剎不信，指著韓杰大笑。「不要以爲這樣就能騙到我！」

「早用完啦。」韓杰說完，脫下外套扔在地上，見血羅剎眼神狐疑，便將T恤、牛仔褲、鞋襪連同葉子那堆符包全都脫了，只穿著條內褲。

「你連褲子都脫了，就不脫腳上的輪子？」血羅剎指著韓杰腳上的風火輪。

「我脫了輪子，待會打贏你怎麼下山回家？」韓杰說。「這輪子只是讓我跑得快、踢人有力，你怕我踢你？」

「只靠一雙輪子……」血羅剎瞪大眼睛。「你怎麼打贏我？」

「我還有拳頭。」韓杰赤著腳、舉著拳頭，大步走向血羅剎。「我拳頭很硬。」

「拳頭很硬？」血羅剎警戒地退後，從這棵樹，躍到更後頭樹上。「有我爪子硬？」

「你下來讓我打兩拳就知道了。」韓杰說。「我光用拳頭就能打死你。」

「放屁！」血羅剎又暴躁扔來石頭。

韓杰避開，繼續走向他說：「你知道以前那個苦師公怎麼講你嗎？他說你是膽小鬼，說你也是騙子，也喜歡說謊。」

「膽小鬼？我說謊？苦師公？」血羅剎呆了呆，怒罵：「你說那阿苦？那騙我進他身子，關了我好多年的阿苦？我出來時他都死了，怎麼跟你說話？啊，你又說謊！」

「我沒說謊。」韓杰冷笑，繼續往前走。「他說你膽小是在他騙你之前，是他對他徒弟說的，他徒弟告訴六月山山魅，山魅再告訴我。」

「我哪裡膽小？我什麼時候說謊啦？他怎麼說我的？」血羅剎惱火追問。

「他說你根本不能打，他說你連山上的野狗和小鼠都打不贏，所以才附在人身上，因為附在人身上，不會被小狗嚇著。」韓杰笑著說：「想想還挺可憐的。」

「放屁、放屁——」血羅剎聽韓杰這麼說，竄到地上挖起一塊大石，猛地擲向韓杰。

韓杰側身閃開，張開雙手，一臉挑釁地說：「本來我也不信，百年大山魅怎麼會這麼沒用，但現在我不信也不行，因為我親眼看見了，你就是個膽小鬼，我只穿條內褲你都不敢跟我打，你嚇死了，連小老鼠都打不贏——就像剛剛那隻小松鼠，你也是靠偷襲打贏的，卑鄙。」

「放屁！」血羅剎怒吼：「我要偷襲一隻松鼠？我剛剛在那好高的房子裡才宰了幾十隻鬼。」

「少來。」韓杰說：「那些鬼明明是被我燒死的，你就會騙人。」

「你們人才喜歡騙人！」血羅剎暴怒，倏地落到韓杰面前，高揚起雙爪作勢威嚇。

「你眞能打，就好好跟我打一架。」韓杰擺出拳擊架勢。

「打就打！」血羅剎一爪扒向韓杰腦袋。

韓杰避過這爪，同時以血指飛快在掌上畫印，將符印拍上拳頭，仗著風火輪速度，繞著血羅剎轉，逮著空檔對著血羅剎腰肋打了兩拳。

「你這種拳頭……」血羅剎哼地一吼，飛快回打幾爪。「像是蚊子叮！」

「你不要騙人。」韓杰避開大爪，磅地又打血羅剎幾拳。「你明明很痛，你快痛哭了。」

「不要一直放屁呀——」血羅剎暴怒，飛身一巴掌扒向韓杰。

韓杰舉臂硬擋，被血羅剎高高扒飛，轟隆撞上一棵大樹，落下地來。

韓杰試著撐身站起，卻撲倒在地。

血羅剎大爪力道大得將他左前臂尺骨和橈骨都給搧斷了。

「呀哈哈哈！」血羅剎瞪大眼睛，咧嘴尖笑，倏地竄到他身前，一把掐著他腦袋將他提起。「你現在……知道……我的厲害了吧？」

「知道了……」韓杰點點頭。

「你後悔扔下武器了吧……笨蛋……」血羅剎伸手在韓杰身上拍拍摸摸，像檢查他的身子健康程度。「你的身體好……修行之人……要是你不扔武器……我要打贏你……可不容易……」

「沒辦法，我只能用這招……」韓杰苦笑。

血羅剎瞬間消失。

已經上了他的身。

「爲什麼沒辦法？」血羅刹在韓杰身中問。

「我不是說了嗎？」韓杰答：「我愛的人……快離開了，我要趕回去看她最後一面，你一直逃，拖延我時間，我只好這樣跟你打啦……」

「結果你又打不贏！」血羅刹附著韓杰身子捧腹大笑起來。

然後抬手抹去額頭那枚血印。

「啊？」血羅刹一呆——

抬手抹額頭這動作，並非出自他的本意，而是韓杰擅自做出的動作。「我附著你身，你還能動？」

「能啊，因爲我是很厲害的修行之人啊。」韓杰這麼說：「身子癢，抓抓行不行？」

說完，飛快以血指在胸口畫了道咒。

「你做什麼？」血羅刹急問，突然覺得胸口被釘住——韓杰畫在胸口上的血咒，雖與當年苦師公施的法術不同，但同樣能將他封在身中。

跟著，他覺得好熱。

韓杰體內血肉像爐上湯鍋般漸漸沸騰，甚至高過了沸湯直逼烈火，接近熔岩。

「哇——怎麼回事？」血羅刹驚恐怒吼，和韓杰爭搶起身子。「爲什麼你身體變這麼熱？」

「因爲我是太子爺乩身，你以爲我的身體，你想上就上得了嗎？」韓杰跪倒在地，全力施咒壓制血羅刹，不停畫咒往身上補。「我的骨肉內臟被太子爺用蓮藕補過，我的血裡，藏著三昧眞火……」

「什麼！」血羅刹慘叫，遭受烈火燒灼。「那爲什麼我剛剛能上你身？」

「因爲我騙了你……」韓杰冷笑。「我剛剛額頭上的符，作用不是要護身，而是暫時熄了血裡的火——我是故意騙你來附我身的。哈哈，要不是林兄和葉子，我可能還想不出這招。」

「你敢騙我——」血羅刹憤怒吼叫。

「我爲什麼不敢？」韓杰哈哈笑說：「你笨成這樣，我不騙你騙誰？」

他舌尖挑了挑，從上顎挑出一片尪仔標，捏在眼前晃了晃。

九龍神火罩。

「看，小紙牌其實沒用完，還剩最後一片。」

韓杰將尪仔標又塞回嘴裡，吃口香糖般嚼起那片九龍神火罩。

嚼出一陣陣亮紅火光，咕嚕一口全吞下肚。

「哇！哇——」血羅刹痛苦慘嚎：「好燙啊，什麼東西咬我？哇！他們在吃我呀！」

「不好意思啦……」韓杰掙扎起身往回走。

「修行之人呀……你吞火進肚子裡，你自己不痛嗎？」血羅刹問。

「痛啊……」韓杰蹣跚撲倒在剛剛脫下的外套上，掙扎從口袋裡摸出最後幾顆蓮子咬進嘴裡。

「你在……吃什麼？」血羅刹問。

「止痛的蓮子……」韓杰答。

「你又騙人！」血羅剎怒吼：「還是很痛呀，他們還在吃我啊！」

「這次我沒騙你，這蓮子是止我的痛，不是止你的痛……」韓杰喘氣掙扎起身，穿回衣服鞋子風火輪，套上外套，抓起葉子那把符包戴回頸上，搖搖晃晃地催動風火輪，循著原路往回奔。

「你跑這麼快……要去哪呀？」血羅剎聲音聽來有些虛弱。

「你要我說幾次？」韓杰捧著斷骨左手，全力飛奔，不時擦撞上樹，說：「回去……見她最後一面，再不快點，她就要被牛頭馬面帶回去了……」

「是誰呀？」

「我愛的人……」

「愛……的人？『愛』是什麼？」

「很難跟你解釋……我只能說抱歉啦……」

「你抱什麼歉？」

「燒得你這麼痛……還不能放你，因爲一放你，你會繼續吃人……」

「吃人又怎麼啦？人好吃呀……我不吃人要吃啥？」

「所以說抱歉啊……」韓杰苦笑，越奔越快。「這個世界，就像個叢林……」

「我要被燒成灰啦……這些傢伙快吃光我了……」

「抱歉。」

參拾

韓杰奔回六月山下時，天色已微微發白。

不久之前，這兒騷亂漸漸止息。從底下上來的全被拘了回去，外地來鬧事的個個手折腳裂、屁滾尿流地逃光，該上醫院的都上了，該休息的也都各自去休息了。

就連羅壽福也在混亂中揹著秀萍身子趁亂逃遠，他還不知道秀萍的魂已被苗姑收了，只當秀萍一時被苗姑附體身不由己。秀萍能做他生財工具，也能做他洩慾娃娃。李秋春受了重傷生死未卜，要是撐不過，就失了一大靠山，他只剩下秀萍了，所以他使出吃奶的力氣，帶秀萍一起逃走。

四周靜悄悄地彷如廢墟。

只有留守在外圍的廖小年，蹲在機車旁托著下巴呆望將軍。

柳丁蹲在將軍旁，模仿著將軍一舉一動，將軍舔毛他就舔毛，將軍擺尾他就擺尾，將軍伸懶腰打哈欠他也伸懶腰打哈欠。

廖小年遠遠便見到韓杰，急急站起向他招手，指向老奶奶破屋頂樓。

韓杰望去，王書語身影佇在被刨去半邊的樓頂，望著日出方向發呆。

天色變化讓韓杰注意到時間流逝，他吸了口氣，用所剩無幾的力氣催動風火輪，猛地朝破屋奔去，一蹦躍起老高，踩過幾輛挖土機躍上破樓頂。

他見到王書語背影，瞧出她身中已無葉子和林國彬，心中失望更兼體力透支，腳下風火輪終於碎裂，搖晃幾步就要倒下。

王書語聽見身後動靜，回頭見韓杰走得搖搖欲墜，驚呼一聲奔來扶住他。

「他們……走了？」韓杰失望地問。

王書語微微一笑，攙著他走至頂樓邊緣，往下一指。

韓杰見老奶奶破屋後院停著他那輛小發財車。

變得更加破爛的小發財車旁立著個小爐，有個小童蹲在爐旁，持著小扇搧火。一旁，馬面顏芯愛扠腰交代葉子和林國彬踏上大輪迴盤時的注意事項。

「葉子——」王書語朝底下喊了聲，指著身旁韓杰。「回來了。」

「阿杰！」葉子驚呼一聲，飛快飛上頂樓，捧著韓杰的臉，見他左臂軟綿綿的像是折斷了，又一聲尖叫，正要下去替韓杰拿來盛蓮水瓶，國彬已提著水瓶飛上來。

葉子驚慌地從水桶抽出蓮藕，扳下一節餵韓杰吃，韓杰吃了幾口，恢復些許體力，自個兒坐起摘蓮子吃，困惑望著葉子，又望望林國彬。「現在……幾點了？」

「媽祖婆託孟婆派了個熬湯小童，帶兩碗湯和陰差一起上來。」葉子笑著說：「讓我們在陽世喝孟婆湯，喝完再下去。」

王書語見韓杰仍然一頭霧水，解釋道：「陽世許可證上的倒數時間是提醒他們回陰間集合準備喝孟婆湯的時間，媽祖婆開恩讓阿彬和葉子在陽世喝孟婆湯，可以讓他們在陽世待久一點。」

「讓我可以……等你回來。」葉子抱了抱韓杰。

「那現在……」韓杰摸摸葉子的頭，嘴裡塞滿蓮子蓮藕，撫著斷臂站起身來。「還剩多少時間？」

顏芯愛不知何時也來到頂樓，蹲在樓頂牆沿，對韓杰說：「三分鐘後，孟婆湯就能喝了，一小時內要喝下，喝完後我就會帶他們下去。」她揚了揚手中一張符，說：「媽祖婆留了道門給你們，直通大輪迴殿頂樓，門推開就是大輪迴盤，這一個小時，是距離大輪迴盤轉動的最後時間，一秒都不能延。」

韓杰點點頭，聽懂了。

「阿杰，我想看日出，行不行？」葉子這麼問。

「日出？」韓杰東張西望，覺得天色比剛剛又亮幾分，知道天要亮了，說：「我畫符替妳遮著太陽……」

「阿杰，我想附在人身上看……」葉子拉了拉韓杰袖子。

「哦……」韓杰摸摸口袋，想起香灰用盡，又想起外套內側還有金粉符籙，便伸指抹下些金粉，在掌上畫了個印，往額上拍了拍，暫時熄去體內火血。

「等等，我檢查看看……」韓杰揚掌要葉子別急，閉目撫胸，仔細檢查體內動靜，確定血羅剎真被火龍食盡，火龍也完全消散了，才睜開眼睛。「行了。」

葉子卻不在他面前。

而是附上王書語的身，還替王書語拉來林國彬，對韓杰說：「阿杰，我最後一次用眞人身體看日出，我希望身旁另一個身體是你……所以，你也把身體借給阿彬吧……讓他們也一起看日出呀……」

「什麼？」韓杰先是遲疑，但見王書語本人不反對，便點點頭，讓林國彬上了他身。底下，小童呀呀叫了幾聲，熄了爐火。

孟婆湯煮成。

數分鐘後，骨斷未癒的韓杰用混天綾代手托著王書語，踩著新召出的風火輪，來到六月山見月坡上。

見月坡上視野極好，不但能看月亮，也能看日出。

老獼猴喜氣洋洋地奔來向韓杰炫耀他那根土地杖，嚷著要韓杰給些意見，讓他決定以後該做什麼造型、要不要繼續戴假鬍子等，結果被韓杰一腳踹遠，要他識相滾開別煩人。

韓杰趕走了老獼猴，與王書語一前一後來到見月坡邊，將身子控制權讓給了林國彬。

林國彬附著韓杰，往前又走出幾步，盯著山下盡乎被拆去、如同廢墟的小鎮——葉子想看日出，他則想看看王書語這兩、三年努力守護的地方。

「阿彬，我盡力了……」王書語走到韓杰身邊，說：「接下來，我只能盡量幫住戶和方董談判，守護他們到最後一刻。」

「阿杰，你要幫王律師喔。」葉子附著王書語身子，對韓杰說。

「放心。」韓杰答：「先不提底下土地開發對不對、挖山環不環保、房子賣貴點好還是便宜點好，這些我都不懂，我只知道看在這座山是上頭派的案子，我會繼續盯著那位大老闆，不會讓他亂來的。」

「韓兄。」林國彬也開口。「雖然我對你做事的方法不完全苟同，但我相信你是個可以託付的人。」

「當然啊！」葉子立時接話。「不然太子爺怎麼會挑中他……」

「來看日出吧……」韓杰摸摸鼻子，坐了下來。

遠方天際微微露出曙光。

王書語望了望錶，也坐了下來，說：「時間過好快，幾十個小時一下子就過去了……」

「豈止幾十個小時。」韓杰說：「幾年也一下子就過去了，然後一輩子也一下子就過去了……」

「一輩子……」王書語望著緩緩升起的朝陽。

「阿杰……」葉子問：「下輩子，你還想當乩身嗎？」

「當然不想。」韓杰冷笑一聲。

「那阿彬呢？下輩子你想做什麼？」葉子又問。

「如果讓我現在選的話，我還是會讀法律吧。」林國彬說：「我希望下輩子能生在一個良善的家庭，當個好人。」他說到這，突然轉頭望著王書語，笑了笑說：「如果來生的我真犯了錯，落在妳手上，千萬別手下留情，未來的大檢察官。」

「放心，我不會……」王書語苦笑，又望了望錶——

她的右手覆上她的錶。

「錶這種東西，妳越看她，越會走快喔。」葉子用王書語的手遮住了王書語的錶。

「妳說的對。」王書語微微有些顫抖，摘下錶收進口袋。

「葉子，妳呢？」韓杰問：「下輩子妳想幹嘛？」

「我想四處旅行，去一大堆沒去過的地方……」葉子答：「然後找個可以陪我看日出的人……」她說到這裡，望了韓杰一眼，問：「阿杰，你的肩膀可以借我躺一下嗎？」

「呃，可是現在妳……」韓杰遲疑地望了王書語一眼，林國彬已舉起他的手攬上王書語的肩。

王書語望著遠方漸漸升起的太陽，感受林國彬輕摟她肩頭的力度，有種回到過去的錯覺。

「一下子就好了，拜託……」葉子將王書語腦袋，往韓杰肩上貼去。

她們同時注意到，韓杰外套上有幾點晶晶亮亮的碎瓣。

是心花的花瓣。

淡淡的花香溢開，黃澄澄的曙光灑亮了整片見月坡。

他們不再說話，生怕一說話分了心，時間就溜掉了。

但即使不說話、不看錶，時間依舊很快。

顏芯愛端著兩碗孟婆湯來到他們身後，他們站起，各自接過一碗。

揭開碗蓋，碗裡的孟婆湯清澈如水，沒有一絲氣味。

「你們直接喝下，等同身體裡面的他們喝下，孟婆湯對活人沒有影響，放心。」顏芯愛說。「要快點喝，不然要失效了。」

王書語望著手中那碗孟婆湯，眼淚忍不住滴進碗裡。

葉子倒是乾脆，托起王書語的手咕嚕兩口喝盡，對顏芯愛說：「這就是孟婆湯？一點味道也沒有呀。」

「聽說是沒味道沒錯。」顏芯愛聳聳肩。「不過我沒喝過啊。」

林國彬也喝盡了孟婆湯，轉身緊緊抱住王書語。

倒數計時開始。

顏芯愛轉身，揚起媽祖婆的符，在兩人身旁畫出一道門。

門打開，金風撲面，大輪迴殿頂樓的大輪迴盤上已佇滿了人，開始緩緩轉動。還在排隊的陰間住民們紛紛加快腳步，在陰差指揮下陸續登上大輪迴盤。

王書語緊緊抱著韓杰，緊閉著眼睛，泣不成聲。

「好香喔……阿杰……你們剛剛……有沒有聞到……」

葉子的聲音呢喃響起。

倒數計時結束。

參壹

叮咚——

門鈴聲響起。

王媽媽見王書語神情疲憊站在門外，連忙開了門。「怎麼啦？發生什麼事？我還以爲妳不回來吃飯了，今天妳生日呀！」

「啊！我們的大律師回來啦？」王智漢聽見玄關動靜，連忙取出手機撥號，起身往房裡走，同時低聲碎罵不停。「臭小子，一整天不接我電話什麼意思？該不會又打架啦？」

韓杰的電話鈴聲自玄關響起。

王智漢愕然轉頭，見韓杰就跟在王書語身後進門，還臭著臉瞪他。

「你怎麼來啦！」王智漢驚愕又哭笑不得。「爲什麼不接我電話？」

「手機壞了，螢幕打不開。」韓杰掏出手機晃了晃，沒好氣說：「你打電話沒人接，不要一直打個不停。」

「你來人家家作客怎這副模樣？」王智漢見韓杰一身髒衣，臉上還帶著傷，不明所以。

「剛剛打仗回來？」

「對呀。」韓杰說：「借你家浴室洗個澡沒關係吧。」

「沒關係。」王智漢說：「你又被人扔大便？」

「上次扔大便的丫頭，這次是夥伴啦。」

「就是你說的那個媽祖婆乩身？」

「是呀。」

「要不要換洗衣服？」王智漢問。「你洗好澡穿回這髒衣，又弄髒了。」

「我自己有帶。」韓杰揚了揚手上的袋子，裡頭除了他自己的換洗衣褲，還有兩件王書語帶林國彬購衣時多買的新衣；他隨手扔下袋子，緩緩脫下外套，對王智漢搖了搖斷骨左手。「但我需要塊板子和繃帶什麼的，你家有嗎？」

「哇操！你真的去打仗回來了？」王智漢愕然盯著韓杰的斷臂。

「神經病，我騙你幹嘛？」韓杰哼了哼。

「到底怎麼回事？」王智漢這時才注意到，王書語儘管沒受傷，模樣卻也有些狼狽。

「你們碰上什麼事了？」

□

韓杰步出王智漢家門一段距離後才回頭看了看王智漢公寓住家。

他見到王書語在窗邊看他，便揚了揚手。

她也點點頭。

不久之前，他洗了個澡，固定斷骨，坐上王智漢家飯桌。

王劍霆聽他說手是昨晚半夜斷的，大半天裡只用混天綾纏著，這時才仔細包紮，驚得說不出話，稱韓杰上擂台或許眞能和他打成平手。

韓杰嗤之以鼻。

飯桌上，王書語將她和自救會與方董的紛爭始末、韓杰和血羅刹及六月山山魅等案件的經過，以及賴琨、張曉武、羅壽福等人交手的過程，用最簡潔扼要的語句講了一遍。

王智漢聽得眼珠都要掉出來，好幾次怒瞪韓杰，質問怎麼不通知他。

都被王書語喝止，稱是自己不讓韓杰通風報信的。

總之，韓杰吃了頓豐盛的生日大餐。

他走過一段巷道，坐上小發財車，戳醒窩在小巢裡呼嚕大睡的小文。

「傻鳥，回家囉，開不開心。」

「嘰——」小文怒啄韓杰，牠最討厭韓杰吵牠睡覺。

韓杰駕車回鐵拳館，心裡還在盤算怎麼向老龜公解釋小發財車的慘烈車況，突然聞到一陣香味。

他的外套上還沾著心花碎瓣，此時碎瓣已不再發亮，但淡淡香味仍隱約縈繞四周。

他突然想起最後一刻時，葉子那句輕輕耳語。

「好香喔，阿杰。你們有沒有聞到……」

那是葉子在孟婆湯效力生效後，對他說的最後一句話。

但葉子似乎並沒能說完，就被顏芯愛拉進門，推上大輪迴盤了——

阿杰，我很開心在人生最後一段路能遇到你，更開心在人生結束後，竟然還能再見到你。

我能為你做的事情不多，只能用最後一點點時間。

試著替你種一朵花。

再澆一點水。

希望花能長大，長出好香好甜的果子。

不論你們將來如何，都要開心幸福喔。

再見了，今生。

來生，請多多指教。

《乩身：活人牢》完

後記

一、

離別是種很奇怪的感受。

人有記憶、有情感，記憶和情感讓我們有時不小心會忘記某些人已經離開，尤其在夢裡。

寫生離死別又是另一種感受。

而寫《陰間》、《乩身》系列裡的離別，又是再一種感受。

畢竟故事中多了「陰間」、「人死成鬼」、「輪迴」種種設定，使得故事裡的「死亡」，與眞實世界裡的「死亡」，出現了感受上的細微差別——

在這兩個系列故事裡，「死亡」不等於離別。

「新生」反而才是眞正的離別。

對於這樣的離別，人們該哭還是該笑呢？

我也不知道，因爲我沒經歷過，但我可以想像，然後告訴大家我的想像。

這也是說故事和看故事的迷人之處。

二、

關於「心花」這個設定衍生出來的相關情節，我反覆修改了許多次——大家應該都看得出來，葉子確實是想撮合韓杰和王書語的，理由她也說過了。但撮合的力道眞是門學問。力道不夠，火候不夠；撮過頭，又有點不自在。

葉子也明白，所以她也不敢過頭，僅能輕輕拋下種子，稍稍澆點水。最後花能不能長成，能不能結出甜美的果實，沒有人能夠保證，就算是神也不能。

三、

如果沒有意外的話，大家見到這本書的時候，差不多是二〇一八年台北國際書展前後；又如果沒有意外的話，那時候的我在年初開工的新作品應該也差不多完成了。是睽違已久的「鬼故事」。

這麼說或許有點奇怪，這幾年從《日落後》到《乩身》，乃至於過去的《太歲》，幾乎都跟鬼脫不了關係，但我相信應該沒有太多人會將《太歲》和《日落後》當成「鬼故事」來看；《陰間》、《乩身》這兩個系列裡的鬼似乎更貼近大家認知中的「鬼」，但我寫《乩身》時，仍然感受不到自己在寫的是鬼故事。

也就是說，在我自己的認知中，我已經好久、好久沒有寫「鬼故事」了。

因此二〇一八年初我正在寫，或者差不多寫完的鬼故事，是我睽違許多年的「鬼故事」，也將是我另一部長期經營的書系——

「詭語怪談」裡的「第二彈」。

上面這句話有三個重點，一是「詭語怪談」，二是「第二彈」，三是爲什麼我要強調這個書系是我睽違已久的鬼故事，但是第一彈又不是鬼故事這麼奇怪呢？

這是因爲呀，就如同前述般，鬼故事的定義實在有點模糊，我過去被歸類在鬼故事系列的幾本書中，其實也有一些故事更偏向「怪談故事」而不是「靈異故事」，爲了給這包山包海的鬼話和怪談一個歸屬、一個專有的書系，所以詭語怪談系列是「詭語」，而非「鬼語」。

在這個系列裡，會有很像鬼的鬼，也有不那麼像鬼的鬼，也有像是鬼但其實又「沒什麼鬼」的「各種力量」，例如詭語怪談的「第一彈」——

《符紙婆婆》。

眞要將詭語怪談這個書系的期許、規劃、企圖、設定講得清清楚楚，幾百字肯定不夠，後續一切相關情報，只能請大家繼續注意我的粉絲團和個人臉書動態啦。

來！最後請大家再跟我說一次：

「二〇一八年，星子要全力以赴的另一個書系『詭語怪談』，即將隆重登場！」

星子

2017.12.12

南勢角自家電腦桌前

乩身

The Oracle Comes

【下集預告】

一場神祕會議悄悄舉行，與會九人，有兩名停職閻王、一個前任城隍、一個兒子即將下地獄的老律師、一個被燒掉倉庫的大奸商，一個灰頭土臉的陽世地產商、一個跛了腳的黑道角頭，另外兩個是在地底呼風喚雨的魔王。

會議宗旨——如何殺死那個肆無忌憚、攪局亂世的陽世乩身。

今年春夏．敬請期待！

國家圖書館出版品預行編目資料

乩身：活人牢／星子 著.——初版.
——台北市： 蓋亞文化，2018.02
冊； 公分.
ISBN 978-986-319-323-4

857.81 106021354

星子故事書房 TS004

乩身〔活人牢〕

作者／星子（teensy）
封面插畫／程威誌 封面設計／克里斯
出版社／蓋亞文化有限公司
地址◎ 台北市103承德路二段75巷35號1樓
電話◎（02）25585438 傳真◎（02）25585439
部落格◎ gaeabooks.pixnet.net/blog
臉書◎ www.facebook.com/Gaeabooks
電子信箱◎ gaea@gaeabooks.com.tw
投稿信箱◎ editor@gaeabooks.com.tw
郵撥帳號◎ 19769541 戶名：蓋亞文化有限公司
法律顧問／宇達經貿法律事務所
總經銷／聯合發行股份有限公司
地址◎ 新北市新店區寶橋路二三五巷六弄六號二樓
電話◎（02）29178022 傳真◎（02）29156275
港澳地區／一代匯集
地址◎ 九龍旺角塘尾道64號龍駒企業大廈10樓B&D室
電話◎（852）2783-8102 傳真◎（852）2396-0050
初版五刷／2022年11月
定價／新台幣280元
Printed in Taiwan

ISBN／978-986-319-323-4

〔活人牢〕

蓋亞文化　讀者迴響

感謝您在茫茫書海中選擇了蓋亞，您的支持是我們最大的動力。
不要缺席喔，讓我們一起乘著夢想的羽翼，穿越時空遨遊天地！

姓名：　　性別：□男□女　　出生日期：　年　月　日
聯絡電話：　　手機：
學歷：□小學□國中□高中□大學□研究所　　職業：
E-mail：　　（請正確填寫）
通訊地址：□□□
本書購自：　　縣市　　書店
何處得知本書消息：□逛書店□親友推薦□DM廣告□網路□雜誌報導
是否購買過蓋亞其他書籍：□是，書名：　　□否，首次購買
購買本書的動機是：□封面很吸引人□書名取得很讚□喜歡作者□價格便宜□其他
是否參加過蓋亞所舉辦的活動： □有，參加過　　場　　□無，因為
喜歡出版社製作什麼樣的贈品： □書卡□文具用品□衣服□作者簽名□海報□無所謂□其他：
您對本書的意見： ◎內容／□滿意□尚可□待改進　　◎編輯／□滿意□尚可□待改進 ◎封面設計／□滿意□尚可□待改進　　◎定價／□滿意□尚可□待改進
推薦好友，讓他們一起分享出版訊息，享有購書優惠 1.姓名：　　e-mail： 2.姓名：　　e-mail：
其他建議：

廣告回信 郵資免付
台北郵局登記證
台北廣字第00675號

TO：蓋亞文化有限公司　收

103 台北市承德路二段75巷35號1樓